月滿霜河
中
朗日拂情
簫樓——著
伊吹五月——繪
好讀出版

目錄

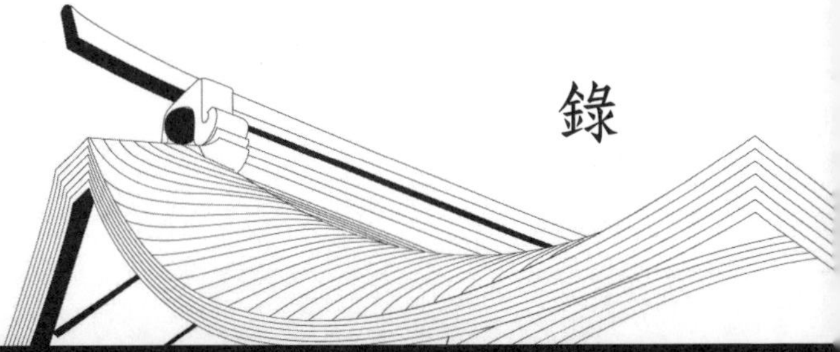

月滿霜河

第四章 斬斷荊棘

燭光將她的身影投在窗紙上，隱隱可看出她正在奮筆疾書。即使只看到朦朧的身影，謝朗也覺得一下子心安了許多。他在樹杈之間靜靜地坐著，視線始終凝望著那扇窗。

月上中天，直至子時末，薛蘅仍在燈下低頭疾筆寫著。謝朗悄悄從樹上跳下，走到窗前，伸出手指，貼著窗紙輕輕描著她的輪廓。

他默默地微笑，只覺得就這樣靠近著她，真好。這樣就很好。

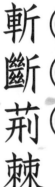

十六　才會相思、便害相思

薛忱素來愛靜，便挑六福客棧後院最偏僻的一間房住了。平王幾次登門拜訪後，客棧掌櫃嚇得趕緊將後院的客人全部請到別院去住。

薛蘅走進六福客棧後院時，禁不住說了句：「二哥找的清靜好地方！」

薛忱正在屋內剪燭芯，聽到藥僮小離在屋外喚「閣主」，笑道：「你怎麼慢了幾天？我讓小黑去傳信，牠後來飛回來，我算著你應該三天前就要到的。」

薛蘅進來，四處打量一番後微笑道：「看樣子，二哥這裡有客人要來，吃過晚飯後還要長話終宵。」又問：「小黑呢？」

「牠這陣子天天和那大白膩在一起，我也兩天沒見牠了。」薛忱放下剪子，轉過輪椅。他細細看了薛蘅幾眼，溫煦的笑容裡滿是舒慰，笑道：「我正等你來，給我講講你一路上的驚險呢。」

「也沒甚的。」薛蘅輕描淡寫地回應，「和我們估計的差不多，各方都派了人來，只有北梁傅夫人那裡沒動靜。」

她說得雲淡風輕，薛忱仔細想了想，竟覺驚心動魄，輕聲道：「三妹，此番真是……」

薛蘅卻還在想著先前覲見時的對答，喃喃道：「真是奇怪！」

「三妹，何事奇怪？」

「二哥，我問你一個問題。」

「嗯，你說。」薛忱推動輪椅，想去沏茶。

薛蘅忙接過茶壺，往杯中沏水的同時，啓口道：「二哥，我沒找到《寰宇志》前，在你的想像中，《寰宇志》是什麼？」

薛忱側頭想了想，微笑回答：「一本天書。」

薛蘅點頭，「是啊，我原來想像中，不說是天書，至少我們皆不曾料想到，《寰宇志》會是上百冊珍籍的統稱，而祖師爺竟沒有留下任何相關記載。」

「是這個奇怪麼？」

「不是。」薛蘅搖頭道：「今天我去覲見聖上，聖上說了句很奇怪的話，說我『不以一閣一己為念，不但將《寰宇志》當年丟失的那部分書籍找到，還將另外那幾本閣內相傳的祕本也貢獻出來』，聖上為此感到很欣慰。」

薛忱眉頭微皺，「聖上原來早就知道《寰宇志》並非單書，而是許多本書？」

「是，二哥，如果說聖上早就知道此事，定是當年太祖皇帝一系傳下來的，但為何我們天清閣歷代閣主反而不曉此事呢？若然太祖皇帝知悉，那定是祖師爺告訴他的，為何祖師爺竟無相關的隻言片語傳下來？」

薛忱想了許久，亦不得要領。薛蘅又歎了一聲，道：「可歎為找這些書，我們許多人付出了艱辛的努力，聖上最關心的卻是那本煉丹的方術之書。他不斷追問我是否參透了其中的煉丹之術，我回答說還未仔細看過此書，他便顯得十分失望，後來也不再問我話，直接命我出宮。」

薛忱微愕一下，道：「不問蒼生問鬼神，聖上對煉丹竟癡迷到這種地步了？」他想起這一路的艱難，輕哼一聲，「可歎聖上老說要效仿古代明君勵精圖治、中興大殷，可那些好好的書他不關心，淨盯著一本荒誕的方術之書！」

薛蘅正要應話，謝朗猝然推門而入，笑著喚道：「蘅姐！」

「你吃過飯了？這麼快？」薛蘅詫異地問道。

「我算著聖上不會留你在太清宮吃飯，特想邀你和二師叔去瑞豐樓。」謝朗邊笑著回答，邊過來給薛忱行禮，「二師叔。」

薛蘅略帶責備，「你剛回來，應該在家陪長輩吃飯才是。」

謝朗此時換回了一身「瑞蚨祥」的錦緞綢衫，蟹青色的緞面，深青色的玉扣腰帶，腰側絲絛還繫著一塊環形玉珮，越發顯得身形頎長、俊面生輝。他笑道：「太奶奶一聽說蘅姐在路上救過我數次，便命我來報救命之恩。我這是奉太奶奶的命令，來請蘅姐和二師叔吃飯的。」不等薛蘅再說，他已上來推薛忱的輪椅，薛蘅只得跟上。

薛忱回頭看了看謝朗，又看了看薛蘅，未發一言。

到了瑞豐樓門口，謝朗親自將薛忱抱下馬車，藥僮小坎、小離樂得輕鬆，笑咪咪將輪椅搬下來。

謝朗仔細打量了輪椅幾眼，甫道：「蘅姐，小陸說，那天王爺見二師叔從此物裡頭搬了幾十本書出來，都傻了眼，這輪椅是誰發明的呀？外觀可真真半點都瞧不出名堂！」

薛蘅微笑應道：「以後我再詳細說給你聽，先進去吧。」

謝朗負著薛忱上了樓梯，薛蘅跟隨在後面，經過一雅間時，她忽停住了腳步，傾耳細聽。薛忱回頭看見，忙使了個眼色。

待三人進了盡頭的雅間，薛蘅皺眉道：「大哥怎麼也來了？」

「是三天前到的，說是咱們在京城的那幾處產業，每年的租金總是收不齊全，他親自過來看一看，若還不行，要另尋賃主。」

薛蘅道：「那閣內現下是四妹在掌事？」

「是。」

「她太年輕了，鎮不住那群猴崽子，特別是阿定，肯定會鬧翻天。」

薛忱大笑，「阿定這小子，只怕他一輩子最得意就是這段時日了。」

謝朗想起薛定那人小鬼大的樣子，也不禁笑了出來，「蘅姐，你也不必將小師叔管得太嚴，我像他那麼大時，還更頑皮些哩。」

薛蘅低聲道：「我看你今時也好不到哪裡去。」又轉向薛忱問道：「二哥，大哥怎地把你一個人丟在客棧，自己跑到這裡來吃飯？」

薛忱歎了口氣，雖不想說，但還是輕聲道：「大哥住不慣客棧，說搬到朋友那裡去住。我略打聽了一下，他竟是住到伍敬道的府上去了。」

伍敬道是弘王妃的兄長，薛蘅眉頭一蹙。謝朗已微微變色，道：「我說剛才那聲音怎地那麼熟悉，原來竟是弘王手下的大總管。」

薛蘅與薛忱互望一眼，俱能看到對方眼中濃濃的擔憂之意。

等掌櫃親自布席，二人尤更傻了眼。

薛蘅指著滿桌飯菜，瞪著謝朗道：「你這是幹什麼？」

謝朗笑道：「這是瑞豐樓最富盛名的大全席，一共十八道菜，彙集了天下名菜，蘅姐、二師叔，你們試試，看合不合口味？」見薛蘅還在瞪著自己，他忙加了句：「是太奶奶的意思，她老人家要我請蘅姐和二師叔吃大全席。太奶奶說，本來應該在家中擺宴，但爹出城去尚要過幾天才回，屆時再正式宴請蘅姐和二師叔。」

薛蘅與薛忱忍著吃完飯，見謝朗吩咐掌櫃將未吃完的飯菜送到城西茅草溝給叫化子吃，薛蘅面色才稍稍緩和了些。

再經過先前那雅間時，人已散去。小坎探頭看了一眼，咋舌道：「這兒也是大全席哩。」
薛蘅冷哼一聲，薛忱微歎了口氣。
待馬車在謝府門前停下，謝朗跳下馬車，笑容可掬地打起車簾，「蘅姐、二師叔，請！」
薛蘅一愣，與薛忱互望一眼。
謝朗見狀，搶著道：「太奶奶說二師叔住在客棧多有不便，命我請你們來謝府居住。」
「我還有藥箱和衣物……」薛忱頗覺為難。
小柱子喘著氣跑過來，報道：「少爺，薛二叔的東西都搬過來了。」
薛忱頓時結舌，看向薛蘅。薛蘅看著謝朗，緩緩道：「多謝太奶奶的好意，但我和二哥都喜歡清靜……」
謝朗再度搶道：「蘅姐放心，我早吩咐人把秋梧院給收拾乾淨了，那處最清靜。蘅姐，你當年來訪也住在那裡……」
二人目光相觸，不約而同想起三年前在秋梧院荷塘邊的「舊怨」。
薛蘅微笑道：「既然是老人家的意思，我和二哥就叨擾幾天吧。」
謝朗大喜，此時謝府管家也迎將出來。
謝峻去了京郊巡視皇陵修繕的工程，太奶奶染了風寒，身體不適，早已睡下。其餘三位姨娘不便出來見客，便只掌家的二姨娘來秋梧院寒暄一番，所幸她也略略知道薛蘅的性子，說了幾句就主隨客便。她惦著問謝朗沿路諸事，走時拉了他一把。
謝朗站起身道：「蘅姐，你先歇著，我明兒個帶你去北塔玩。」要出門時，他忽又想起一事，笑道：「蘅姐，方才小陸告訴我一件事情。你猜，誰到聖上面前告了我們一狀？」
「誰？告我們一狀？」

「是，那人到聖上面前，哭訴我們不但不舉證，拒不歸還他國之聖物，還應他所求，將他痛揍了一頓。」謝朗向薛蘅眨了眨眼睛。

薛蘅沒忍住，噗哧一笑，「這個南梁使者，走得倒比我們還快。」

謝朗哈哈大笑，二姨娘再回頭掐了他一把，他才依依不捨地離去。

薛蘅笑著掩上門，回過頭見薛忱正盯著自己看，疑道：「二哥，怎麼了？」

薛忱看著她面上猶存的一絲笑容，搖頭應道：「沒什麼。」

平王因立下赫赫軍功，景安帝允其開府建制。謝朗翌日去了平王府回來，已是巳時。

謝朗一進謝府便直奔秋梧院。小武子在後面追得氣喘吁吁，「少爺，三、四、五三位夫人叫您回來了就過去一趟。」

謝朗不耐煩道：「昨晚不是都和二娘說了麼，讓她們找二娘問便是。」

進了秋梧院卻不見薛忱，只有薛蘅一人靜坐在窗下看書。

謝朗沒來由地心中一喜，笑道：「蘅姐，二師叔呢？」

「他約了同濟堂的幾位大夫討論藥方，帶小坎、小離去同濟堂了。」薛蘅並不抬頭。

謝朗笑著湊近，「那就只能咱們兩個人去北塔玩了。」

「你先等等，我把這一節看完再走。」

謝朗見她還在看那本《山海經》，一把將她手中的書抽出，「北塔每日午時有白鶴成群飛來憩息，再不去就看不到了。」

薛蘅只得站起，將《山海經》從他手中抽回，細心收回到薛忱的藥箱中。她想起回京後一直未見到小黑，便問：「小黑和大白呢？」

謝朗同樣頗感困惑，喃喃道：「我也沒見到那小子，不知飛哪兒去了。」

謝朗未帶一人，二人往城北策馬而行。

快到北塔山下，前方突然過來一大隊人馬，人人衣著光鮮，僕從成群。有人眼尖看見謝朗，大呼道：「小謝，是小謝！」一眾少年公子馬上圍了過來，笑道：「小謝！你什麼時候回來的，也不說一聲，大家正想找你去喝酒打獵呢！」

一名紫衣公子看見謝朗身邊的薛蘅，大笑道：「我說小謝怎麼回來也不說一聲，原來是攜美出遊，忙不過來！」他見薛蘅臉拉了下來，便上下打量了她一番，嘻笑著湊近謝朗，調侃道：「小謝，你打了三年仗回來，口味變化挺大的嘛，啥時開始吃素的啊？」

其餘的少年公子跟著哈哈大笑。

謝朗忙道：「我給大家引見一下，這位是天清閣薛閣主。」

少年公子們的笑聲頓時卡在喉嚨裡，眾人面面相覷，俱出了一身冷汗。

這些人雖然年少不羈、風流成性，但總歸世家出身，長幼尊卑還是分得清的，而兩百多年來，這些世家貴族們多有人投在天清閣學藝。少年公子們紛紛算著輩分，下馬走到薛蘅跟前磕頭見禮：「涑陽陳傑，拜見掌門師叔！」「涑陽衛尚思，拜見掌門師叔！」還有人道：「彭城蔡繹，拜見掌門師叔祖！」

先前出言調侃的那名紫衣公子算了半天，終於算清了輩分，想到族中那位太叔公族長嚴厲的面孔，他只得老老實實下馬，在薛蘅面前叩頭，「涑陽姚奐，拜見掌門太師叔祖！」

謝朗沒憋住，笑出聲來，其餘少年公子聽見，也是擠眉弄眼地竊笑。

薛蘅淡淡道：「都起來吧。你們雖有長輩為天清閣弟子，但都不是我乾字系的，我也不是你們的什麼正經長輩。以後見了我，不必行此大禮。」

紫衣公子如聞大赦，灰溜溜地站起來，和一眾少年公子牽著馬，站於路旁讓薛、謝二人先過。

謝朗微笑道：「蘅姐，我們走吧。」

薛蘅眉頭微皺一下，策馬前行。謝朗偷偷向少年們揮了揮手，在眾人的擠眉弄眼中得意跟上。二人背後，笑鬧喧嚷聲響成一片。

衛尚思過來向姚奐笑咪咪道：「小姚，原來你還比我低兩輩啊，快！快叫聲師叔祖來聽聽！」

「我當不了師叔祖，當回小姚的師叔也不錯！」蔡繹來了精神。

姚奐氣得直跳腳，揪住他的耳朵道：「那我表姨嫁給你表叔公，這筆帳如何算？」

「好了、好了，說笑的。」蔡繹連忙求饒。

姚奐認了眞，怒道：「以後他媽的誰和我算天清閣的輩分，我就和誰急！」

「算了、算了，以後都別再開這樣的玩笑。說起來，我們都不是天清閣的弟子，也不著這等計較什麼輩分嘛。你們看，小謝不也稱閣主一聲『蘅姐』麼，本就差不多的年紀呀。」

「嘿嘿，不過，這小謝也太殷勤了點，不知道的還以爲是他的新相……」這人話音未落，馬上被眾人的「噓」聲截斷。

衛尚思看著薛、謝二人的背影，笑得賊兮兮，「你們不曉內情，那是小謝和薛閣主這幾個月『生死與共』的交情。否則，依傳說中薛閣主的性子，小謝敢這麼叫她，她不得扒了他的皮？」

「什麼幾個月『生死與共』呀，快說一說。」

謝朗祕密去取《寰宇志》，極少有人知道，外間只知他奉聖命去南邊巡視軍情。此時，聽衛尚思這麼一說，一眾少年好奇心大起，拉著他要一聽究竟。因爲順著風，薛蘅將這些話隱隱約約地全收入耳中，不由秀眉微蹙。

謝朗卻沒怎麼留意，兀自指著道旁的風景，一一介紹。他正說得起勁時，薛蘅突地勒住了馬，肅容道：「師姪。」

謝朗嚇了一跳，忙應道：「蘅姐，怎麼了？」

「明遠……」薛蘅見他這樣子，將面色稍放緩和些，「咱們已經回到京城了，你還是喚回我師叔吧。」

謝朗呆了半晌，悶悶道：「不行，我喚不出。」

「我本就是你師叔，有甚不行？」薛蘅急道。

「不行就不行。」謝朗硬邦邦道。

薛蘅本待發怒，見他滿面倔強的神情，心中某處莫名地軟化，默然片刻後和聲道：「你若真的不願意，沒別人的時候，仍可喚我『蘅姐』。但有旁人在的時候，還是按輩分叫吧。」

謝朗這才高興起來，四顧一番，笑道：「現下沒別人吧？」薛蘅哭笑不得，他已連聲叫道：「蘅姐！蘅姐！」一邊叫，一邊大笑著策馬跑開。

北塔在京城偏西北角，塔高七層，建在湖畔小丘上，若登塔遠望，京城風光盡收眼中。而湖心亦有小島，綠樹蔭蔭，每日均引來成千上萬隻鶴鳥來島上憩息，故北塔山歷來遊人如織、商販雲集。

薛蘅與謝朗將馬拴在山下的石柱上，拾級而上。謝朗心中說不出的愉悅歡喜，一身似有使不完的勁，連踏數級，躍上去後再轉過身，笑著看薛蘅慢悠悠跟上來。

這日天空似晴非晴，從樹蔭裡透進些陽光，碎碎斑斑，閃在青石臺階，也閃在謝朗的笑容上。

薛蘅抬頭間看見他的笑容，乍想起他雙臂受傷那日倒在青松下，陽光也是這樣照在他臉上。她停住腳步，輕喚道：「明遠。」謝朗一步躍下數級石階，跳到她身邊笑道：「蘅姐，口渴不？」

薛蘅微微搖頭，凝目注視著他。謝朗漸被她的眼光看得有些不自在，笑道：「蘅姐……」

「明遠，對不住。」

謝朗微愣，莫名地臉一紅，吶吶道：「什麼對不住？」

薛蘅望著他，誠懇地說道：「此次護書進京，我沒事先對你說明以身爲餌之計，害你遭遇重重磨難，還累得你雙臂受傷，我……」

她說話時神態認眞，謝朗看得呆了，口中一個勁地念道：「沒關係，眞的沒關係，沒關係……」

話到此，二人都不知該如何說下去，謝朗尷尬一陣，猛然笑道：「如此算來，我還要多謝蘅姐。」

「謝我做甚？」

謝朗一樣接一樣算道：「多虧有蘅姐的妙計，我首先完成了聖上交付我的任務，其次居然和蘅姐聯手殺掉了羽青這個平生勁敵，再者見識到了穆燕山手下大將的實力。第四……」

「如何？」

「第四就是結識了張兄那樣的英雄豪傑。」謝朗違心說道。

「還有沒有？」薛蘅微笑問道。

謝朗裝作想了許久，才一本正經地繃著臉道：「最後，咱們還滿足了南梁國使臣大人的夙願，好好地請他吃了一頓他嚮往已久的拳頭！」

薛蘅側過頭去，雙肩微動。

謝朗哈哈大笑，又躍到她面前，展開雙臂，「蘅姐你看，我的手已完好如初，還換來這麼多好處，當然得感謝你。」

薛蘅止住笑，認眞道：「可你畢竟傷了骨頭，萬一要是……」

謝朗忙道：「眞的沒事，不信你看！」他環顧四周，跑到路邊一名賣桃子的農夫身邊，拿過農夫用來挑擔的扁擔，在石階上將扁擔舞得勁風四起。

薛蘅被逼得退下兩級石階，蹙眉道：「好了、好了！」

謝朗兀自舞著扁擔，舞到興起處，一聲勁喝，扁擔脫手而出，直射樹梢，將樹葉震得簌簌而落。他再騰身而起，接住扁擔，威風凜凜地落回石階上，雙目炯炯望向薛蘅。

卻聽旁邊有人低聲罵道：「原來是個瘋子！」

謝朗轉頭，甫發現路旁邊的行人和商販們正都對著自己指指點點。有人搖頭道：「這年頭，不但鳥瘋了，人也瘋了！」

他俊臉驀地一紅，尷尬萬分地將扁擔還給那賣桃的農夫，偕薛蘅落荒而逃。

兩人一頓勁跑，跑上數百級臺階，人群漸漸稀少才停下腳步。謝朗已笑得直喘氣，薛蘅同樣忍俊不禁。正笑時，有人從山上下來，罵道：「哪裡來的大鳥，眞是發瘋了！」

另一人道：「得想辦法讓銳武營的大爺們來把這兩隻鳥射殺了才行，這樣下去，北塔山的白鶴遲早會被嚇得一隻都不見。」

薛蘅心中一動，攔住一名中年大嬸問道：「請問大嬸，你們說的兩隻大鳥發瘋，不知是怎麼一回事？」

那大嬸拍手頓足，回道：「也不知哪裡來的兩隻瘋鳥，這幾日每天來追趕湖心島上的白鶴。牠們追了也不爲吃，就嚇著玩。嚇得那些白鶴跑了很多，都不敢再飛回來了。」

路邊一小販叫苦道：「是啊，這兩隻瘋鳥，簡直是黑白雙煞，若將白鶴都嚇跑了，這北塔沒遊客來了，我的生意還怎麼做啊！」

又有一人猶豫著道：「我怎麼瞧著那隻長得像大鵰的白鳥，好像謝將軍麾下那個威勇白郎將啊？」

那大嬸啐了一口，「謝將軍那隻鵰保家衛國，豈會是這隻瘋子鳥，天天嚇鶴鳥玩！再說，謝將軍啥時又養了隻黑鳥？」

薛蘅與謝朗相顧愕然。薛蘅就要仰頭呼哨，謝朗一把將她拉住，輕聲道：「咱們先躲起來瞧瞧，捉賊也要捉個現形才好。」薛蘅瞪了他一眼，卻還是隨著他奔入塔內。

兩人湊到正對著湖心小島的塔洞前，謝朗悄聲說：「難道眞是牠們？可小柱子每晚餵的肉都吃完了啊，牠們又來追鳥做甚？」

薛蘅也不敢十分確定，道：「若眞是，包准是大白的主意。」

「哪裡！我看八成是小黑那壞小子的主意。」謝朗叫起屈來。

薛蘅面帶薄怒，「我家小黑是姑娘，怎可能做這種無聊之事！」

謝朗忽「噓」了一聲，薛蘅旋止住話語。二人同時擠到塔洞前，乍見空中一道白影迅如閃電俯衝下來，只一晃眼便衝到了湖心小島上。

登時唳聲震天，白羽齊飛，成群的白鶴被這隻從天而降的大白鵰嚇得紛紛拍翅逃離。

薛蘅嘀咕了一句：「果然是大白這小子！」

謝朗嘿嘿笑著，摸了摸頭，忽見小黑不知從哪處閃了出來。牠攔在一群正倉皇逃離的白鶴面前，「哇哇」大叫兩聲，嚇得那群白鶴又再驚恐唳鳴，四散竄逃，更有一隻似被嚇破了膽，跌回岸邊哀哀淒鳴。

小黑得意地「哇哇」大叫，以極優美的姿態滑翔到大白身邊。大白用喙嘴討好地爲牠梳理羽毛，小黑則用頭蹭了蹭大白，再仰頭叫了一聲，狀極愜意。

薛蘅看得呆了，猛聽得身邊有古怪的聲音，側頭一看，謝朗正攀著塔洞笑得東倒西歪，他笑得喘不過氣來，只能從喉中發出「呵呵呵」的聲音。

謝朗笑得眼淚都出來了才說得出話來，指著薛蘅斷斷續續道：「蘅姐，你、你家小黑眞不賴，哈哈，居然還會、會圍堵包抄的戰術！」

這日是四月十五，謝朗惦著帶薛蘅去享用青雲寺有名的齋點，一大清早便起身。

天尚未發白，小武子和小柱子還在外間睡得鼾聲震天，他不想讓他們隨行，躡手躡腳打開門溜到廊下。廊下鐵架子上，大白聽到開門聲，猛然拍翅。

謝朗忙噓了一聲，大白慢慢平靜下來，但仍瞪著黑溜溜的眼珠看住謝朗。謝朗撫了撫牠的頭頂，低聲道：「你再忍兩天，小黑還在關禁閉，總得等牠的禁閉滿了，才能放你出去。」又低笑道：「你們既然一塊兒幹壞事，總得有難同當才是。」

小黑看著謝朗進秋梧院，蔫蔫地叫了一聲，又去啄腳上的細鐵鍊子。

薛蘅正在院中練劍，謝朗喚道：「蘅姐！」

薛蘅那廂仍在翻騰挪轉，劍氣沛然，並不理他。

謝朗等得很久，眼見東方發白，急得再叫了一聲：「蘅姐！」

薛蘅把一路劍式再練了數遍才收招。謝朗笑道：「蘅姐，走吧，再不去就吃不到青雲寺的齋點了。」

「我還要練氣。」薛蘅抹了抹頭上的汗珠，還劍入鞘。

「今天就別練了吧。青雲寺的齋點辰時初開始發放，因爲太過出名，排隊等的人很多，去得晚咱們就吃不上了。」

薛蘅在樹下盤膝坐定，閉上眼淡淡道：「吃不上就吃不上，有甚打緊的。」

謝朗恨不得將她拖起來，卻只敢蹲在她身旁勸道：「蘅姐，一天不練功有甚打緊的，青雲寺的齋點可一個月只放一次！」

薛蘅睜開雙目，盯著他看了一眼，「今日要吃齋點，明日要去會客，若天天這般給自己尋藉口，又怎能練成本領？」見謝朗還欲反駁，她認真喚道：「明遠。」

「啊。」謝朗一聽她這樣喚自己便莫名地說不出話，只愣愣應著。

「你須記住，憑一時的興趣是不能長久的，要想真的練成好本領，除興趣之外，尚得加上十分的努力。特別是你，在戰場上面對的是真刀真槍，豈能憑著興趣、一味貪圖好玩？須知練武一事乃『不進則退』，倘你的對手日日勤練而你耽於嬉玩，與他的差距便會越拉越大，一旦真上了戰場，動輒便有性命之憂。」薛蘅這一大段話講下來，竟像考慮了良久似的，毫無停頓之處。

謝朗心中嘀咕得翻了天，可看著她誠懇關切的神態，忽覺心頭一熱，縱有千萬句話也難脫出口，只得百無聊賴地坐在小黑旁邊愣瞧薛蘅練氣。小黑側頭看著他，喉中「咕嚕咕嚕」，似在嘲笑又似是同情。

一人一鳥，大眼瞪小眼。

好不容易等到薛蘅還氣入谷，謝朗喜得跳了起來，「蘅姐，能走了吧？」

薛蘅點點頭，正要說話，卻聽薛忱房中傳來一陣窸窣聲響，彷彿還有東西傾倒在地。

薛蘅面色乍變，一步衝前去推開房門，見薛忱正披了外衫，從床上支起身子，努力往輪椅上移。她急忙奔了過去，俯身抱上他的雙肋，口中道：「小坎他們呢？臭小子！」

薛忱借她這一抱之力，在輪椅上坐定，微笑道：「昨天那藥丸，得用卯時的露水來配，他們到園子裡收露水去了。」

薛蘅蹲下來，悉心替他繫著衣帶，低聲道：「二哥，他們不在，你就應當喚我才對。」

薛忱低頭把薛蘅散在自己膝上的黑髮掠到她耳後，輕聲應道：「知道了。」他見謝朗站在門口愣愣看著，忙道：「你們不是要去吃齋點麼，趕緊去吧。」

薛蘅不以爲然地道：「你這裡沒人伺候，我怎麼還能去吃甚齋點？」

謝朗聞言面色微變，忽大叫數聲：「管家！管家！管家！管家！」

他這數聲叫喚震得薛蘅、薛忱齊齊抬頭，也震破了謝府清晨的寧靜。

管家嚇得衣衫都沒繫好便趕了過來，連聲道：「少爺，有何吩咐？」

謝朗側頭看著正爲薛忱擰來熱巾擦臉的薛蘅，大聲道：「從今天起，給二師叔配四個小子，穿衣洗臉，諸事用心伺候！」他頓了頓，忍不住冷笑一聲，「免得人家說我們謝府沒有規矩，不會招待貴客！」

薛蘅覺著他這話說得太過莫名其妙，抬頭怒道：「誰這麼說了？」

「有些人嘴裡沒說，可心裡不一定沒說。」謝朗哼了一聲。

薛蘅氣得將熱巾甩在盆裡，薛忱忙拉了拉她的衣袖。她衝薛忱微微一笑，重又擰了熱巾，彎下腰替他輕柔地擦臉。

管家對薛、謝二人三年前的舊仇宿怨記憶猶新，眼見謝朗臉色青得似暴風雨前的天空，急忙將他推往門外，好聲哄道：「少爺，您不是說今天要去青雲寺吃齋麼，再不去就趕不上了。」

謝朗見薛蘅不理自己，又手腳麻利地替薛忱更衣，遂便大聲嚷嚷：「不去了！有甚好吃的？回去睡覺！」嚷罷甩門而去。

他回到自己屋中，見小柱子和小武子猶是橫七豎八地躺著，氣得一腳踢了過去，罵道：「還不起來練功！淨會睡懶覺！」

二人嚇得爬起來的當頭，謝朗已進了裡間。他握起長槍衝到院中，銀光閃爍，待一路槍法練完，院中碎葉滿地，他才稍洩了氣，至於氣的是什麼，他自己也不明所以。
小杜子和小武子在廊下探頭探腦。見謝朗拄著長槍愣愣發呆的樣子，小杜子輕聲道：「少爺怎麼啦？」
「不知道。」小武子低聲道：「總之，今天咱們小心點，看來不對勁哩。」

十七　玉堂春酒暖

「三妹。」
「嗯。」
「明遠這兩天怎沒來找你出外遊玩？」
薛蘅低頭在《山海經》上標注著記號，淡淡應道：「不曉得，也許忙吧。」
薛忱見她看得認真，問道：「還沒辦法破解麼？」
「嗯，雖看得出其中藏有暗語，但要想找出規律，還眞挺棘手。」薛蘅擱下筆，想起昨日被召進宮時景安帝的奇怪言語，再和他那次在太清宮中召見時的言語對照起來，不由發狠道：「其中鐵定含藏祕密，非找出來不可！」
「慢慢找，別急。」薛忱邊搗著藥，邊笑道。他微抬頭，乍見窗外有人影一閃，忙喚道：「明遠！」
謝朗夾著個棋盒進來，並不看薛蘅，逕向薛忱笑道：「二師叔，聽說您棋技高超，不知能否指點幾手？」
薛忱待要推辭，謝朗已一屁股坐下，擺好棋盤。薛忱只得與他對弈起來。
薛蘅聽著輕輕的落子聲，又將全副精神投注於眼前的《山海經》，她越想越出神，喃喃道：「難道會是逢九進七？可自古以來，未曾這樣寫暗語的啊？」

謝朗抓住這難得的良機，忙接口道：「逢九進七，也曾經有過。」

「眞有過？」薛蘅抬頭。

謝朗扔下棋子，坐到她身邊來，侃侃道：「安宗泰熙五年，因爲楚王謀逆，軍中不可能再用原來的暗語，遂有大將啓用了『逢九進七，退一望二』的法子，用來傳遞軍情。不過後來內亂平定，軍中再沒用過這古怪的暗語。」他起始還不太好意思直視薛蘅，說到後頭便越來越自然，恍如兩人之間從沒發生過爭執。

薛蘅馬上來了精神，「你詳細給我說說。」

「好。」謝朗將椅子再挪近了些。

薛忱敲著棋盤，問道：「明遠，你還下不下？」

謝朗頭也不抬，隨口應道：「不下了。」仍舊耐心地向薛蘅講解。眼見她聚精會神，聽得極認眞，他鬱悶了兩天的心情才又舒暢起來。

薛蘅對照著手中的《山海經》，慢慢看出些端倪，抬起頭向謝朗微微一笑，謝朗心中一飄，說得更加眉飛色舞。

薛忱坐於窗下，默然看著二人，若有所思。

工部尚書謝峻巡視完皇陵修繕的工程，又去檢查了一回河工，才回轉涑陽。

謝峻從宮中歸府，聽說薛蘅和薛忱已在謝府住上一段時日，再聽二姨娘將謝朗護書的險難大肆渲染了一番，忙吩咐這夜擺下家宴，正式宴請師弟師妹，並要謝過薛蘅對謝朗的救命之恩。

太奶奶服過薛忱開的藥方後，風寒已去，連纏綿多年的夜喘也好了許多。她喜得連聲說要認薛忱爲義孫，早早地穿戴整齊，在丫鬟婆子的簇擁下往東花廳而來。

快到東花廳，見三四五三位姨娘站在廊下探頭探腦，太奶奶禁不住笑道：「還站著做甚啊，都進去吧。」

三姨娘為難道：「老祖宗，今夜是老爺宴請那薛二叔……」

太奶奶啐道：「都一把年紀的人了，還避諱什麼？再說我還想收那孩子為義孫，將來成了一家人，你們也要迴避不成？」

三位姨娘大喜，笑著扶住太奶奶，進了東花廳。謝峻恭恭敬敬過來，將她扶到尊位坐下，轉身皺眉道：「明遠呢？他怎地這麼不懂禮數，不先到這裡準備迎接貴客！」

二姨娘忙道：「他去請薛閣主和薛二叔……」

話音未落，只聽到謝朗爽朗的笑聲遙遙傳來，三姨娘笑道：「明遠這孩子，什麼事笑得這樣開心？」

謝朗推著薛忱，側頭和薛蘅不停說著話。到了花廳門口，他與薛蘅一左一右，架起輪椅，薛忱身形幾乎未動分毫，輪椅便過了門檻。薛蘅鬆開手，與謝朗相視一笑。

謝峻過來拱手行禮，「謝峻見過閣主！」

「師兄切莫如此，薛蘅萬萬當不起。」薛蘅嚇得還禮不迭。

謝峻便笑道：「閣主有命，焉敢不從？那我就隨便些，叫一聲師妹了。」

薛蘅這才舒了口氣，趕緊向太奶奶施禮。

謝峻又向薛忱拱手道：「二師弟。」

薛忱忙著還禮。三四五三位姨娘還是初次見到薛忱，見他生得清雋溫雅，一襲白衫尤顯得翩然若仙，偏偏竟是個殘疾，只能一輩子坐在輪椅上，三人都在心中唏噓了一番，憐意大盛。

一番禮罷，謝朗將薛忱推到客位坐下，又趕緊拉開旁邊的椅子，笑道：「蘅姐，請！」薛蘅向他微微一笑，端然坐定。謝朗渾沒看到二姨娘的招手，逕自在薛蘅身邊的椅中坐下。

謝峻正走回主位，本以爲是自己的耳朵出了毛病，可等他坐定，便見謝朗夾了一塊鴨腿放在薛蘅碗中，笑道：「蘅姐，我家的廚子烤鴨做得不錯，你試試！」他再看了看太奶奶和幾位姨娘的面色，終於確定自己沒聽錯，氣得將筷子一拍，怒喝道：「謝朗！」

謝朗嚇了一跳，抬頭茫然道：「爹。」

謝峻指著他，雙目圓睜，怒道：「你、你叫閣主什麼？」他總算想到這個兒子屢立功勛，已是和自己平級的三品將軍，未罵出「畜生」二字來。

謝朗看著眾人詫異的面色，吶吶道：「我叫慣了……」又嘀咕了一句：「我又不是天清閣的，她本就不是我什麼師叔。」

謝峻聽見這話，登時氣得鬍子直顫。

二姨娘忙從中勸道：「老爺有所不知，明遠和薛閣主爲躲避追殺，一路上易容扮成姐弟，這才能平安回來，並掩護薛二叔將書送到京城。他可能叫慣了。」又向謝朗急使眼色，「明遠，今後可不能這麼叫了，還不趕緊改口。」

謝峻想起入宮時，景安帝在自己面前頗欣慰地褒揚了兒子一番，這口氣才順了些。他狠狠瞪了謝朗一眼，又向薛蘅陪笑道：「師妹，犬子頑劣，你切莫見怪。」

太奶奶盯著薛蘅看了一眼，笑道：「憫懷，你一回來就只會拍桌罵兒子，我看你還是不在家的好。」

謝峻尷尬地笑了笑，幾位姨娘忙紛紛打圓場，屋內一時歡聲笑語。

說話間，謝朗見桌上有盤野兔肉，想起那不知已遊蕩到何方的大鬍子，哈哈咧笑幾聲，起身夾了塊兔肉放在薛蘅碗裡，得意笑道：「蘅姐，兔子肉補筋益氣，比人參可差不了多少。」

薛蘅禁不住橫了他一眼，卻還是夾起兔子肉，送入口中細細嚼著。謝朗緊盯著她，問道：「怎麼樣？味道不錯吧？」

薛蘅微微點頭，謝朗大喜，再夾了一大筷放入她碗中，道：「那蘅姐多吃些。」

屋子裡其餘人都看呆了。眼見謝峻又要發怒，太奶奶急忙踩了他一腳，謝峻總算壓住怒火，沒再度拍桌罵人。隨後太奶奶輕咳一聲，喚道：「明遠。」

謝朗一心只在薛蘅身上，太奶奶再喚了聲，二姨娘忙拉了他一把，他才抬頭道：「啊，太奶奶，什麼事？」

太奶奶眯起眼看著他，微笑道：「你從邊關回來，還沒給太奶奶說過近三年歲月的事情，這一回又經歷了護書之險，今晚就上太奶奶那裡，好好給我說一說。」

三四五三位姨娘雖聽二姨娘略略轉述了一番，但總覺不過癮，偏偏這段時日，謝朗不是待在秋梧院，就是帶著薛氏二人四處玩耍，總也逮不到他的人。這刻聽太奶奶發話，喜得都連連點頭，「就是，明遠，回頭好好和我們說一說。」

謝朗看了一眼薛蘅，竟忽覺不好意思，嘿嘿笑了一聲，道：「也沒什麼好說的，很平安地就回來了。」

三姨娘撇嘴道：「說甚『很平安地就回來了』，聽二姐說，你還被丹國賊子射中了手臂，幸好只傷了一隻手臂，若傷在別處可怎麼辦？」

薛蘅筷子一頓，凌厲地看了謝朗一眼。謝朗慌了神，恨自己一時口快，竟說出曾經受傷一事，好在當時留了點心眼，只說一隻手臂受傷，若說出兩隻手臂都受了傷，可就大事不妙。

謝朗正胡思亂想，三姨娘已站起身來掀他左手的袖子，口中道：「快讓三娘看看，傷成怎樣？」她剛起身，四姨娘幾乎同時站起，跑過來掀謝朗右手的袖子，連聲道：「傷在哪裡？讓四娘看看！」

謝朗嚇得將筷子一丟，騰身而起，差點將椅子帶翻。他連連擺手，「沒事、沒事，早就好了，不用看了……」

太奶奶夾了塊野兔肉慢慢嚼著，又眯起眼看了謝朗和薛蘅片刻，再向謝峻歎道：「這隻兔子老了些，我嚼不動，下次讓廚子弄隻嫩的來。」

謝峻連聲應是，二姨娘聽見了，忙吩咐下去。

謝朗吃完飯，又在秋梧院拖著薛忱下了數盤棋，眼見薛忱呵欠連連，才不得不作別，回到了自己居住的毓秀園。

他在秋梧院時渾沒覺得出汗，一回到毓秀園便連聲叫熱。

小柱子等人忙將大木桶中倒滿水。謝朗將衣服脫得精光，跳入大木桶內，長長地歎了一聲：「爽啊。」

他正閉目享受這井水的清涼，卻聽小柱子在外叫了聲：「老祖宗！」

太奶奶似是笑咪咪地在問：「少爺呢？」

「回老祖宗，少爺在洗澡。」

太奶奶似是要推門進來，小柱子連聲道：「老祖宗，少爺他正在洗澡……」

太奶奶將枴杖頓得篤篤響，罵道：「他是我一把屎一把尿帶大的，什麼我沒見過！」

門吱呀一響，嚇得謝朗急忙縮入水中。

太奶奶舉起枴杖，將木桶敲得砰砰響，不耐煩道：「出來，出來！躲什麼躲！太奶奶都快進土的人了，你怕甚羞！」

謝朗只得將頭鑽出水面，雙臂攀在木桶邊沿，嘻嘻笑道：「太奶奶，什麼事……」

太奶奶目光在他赤裸的雙臂上一掠而過，又圍著木桶轉了幾圈，什麼也沒說便出門而去。

謝朗摸不著頭腦，想了片刻就懶得再想，不停將水往頭頂淋，嘴裡還哼起了小曲。

小柱子在外聽見了，噗哧一笑，低聲向小武子道：「少爺怕是在思春吧。」

小武子同樣笑得賊兮兮，「少爺回來後還沒去過珍珠舫，我看，是在想珍珠舫的姑娘了。」

謝朗將手中的肉條餵給大白，想了少頃，喚道：「小武子。」

「少爺，有何吩咐？」小武子笑著跑過來。

「這涑陽城，還有什麼好玩的地方？」

小武子想起昨晚之話，賊笑著點頭，「有，翠湖。」

謝朗拍了一下小武子的額頭，怒斥道：「我要帶蘅姐出去玩，你竟讓我帶她去翠湖！」

小武子眼珠亂轉，道：「少爺，這涑陽城其他好玩的地方，您都帶薛家二位去過了，只剩下翠湖沒去。翠湖夜景極美，不去太可惜。再說了，您又不是帶他們去喝花酒，就坐坐船、遊遊湖、吹吹風、聽聽曲子，再和薛二叔在船上下幾盤棋、對幾句詩，豈不是最風雅的事情？」

謝朗聽了大爲意動，眼下天氣漸熱，謝府竟似悶得透不進風來，若能帶著蘅姐去湖上吹吹涼風，倒是不錯。他再想起回京後還未去見過秋珍珠，也不曉她最近如何。秋珍珠雖落跡風塵，但風采出眾、一身藝業，只怕並不下於那個什麼柴靖，若是蘅姐能與她一見如故，像和柴靖一樣惺惺相惜，堪稱美事一樁。

他將手中肉條丟給小武子，再撫了撫大白，微笑著直奔秋梧院。

「去翠湖？」薛蘅冷覷了謝朗一眼。

「是。」謝朗笑道：「翠湖夜景是涑陽四大美景之一，眼下天氣漸熱，與其在府裡悶著，不如去翠湖坐船、吹吹風。」

他向薛蘅靠近了些，神神祕祕道：「蘅姐，我想向你介紹一位奇女子，你若見了她，必定十分喜歡。我敢保證，她比那個柴靖差不了多少。」

薛蘅一聽，沉吟不語。薛忱在一旁忽然接口：「明遠將這人說得如此好，我倒眞想去見識見識。」

薛蘅想起薛忱難得到京城走一趟，便點頭道：「好，我也去見識一下。看看究竟是怎樣的奇女子，竟能比得上柴靖。」

謝朗樂得趕緊去推薛忱，小黑見三人要出門，在鐵架子上拚命撲騰，又哇聲大叫。

薛蘅見小黑這等迫切之狀，想起牠已關了數日，心一軟，解下小黑腳上的細鐵鍊子，「帶上大白吧，可憐牠也關了幾天了。」

小黑在她懷中拱了幾下，薛蘅低頭瞪著牠道：「你今晚若再和大白幹壞事，以後都別想出去玩！」

四月二十的月兒斜斜爬上夜空，與晚霞一起將東面天空映成淡淡緋紅。

薛蘅與謝朗並駕齊驅，到得湖邊，她迎著湖風深吸了口氣，點頭道：「嗯，翠湖的夜風確實涼爽。」

「是吧。」謝朗笑著下馬，回身到馬車中抱出薛忱，小坎、小離忙將輪椅搬下來，小武子和小柱子則跑到湖邊大聲喚船。

喚了半天，仍不見珍珠舫搖過來。謝朗「咦」了一聲，張望道：「去哪兒了？」

有艘漆成深紅色的畫舫從柳樹下晃悠悠搖曳過來，穿著粉紅薄紗裙的女子在船頭掩唇笑道：「我還以爲自己眼花了，眞的是小謝！」

薛蘅眉頭一皺，謝朗已向那女子笑道：「紫雲姑娘，可看見秋姐姐的船？」

紫雲的眼神像會飛一般，自眾人面上飛快地飄過，盈盈一笑，「秋家妹妹的船本來是停在這裡的，可陸家少爺來了，似是喝醉了酒，嚷著要去撈湖心的月亮。秋家妹沒法子，只得將船搖去湖心，這個時候只怕正陪著陸家少爺撈月亮呢！」

謝朗聞言一愣，「小陸子怎地喝醉酒了？」

紫雲素日淨看著這些世家公子出入秋珍珠的「珍珠舫」，早眼紅得很，好不容易逮著謝朗一次，怎肯放過。她眼波流轉，笑道：「小謝若急著見秋家妹妹，不如坐姐姐我的船，我送你們去湖心，如何？」

謝朗一心惦著要介紹薛蘅與秋珍珠結交，又想瞧瞧一向穩重的陸元貞究爲何事醉得要去撈月亮，便笑道：「有勞紫雲姑娘了。」

薛蘅、薛忱互望一眼，總算忍住未表示異議，但二人面色都冷得像十月寒霜。

上得畫舫，紫雲連聲吩咐開船。舫中姑娘們聽說「涑陽小謝」竟然難得的沒有上「珍珠舫」，而是上了自家的船，都齊齊擁來，一時鶯聲燕語、花團錦簇，將主艙擠得香風四溢。

薛忱連打數個噴嚏，將手放在鼻前不停扇著，譏諷道：「明遠，這就是你要引見給我們的奇女子麼？」

謝朗也漸覺不對勁，看見薛蘅的臉色尤驚得心中直打鼓，慌忙擺手道：「不、不、不，不是……」他話未說完，紫雲已拉著一位膚色雪白的綠衣女子過來，將她往謝朗懷中一推，拍手笑道：「綠荷，你平日嚷著要見小謝，這可見到了！」

謝朗還未反應過來，綠荷已倒在他懷中，就勢將他脖子摟住，嬌聲喚道：「謝公子！」

謝朗嚇得腦中發昏、腿腳發軟，渾身的功夫竟使不出一分來，只結結巴巴說道：「你、你快起來，別、別這樣！」

綠荷聲音低柔，媚聲道：「聽說謝公子很喜歡聽秋家姑娘彈琴，奴家琴藝並不遜於秋珍珠，奴家這就彈給謝公子聽，可好？」

薛忱在旁冷眼看著，拉長了聲音道：「師姪果然不愧『涑陽小謝』的名聲，竟認識這麼多的奇女子啊……」

紫雲這才注意到白衣翩翩的薛忱，她瞄了數眼，覺得此人雖然身有殘疾，但能讓謝朗一意要帶上「珍珠舫」，只怕也是第一等的風流人物，忙向手下的姑娘們使了個眼色。姑娘們早就等著，一擁而上，圍住謝朗和薛忱，嬌聲連連。薛忱連打數十個噴嚏，哪還說得出話來。

還有數人見大白和小黑又可愛又威猛，忙著去摸牠們，笑道：「小謝，這就是你養的那個白郎將大人麼？」

謝朗狼狽萬分地將綠荷推開，只見薛蘅面青如鐵，竟是從未有過的嚴厲。他嚇得趕緊踉蹌著過來，道：「蘅姐，我……」

薛蘅氣得拂袖而起，大喝道：「停船！」

紫雲終於注意到還有一位女子，但她見薛蘅穿得比尋常僕婦還要樸陋，面上無半點妝容，只道是謝府的僕人，便笑道：「喲，這位大嬸，你家少爺還沒發話，你怎麼就……」

薛蘅右足勁踢，運足十分真氣將畫舫的一根紅漆柱子踢裂開來，霎時木屑四濺。她厲聲喝道：「把船搖回去！」

艙內眾女子先是嚇得齊齊哆嗦，靜了片刻又齊齊驚呼。數十人的嬌呼聲震得薛忱掩著耳朵，連連搖頭，「太鬧了，太鬧了！果然都是奇女子！」

紫雲嚇得趕緊吩咐停船靠岸。

薛蘅冷冷盯視謝朗一眼，旋負起薛忱，和小坎、小離躍上岸邊，也不等小柱子將馬牽過來，即拂袖而去。

謝朗呆若木雞，直到薛蘅背影快消失在視線內，他才回過神來，急急跳起，衝向船頭大聲喚道：「蘅姐！」

紫雲怎肯將他放過，連聲吩咐開船，又和綠荷一起來拉他。

三人拉扯間，謝朗的衣袖被撕下一截來。眼見薛蘅就要不見，他氣得一腳將紫雲蹬翻，如蒼鷹搏兔一般躍過丈半寬的水面，急急追向薛蘅。

紫雲看著手中的半截衣袖，沮喪萬分，「難道我的姑娘真比不上珍珠舫……」

綠荷卻呼道：「快看，還有兩隻鳥沒走！」

紫雲轉過身，與眾姑娘圍住仍站在案上左顧右盼的大白和小黑，七嘴八舌議論起來。

「這隻肯定是白郎將，那這隻黑不溜丟的是什麼？」

「我看像隻鴿子。」

綠荷搖頭道：「不像，像隻老鷹。」

「肯定是鴿子，不是鷹。」

綠荷發起狠來，道：「肯定是鷹。」

「打一賭，賭昨天陳公子送你的那根玉簪。」

「賭就賭。」綠荷一捋衣袖，旋要上前捉住小黑。

大白和小黑似是忍了許久，對望一眼後拍翅大叫。在眾姑娘的驚呼聲中，牠們在艙內橫衝直撞，撞翻了安宗年間的瓷花瓶，撞倒了楊貴妃彈過的五弦琴，抓破了綠荷的美人臉，撕爛了紫雲媽媽的粉紅裙。

待艙內所有人都東倒西歪、呼天搶地，小黑才得意地嗅叫一聲，大白急忙跟上，「黑白雙煞」衝出船艙，振翅飛向浩渺無垠的夜空。

小武子捂著屁股，一瘸一拐走進屋子，小杜子笑得直打跌。

小武子怒目而視，嚷道：「笑什麼笑！」

小杜子指著他，好半天才說出話來，「你啊你，居然勸少爺帶薛閣主去遊翠湖，真是自作孽、不可活呀……」

小武子揉著屁股，頗不服氣，「我哪知道少爺會上那艘紫雲舫啊，那上頭的姑娘可是出了名的風騷。」過得片刻，他又哈哈一笑，道：「不過說起來，咱們少爺真夠倒楣的。他也不打聽打聽，就上了紫雲舫，現下紫雲姑娘還堵在咱家門房索銀子賠償呢。」

小杜子拍著桌子大笑，問道：「少爺還在敲秋梧院的門？」

小武子頓也忘了屁股的疼痛，笑得仰倒在床上，悠悠道：「我看這門，三五天內是敲不開的了。」

撕心裂肺的電光將夜空劈成兩半，頃刻之間驟見一道炸雷滾過，暴雨潑天蓋地灑落下來。秋梧院的修竹在暴雨中東倒西歪，梧桐樹也被打得「啪啪」作響，偏這天氣悶得太久，雨下得極大，激起滿屋潮氣，窒熱難消。

薛蘅面色凝重，在昏暗燭火下將這些天破解出來的暗語連讀一遍，雙手不禁微微發顫。她不太敢相信自己所看到的，平定心神重讀了一遍後，《山海經》「啪」的掉落在地。

她在椅中呆坐良久，慢慢俯身拾起《山海經》，又走到窗前望著外頭的傾盆大雨，低低地歎了一聲，自言自語道：「怪不得……」

窗外又有一道閃電劈過，薛蘅驚得猛然抬頭，閃電彷若就在眼前，像一柄隨時可能落下來的利劍，要將所有人劈得身首異處。薛蘅面色蒼白，在窗下默立良久，她下意識望了望薛忱的房間，更覺心亂如麻。

直到後半夜，她仍在燈下揮筆疾書，又不停前後對照，凝眉沉思。

謝朗瞞著謝峻，好不容易將紫雲給打發走，又連著敲了三天秋梧院的門，仍沒能見著薛蘅的面。倒是薛忱曾出來幾次，但他每次都只瞥了謝朗一眼，然後笑咪咪地點點頭，便帶著小坎、小離揚長而去。

傍晚回來的時候，見謝朗還萎靡地候在門口，薛忱關切地問道：「師姪，三妹還不肯開門讓你進去呀？」

謝朗喜出望外，「沒呢，二師叔，我……」

「哦，那你慢慢敲吧。」

「哐啷」一聲，秋梧院的門又關上。不久，裡頭傳來了薛忱唱的曲子：「夜漫漫，奇女子淚濕紫羅袖……」

謝朗摸摸差點被夾住的鼻子，百口莫辯，只得每天怏怏地坐在秋梧院門口，連陸元貞數次派人來傳話，他都託辭不見。

眼見昨夜剛下過暴雨，地上泥濘潮濕，小武子急忙搬了把凳子過來，諂笑道：「少爺，您別坐地上，坐凳子上吧。」謝朗恨不得再朝小武子的屁股踹上一腳，小武子見勢不妙，「嗖」的溜了開去。

謝朗把身子挪到凳子上，靠著秋梧院的大門扣敲門上銅環，有氣無力地喚道：「蘅姐……」

大門忽然「吱呀」開啓，謝朗沒坐穩，凳子一歪，人跟著倒入門內。他急忙挺身而起，也顧不得拍掉身上泥土，望著薛蘅尷尬笑道：「蘅姐。」

薛蘅不說話，只上下看了謝朗幾眼，又面無表情地轉身往屋內走，他急忙跟將進去，見銅盆內燒了一盆的紙灰，微微一怔。而薛蘅似在思考著什麼，在房中慢慢踱步。謝朗只要能見著她就好，哪敢驚擾，遂老老實實站在一邊，但眼神始終跟著她移來移去。

薛蘅陷入沉思之時嘴角微抿，站住不動的時候，她的睫毛便會稍稍垂下，恰好將眼睛遮住一半。謝朗忽發奇想，若能用手去碰一下那睫羽，不知會不會捲起來？捲起來之後，不知能不能放下一根小木棍？

薛蘅終於做下了決斷，一抬頭即見謝朗正似笑非笑地望著自己，目光閃亮。她心猛地一跳，拂然轉頭，冷哼一聲。

謝朗立時清醒，面帶慚色地喚了聲：「蘅姐。」

薛蘅望向他，緩緩道：「你，能否幫我一個忙？」

「當然行。」謝朗連連點頭，在半空中飄悠三天的心一下子落了地，踏實得讓他簡直不敢相信，他忙攝定心神，不敢露出喜色。

薛蘅卻又思忖了一番，才問道：「德郡王的世子前年傳出身患重症，聖上憐德郡王年高德劭，恩撥了一座莊子給世子靜養。你知不知道，世子靜養的莊子在何處？」

謝朗一愣，想了想，甫道：「是聽說過這麼一回事，但莊子在哪兒，還得去打聽一下。」

薛蘅靠近他耳邊，低聲叮囑：「你得不露形跡打聽這件事情，千萬別引起旁人的注意。切記，切記！」

謝朗耳朵酥癢難當，心裡更是飄飄然，笑道：「蘅姐放心，我馬上去打聽。」

那廂小武子和小柱子正在美人蕉下躲烈日，見謝朗從秋梧院奔出來，以極快的速度一閃而過，兩人互望一眼，小武子問道：「你看清沒有？」

「少爺跑太快，我沒看清楚。」

小武子撓頭道：「那少爺心情到底是好了沒哩？抱琴姐姐託我傳的信，給還是不給呢？」

小柱子憐憫地看著他，「你自求多福吧。」

直到黃昏時分，謝朗才又急匆匆地跑了回來，小武子來不及喚住人，謝朗已「砰」的一聲關上了秋梧院的門。

小武子內急沒憋忍住，衝到茅房撒了泡尿，再回來時便只見謝朗和薛蘅的背影，等他追到大門，那二人早已策騎遠去，融入暮靄之中。他想起懷中那封信，哭喪著臉回到屋子。

小柱子忙勸慰道：「放心，少爺今晚沒赴公主之約，到時頂多再踢你幾腳，不會怎麼樣的。」

小武子冷然一個寒顫，慘叫幾聲，捂著屁股倒在床上。

薛蘅在狹隘的谷口拉轡停馬，環顧四周，凝眉道：「眞是在這裡？」

「是。」謝朗雖也疑惑，但仍肯定道：「王爺開府建制，聖上撥了些宮裡的老人來服侍。其中有一位是從宗人府過來的，我裝作和他閒聊，套了話出來，世子應當是在這山谷中靜養。」

天已全黑，谷口夜風飆急，吹得薛蘅的頭髮高高揚起。她想了想，道：「你在這裡等我，藏好行蹤，別亂跑。」

謝朗哪裡放心，縱馬到她前面，喚道：「蘅姐！」

「明遠。」

黑暗中，謝朗看不太清薛蘅的神色，但從她的語氣中，他聽出了前所未有的嚴肅。他便也不再多問，只望著薛蘅，輕聲道：「蘅姐，你萬事小心。」

薛蘅向他微笑了一下，躍身下馬，形如一道青煙，和著谷口淒厲的風，隱入重重黑暗之中。

謝朗將薛蘅的馬趕入樹林內，回頭剛要拉自己的馬，颯然面色一變，疾速向後仰倒！極細微的風聲自面頰邊擦過，他身形未直，一把扯下外衫，手腕勁轉，用衣衫包住緊接著射來的十餘根銀針。

有人輕輕「咦」了一聲，旋見一道人影從谷口處緩緩走來。

來人瞳孔微縮，嘴角輕勾，「原來是謝將軍。」

謝朗只得抬頭抱拳，「呂三哥。」

呂青仍是一襲青衫，似笑非笑地看定他，道：「謝將軍怎麼跑到這裡來了？」

謝朗揪起胸前衣襟不停搧著，又抬頭望天，大大咧咧道：「三哥可有看見我家大白啊，這小子不知飛到哪裡去了。」

呂青似是釋然地鬆了口氣，笑應：「沒見著，牠又不聽訓了？」

「是啊。」謝朗歎道：「自打走了一趟孤山，牠像玩野了心似的，下午帶牠去打獵，結果飛得不見了影，再晚城門就要關了。」

呂青道：「讓牠多玩一會兒，也不打緊的。」

謝朗心念電轉，笑道：「說起來真慚愧，薾……師叔那日急著脫身，想來對方的目標是她而非三哥，匆忙間只來得及帶著我逃生，不知三哥那日又是如何……」

呂青歎道：「唉，薛閣主真是慧眼獨具，窺察出那家人心懷鬼胎。你們一跳橋，我才覺出不對。他們人多勢眾，我和風桑合力，終拚出一條生路。只可惜沒能捉到一人好問出幕後主使，眞眞遺憾！」他又笑道：「我和風桑一路尋找你們，直到聽說你們回了京城，始敢回來覆命。此趟幸得薛閣主和謝將軍大智大勇，我們才不至被問罪，風副將直說要擺宴謝過二位才好。」

謝朗忙道：「三哥太客氣。」說完又東張西望，疑道：「這裡是……」

呂青微微一笑，「這裡是僕射堂訓練暗衛的地方，謝將軍還是快快回城吧。」

謝朗笑著抱拳告辭，拉轡揮鞭。奔出數丈，他裝作呼哨大白，眼鋒瞥見呂青已轉身入谷。再奔出一段路，他才飄身下馬，運起輕功潛回先前樹林，在灌木叢後掩住身形，瞪大眼睛看著谷口。

直等到半夜時分，才隱隱見到薛蘅的身影從谷中出來。謝朗拉上藏在樹林裡的另一匹馬，急忙迎上去，低聲道：「快走！」

薛蘅會意，二人輕手輕腳地走著，直走到停馬的地方，謝朗甫鬆了口氣。

「怎麼了？」

「方才你進去不久，我居然遇上了呂青。」

薛蘅眉頭緊鎖，道：「他見到你了？」

「嗯，不過我說是出城打獵，不見了大白，他似是沒有懷疑，只不過……」

「只不過什麼？」

「呂青說，這裡是僕射堂訓練暗衛的地方，可我明明問到的是……」

薛蘅打斷了他的話，「他說得沒錯，谷裡眞是僕射堂訓練暗衛的地方。興許是你打聽錯了。」

謝朗撓了撓頭，「眞是我弄錯了？」

薛蘅點頭道：「雖然弄錯了，你也別將今夜之事說出去。僕射堂的人，一向聽聖上之命行事，若知道你來夜探此處，難保不生什麼嫌隙。」

「嗯，蘅姐放心，我就當剛才之事從沒有發生過。」謝朗笑道。

走了數里，謝朗「哎呀」一聲，拍著膝蓋道：「這個時候，城門必定已經關了，咱們趕不回去，怎麼辦？」

薛蘅卻半晌沒有答話，謝朗只得自問自答：「咱們隨便找個地方歇息一宿，明早再回城吧。」

薛蘅還是沒有答話，謝朗轉頭，見她神思不屬，依稀的一點月光恰照在她緊蹙的眉頭上。

「蘅姐！」謝朗大聲喚道。

薛蘅似從夢中醒來，恍恍惚惚開口道：「你說什麼？」

十八　空翠濕人衣

謝朗見薛蘅一副心事重重之狀，卻不敢問她。他心念電轉，笑言：「蘅姐，你肚子餓不餓？」

「還好。」

「要不，我去找點吃的？」

「好。」薛蘅隨口應聲。

「蘅姐，你想吃野兔子還是烤蛇？」謝朗一臉笑嘻嘻。

薛蘅終於抬頭，微笑道：「都好，只要不烤焦就成。」

謝朗動作迅捷地跳下馬，像奔兔似的躍入林中，過了許久才再出來。他額頭滿是汗珠，鑲玉束冠也被樹枝刮得有點歪斜，手上提著的卻是一隻野雞。

等撿來乾柴、架起火堆，他又從馬上掛著的皮囊中取出幾個小瓶子一一打開，竟是鹽、茴香、孜然等調味之物。薛蘅不由訝然，問道：「怎麼還帶著這些東西？」

謝朗自不能說出心中那點小小的想法，只笑道：「軍中有這習慣，經常在野外宿夜使然。」

薛蘅見他滿頭大汗，額頭上還沾著一片樹葉，便伸手替他拈下，順便用衣袖替他拭了拭額頭上的汗珠。

謝朗的心倏地飄在了半空中，他愣愣望著薛蘅，彷彿又回到了雙臂受傷的那段日子，耳邊似乎還迴盪著她的輕嗔薄怒，腦中迷迷糊糊記起自己曾下過的一個決心，腳趾頭不由自主地在靴子裡動了幾下。

薛蘅卻又陷入沉思，今夜所見證實了《山海經》中暗語所言之隱祕，如何化解可能發生的隱患，卻毫無頭緒，她不由有點喪氣。

謝朗的心倏地又落了下來，眼見野雞已烤得香氣四溢，忙撕了雞腿奉給薛蘅，「蘅姐，趁熱吃。」

薛蘅因為心裡有事，這雞腿便食不知其味。謝朗啃了兩口，忽然「哈」的一笑，道：「蘅姐，想到吃烤雞，我說個笑話給你聽好不好？」不等她說話，他便興高采烈地說了起來。

薛蘅開始仍有點心不在焉，可謝朗說得眉飛色舞，這小子又口齒伶俐、繪聲繪色，她也慢慢被吸引，及至謝朗說到陸元貞跑了一晚茅廁的狼狽情形，不由噗哧一笑。

謝朗是薛蘅高興他便高興的，說得更加起勁，不知不覺中，一隻野雞薛蘅吃去大半，他仍是一根啃了兩口的雞腿拿在手中。

薛蘅喝了口涼水，腹中突生一陣冷痛，她不禁抽了口冷氣，皺著眉頭撫上腹部。

謝朗嚇了一大跳，見她臉色寡淡、雙唇無光的樣子，以為她內傷發作，忙將雞腿一扔，扶住薛蘅連聲問：「蘅姐，怎麼了？」

薛蘅腹中冷痛一陣強過一陣，腰更似要斷了一般，不耐煩道：「沒事，老毛病。」

謝朗一聽，心內自責。當日薛蘅雖未說出是為了他才受的內傷，但他心思靈敏，事後很快便猜出了原委。眼見薛蘅的傷這麼久都未痊癒，他心中不禁又急又疼。

薛蘅哪知他的心思，只是按住腹部，徐徐抽著涼氣。

謝朗馬上盤腿端坐在薛蘅對面，氣運數周天，抓住薛蘅手臂，欲替她推宮過血。

薛蘅一愣，馬上反手一把扼住他的手腕，怒道：「謝朗！」

「蘅姐，雖然我內功並非頂好，不能治好你的內傷，但幫你推宮活血還是可以的。你隨著我推拿之勢調運一下氣息，看會不會好轉一些？」謝朗看著她，認眞道。

薛蘅愣然片刻，哭笑不得，剛張了張嘴，又不知怎麼開口。謝朗已閉上雙眼，凝神定氣，一股熱流隨著他的掌心緩緩傳到薛蘅體內。

薛蘅慢慢鬆開手，默默地望著他，他掌心的熱度漸漸緩解了她的疼痛。那句到了喉頭的話：「明遠，我不是內傷發作，只是……」，她怎麼也說不出來。

「好了，氣息順了。」薛蘅終於輕啓道。

謝朗同感覺到她體內氣息平穩，吁了一口長氣，依依不捨地收回右掌，再睜開雙眼，朝薛蘅微微一笑。

薛蘅也報以微笑，道：「明遠，我看你雖偏重外家功夫，但內功底子還是不差。回去後，我找找娘練槍時的心法，你照著練，對槍法的提升會有助益的。」

謝朗喜道：「好啊，當師叔祖的弟子，再好不過了。」

這番爲薛蘅推宮活血頗耗眞氣，又値後半夜，謝朗漸覺困倦，但怕薛蘅思慮過度再引發心病，便坐在她身邊，依著大樹，有一搭沒一搭地和她閒聊。

月光朦朧，他的聲音亦漸迷糊，終於頭一歪，靠在了薛蘅肩頭。薛蘅本能地一縮，剛想將他推開，但轉頭一看，便再也沒有辦法伸出手去。

薄薄的星月光輝下，他倚在她肩頭沉睡，他明朗的眉眼舒展開來，嘴角微微上翹，彷彿有抑制不住的喜悅從夢中噴薄而出。周遭一切聲音在消退，只聞見他勻淨的呼吸，這極有規律的呼吸聲像海潮起起落落，她如同在水波中輕漾，意識逐漸迷濛。

水波柔軟地將她托住，她的心，也如深海般沉靜，再無當頭壓下的黑暗，再無無處可逃的驚懼。

四下闃寂，連夢中也是一片闃寂。

謝朗被鳥叫聲驚醒，睜開眼的剎那，竟分不清此刻到底是夢是眞。猶記得在一望無際的草丘上，他縱馬疾馳，追隨著一個身影。春風令他無比舒暢，那人回眸的微笑，尤引他湧上滿滿的歡喜。

他正想喚出一聲「蘅姐」，側頭乍見薛蘅正靠在他的肩頭，呼吸細細，顯然還在熟睡。

謝朗不敢動彈分毫，屛住氣息，生怕將她吵醒。過了好一陣，見她仍在熟睡，他才敢徐緩透氣。

他無法移開目光，這一刻，注視著肩頭的這張面容，似有種令人著魔的情緒在體內滋生，像春光裡蓬勃的野草，每一片葉子都在呼喊著生長。

夏日清晨，山間的霧彷似都是明亮的。霧氣沾染在薛蘅的睫羽上，謝朗看了許久，終於忍不住伸出左手，但靠近時，又慢慢收了回來。

薛蘅卻似有了知覺，睫羽微微一動，睜開了雙眼。初升的晨曦讓她微瞇一下眼睛，身軀坐直、雙眼完全睜開的瞬間，她的目光正對上謝朗的雙眸。那漆黑眼眸中映著她的身影，彷彿日月鴻蒙、天地初開之時那裡就有她的身影，只有她的身影。他靜靜地看著她，彷彿已看了百世千載。

如果每日醒來能看到這樣的一雙眼眸，是否再無輾轉難眠的孤寂，再無夢魘初醒的悽惶？胸膛深處，似被什麼東西慢慢地填滿。

亭亭如蓋的梧桐樹上傳來一陣歡快的鳥鳴。梧桐樹影間，謝朗咧嘴一笑，輕聲喚道：「蘅姐。」

薛蘅的心不規則地跳了起來，她靜默片刻，淡淡道：「走吧。」

「好。」謝朗一躍而起。

二人縱身上馬，不約而同地回頭，看了看昨夜二人並肩而眠的那棵梧桐樹。

迎著晨風奔出十餘里，二人又不約而同拉住馬韁，兩匹馬便在官道上慢悠悠地並肩走著。

遠處的山巒飄緲如煙，近處的河岸堤柳籠翠。這一帶是謝朗自幼玩慣的地方，他用馬鞭指著，一一向薛蘅詳述。

他正說得興起時，遠處忽有人在歡喜地叫著，「明遠哥哥！」

這聲音極爲熟悉，謝朗正想著是何人，前方已馳來兩匹駿馬，當先一位紫衣少女面上略有倦色，卻笑靨如花，正是柔嘉公主。

謝朗愣了一瞬，打馬迎上，笑道：「柔嘉，你怎麼出宮了？」

幾個月的相思，終於見到魂牽夢縈之人。看著謝朗剛毅英挺的身軀、明朗的笑容，柔嘉臉上像被火燒一樣熱起來，心怦怦跳得厲害，好半天才能說出話來，「聽小柱子說，你出城沒回來，好像是往西邊走的，我、我想著你回來時肯定要走這條路，所以……在這裡等你。」

說到最後幾字，她已拋開了矜持，眼神明亮地望著謝朗。

「等我？」謝朗莫名地有些不自在，下意識望了望從後緩緩策騎而來的薛蘅，「等我有什麼事？」

一旁的抱琴聽了，在心中腹誹幾句，恨不得奔前狠狠踹上謝朗兩腳。

自謝朗回京後，柔嘉日夜盼著能與他見一面，但皇帝說謝朗護書時受了傷，允了他三個月的假，她竟一直沒能見著。她以爲他會去平王府，找了數次藉口去探望皇兄，可每次都快快回宮。平王建府立制後一直都很忙，她只得忍住羞澀去求陸元貞，陸元貞沉默了許久，禁不住她的央求，答應幫她傳信。可是，竟連陸元貞也沒有見到謝朗。再等數日，又傳來了謝朗夜遊翠湖的風聞。

抱琴見柔嘉夜夜枯坐窗前托腮落淚，人也日漸消瘦，她實在坐不住而親自去了一趟謝府，雖也沒能見到謝朗，好歹將柔嘉的親筆信交給了小武子。

對抱琴而言，柔嘉雖然貴爲公主，卻像自己的親妹子一般，且這個妹子是世間最嬌嫩美麗的那朵花，需要世間最溫柔的愛惜和呵護。柔嘉放下公主之尊，約謝朗在柳亭見面，謝朗非但不赴約，讓公主在柳亭苦等了一夜，好不容易截著他了，他竟是一句「等我有什麼事」？哪有半點未婚夫妻之間的柔情密意，分明就是個缺心缺肺的二愣子！

眼見這二人一個含情脈脈、欲說還休，另一個卻神色迷茫、不解風情，抱琴終於忍不住，大聲道：「駙馬爺，公主她等了你一個晚上啦！」

薛蘅在後頭已經看清來者是柔嘉公主，當抱琴一聲「駙馬爺」喝出，她的手猛然拉緊，駿馬便長嘶一聲，停在謝朗馬後數步處。

謝朗同覺這聲「駙馬爺」格外刺耳，他從小與柔嘉一起長大，心中本無男女之念，言笑不禁，但自從與她定親後反倒覺得不自然，所以兩人見面的機會，他是能躲則躲，他自己也說不清這是爲什麼。眼下薛蘅在身邊，卻憑空跑出一個與自己有婚約的秦姝，饒是他素來闊朗豪爽，亦覺得渾身不自在。

謝朗刻意壓下這陌生稱呼帶來的不自在，尷尬地問道：「爲甚等我一個晚上？有什麼要緊的事麼？」

柔嘉本滿面嬌紅，如同春雨後凝了水珠的花瓣一般，聽到謝朗這句話，眼眶一紅，險些掉下淚來。

抱琴卻是心思縝密之人，聽出不對，忙問道：「小武子沒將信交給駙馬爺麼？」

「什麼信？」謝朗愕然。

柔嘉又一下子歡喜起來，整個晚上的患得患失、愁兮悵兮頓如煙雲消散，臉上泛起紅暈，柔聲道：「明遠哥哥，你別責怪小武子，我、我也沒什麼要緊的事情。」

「哦。」謝朗見柔嘉的繡花宮鞋被露水打濕，忙道：「柔嘉，你出來一個晚上了，快點回宮去吧，免得皇后娘娘擔憂。乖，聽話。」

柔嘉自會走路起，就跟在平王及謝朗等一干少年背後，像個甩不掉的跟屁蟲。她年幼時，謝朗等人要去調皮搗蛋，嫌她礙事，就會這樣將柔嘉哄開。此時，謝朗即不自覺地將以前哄她的語氣帶了出來。

薛蘅攥著馬韁的手，關節漸漸泛白。

這番話聽在柔嘉耳中，卻滿是關切之意，也更顯親密。她一顆心喜得飄飄悠悠，此刻，她能多看謝朗一眼都是好的，又怎捨得立刻回宮？可若不聽明遠哥哥的話回宮，他是否會不高興？如此憂切一番，她總算看到了謝朗背後的薛蘅，想起小柱子說謝朗正是和薛閣主一起出城辦事，喜得打馬近來，問道：「這位可是薛先生？」

薛蘅雖曾數次進宮，可一直未與柔嘉正式會見，聽到她這聲「薛先生」喚出，忙輕聲回應：「天清閣薛蘅，見過公主。」說罷，就欲下馬見禮。

柔嘉忙連聲道：「不用見禮，不用見禮！父皇都稱您一聲『先生』，您又是明遠哥哥的師叔，就如同柔嘉的長輩一般。柔嘉還要多謝您對明遠哥哥的救命之恩。」

薛蘅一時無語對答，她望了望謝朗，此刻，那明亮眼眸中似也充滿了迷茫和歉意。

柔嘉又向謝朗笑道：「明遠哥哥，皇兄說你和薛先生護書之路甚是艱險，我想聽一聽。」

「也沒甚艱險。」謝朗嘿嘿笑了笑，「反而挺好玩的。」

「那我更要聽了。皇兄太忙，只會搪塞我，說他也不甚清楚。明遠哥哥，你就說給我聽吧。」

謝朗不忍拂了她的意，隨口道：「好吧，我先將你送回宮，咱們邊走邊說。」

柔嘉大喜，驅馬到他身邊，仰頭嬌笑，「走吧。」

晨曦漸濃，謝朗與柔嘉並駕齊驅，抱琴欣慰地看著，笑了笑，打馬跟上。薛蘅也默然慢慢跟上。

謝朗揀一路上的事情約略說說，自然隱去了雙臂受傷一節。柔嘉卻聽皇帝說過他受了傷，等他話音一停，急問：「明遠哥哥，你不是受了傷麼，傷在何處？要不要緊？」

謝朗只得道：「沒什麼，只是左臂上挨了一箭。」

柔嘉一聽，便在馬上傾身過來，將謝朗的衣袖往上捋，看到他手臂上那個駭人的箭疤，害怕得直拍胸口，呼道：「好險！」她更暗自下了決心，成婚後，無論如何都得去求父皇，將明遠哥哥調去兵部，不能讓他再上前線。

謝朗眼角瞥見薛蘅面無表情地跟在後面，莫名地一慌，急忙將手抽了回來，「這算什麼傷，大驚小怪的。」

柔嘉羞澀一笑，「這倒是。小時候，我不聽你的話硬要去爬樹，結果從樹上摔下來，你爲了接住我，還被我壓裂了肩胛骨。」

「你那時眞是調皮得很。」謝朗想起幼時趣事，臉上不自覺地帶出笑容。

柔嘉癡癡望著他的笑容，一時說不出話來。謝朗被她看得老大不自在，尷尬地移開目光，這才發現已到了柳亭，忙回頭笑道：「蘅姐，這裡就是柳亭，我們小時候經常在這裡玩的。」

薛蘅「哦」了一聲，卻沒接話。眼前之人，一個是軒昂英挺的世家少年，一個是嬌美如花的天家公主，恰似一對璧人，再般配不過。

柔嘉十分訝異，問道：「明遠哥哥，你不是應該叫薛先生一聲『師叔』麼？怎會……」

「哦，路上爲要躲避敵人，我們裝成姐弟，叫慣了，一時改不了口。」謝朗解釋道。

「那可不行。」柔嘉認眞地說道：「薛先生是你的師叔，輩分絕不能亂。以後，我也不能再叫她先生，得尊稱『師叔』才行。」說完轉頭向薛蘅甜甜地叫了聲：「師叔！」

薛蘅忽然勒住馬頭，道：「公主，我突想起來今日還有件要事，薛蘅先行告退，你和、和謝公子繼續去玩吧。」說罷，向公主深施一禮，不待他們反應過來，便撥轉馬頭往來路疾馳而去。

薛蘅打馬奔得極快，等謝朗反應過來時，她已奔出了十餘丈遠。

柔嘉摸不著頭腦，道：「薛先生怎麼了？」

眼見薛蘅的身影消失在拐彎處，謝朗驀地心亂如麻，彷彿就要失去什麼最重要的東西。他急道：「柔嘉，你自己回宮吧，聽話。」說罷狠抽馬鞭，追趕上去。

柔嘉急喚道：「明遠哥哥！」可她騎術不精，追出一段，已不見了二人身影。

抱琴從後趕上來，只見柔嘉怔坐在馬上，口中喃喃道：「明遠哥哥怎麼了？」

抱琴心頭泛起疑雲，雖覺太過匪夷所思，還是忍不住問了句：「公主，這位薛先生，今年多大了？」

「好像有二十五六歲了。」

抱琴頓時釋然，安慰道：「公主，駙馬定然想起了有要緊事須與薛閣主商量，說不定還關係到《寰宇志》，聖上好像十分看重這個。」

柔嘉怏怏不樂，難道，在明遠哥哥的心中，那《寰宇志》比自己還重要不成？

薛蘅打馬在山路上疾馳，只覺得口中發苦，心中陣陣酸痛。聽見後面謝朗的呼喊聲，她想用力抽打馬匹好遠遠地逃開，偏偏雙手顫抖，怎麼也使不上力，她只好用力夾緊馬肚，卻發現連腿也痠軟無力。

少頃謝朗從後面趕上，他伸手奪過薛蘅的馬韁，順勢一勒，把薛蘅的馬頭勒住。他擋在她馬前，急促地呼吸著，問道：「好好的，怎麼說走就走了？什麼要緊的事？」

薛蘅用力咬著嘴唇，轉過頭去，一言不發。

謝朗凝視著她，道：「你臉色不好，怎麼了？」

薛蘅竭力穩持住心神，勉強笑道：「我有點不舒服。」

謝朗一聽，只道她內傷又發作，急道：「哪裡不舒服了？我看看。」說著便伸手過來要把她的脈門。

薛蘅往後一縮，躲開了他的手，「沒事，我自己回去歇息片刻就好。你、你快回去吧，別讓公主擔心。」

謝朗急了，「你不去，我也不去。你要回家，我就陪你回去。」說完即要牽薛蘅的馬。

薛蘅拉住馬韁，輕聲道：「你回去陪公主吧，不要管我了。」

「我是來陪你的，你去哪裡我就去哪裡！」謝朗微惱，賭氣道。

薛蘅垂下眼簾，「別耍孩子脾氣。你好不容易回來了，應該去看看她的，她、她才是你的未婚妻。」

謝朗登時怔住，他抬起眼望著薛蘅，薛蘅也定定地凝望著他。不知何時，天上開始飄起了毛毛細雨，細雨漸漸沾濕了兩人的頭髮、衣襟，他們卻渾然不覺。

薛蘅發現謝朗眼裡湧起了她從未見過的東西，眼瞳一刹那變得無比清澈，堅定而溫柔。

薛蘅感到一股恐慌從心頭襲上，直蔓延到四肢百骸，讓她止不住顫抖起來。她看到謝朗的嘴唇蠕動了一下，像是要開口說什麼。她一個激靈，劈手奪過轡繩，狠狠地一抽馬肚，白馬長嘶一聲後飛奔而去，只餘謝朗一人一馬怔立在原地。

薛蘅飛馬馳回謝府，大步走入秋梧院，跑進自己房間正待將房門緊緊關上，忽聽薛忱的聲音在背後淡淡響起：「三妹，你來一下。」

薛蘅默然片刻，將被雨打濕的鬢髮稍作整理才跨出房門，輕聲道：「二哥，什麼事？」

薛忱稍稍打量她一番，目光在她沾了草屑、泥漬的鞋子上停留，口中似是隨意道：「三妹，我昨晚一夜都沒睡好。」

薛蘅心中一凜。薛忱似渾然不覺地說了下去，「京城的天氣實在悶熱，熱得我睡不著。」

「嗯，涑陽的夏天，確實比孤山悶熱許多。」薛蘅勉強微笑。

「是啊。」薛忱拖長了聲音，道：「三妹，你和明遠……」

薛蘅正待上來推輪椅，聽到此話時心頭一震，腳下微微一滯。薛忱停了須臾，才又繼續說下去，「目前合算圓滿完成了聖上交予的任務，這京城再待下去也沒甚意思。咱們又是住在別人家裡，諸事不方便。若無其他的事情，咱們……還是早點回孤山吧。」

薛蘅走到他背後，雙手緩緩按上輪椅的靠背，應道：「好，明日寰宇院正式成立，聖上命我主持典禮，等典禮完畢，我就去向聖上請辭。」

薛忱望著被細雨淋濕的石階，歎了口氣，悠悠道：「出來久了，還眞想阿定那小子。京城再好，也比不上孤山，那裡才是咱們的家。」

「是啊，那裡才是咱們的家。」薛蘅恍恍惚惚地接口。她正要推薛忱回房，忽見太奶奶房中的大丫頭墨書走了過來，笑道：「薛閣主，太奶奶請您過去一趟。」

太奶奶正瞇著眼賞看一幅畫，丫鬟進來稟報薛閣主請到，她連聲道：「快請、快請！」

薛蘅一踏進門檻，太奶奶便頻頻招手，和藹地笑道：「薛先生快來，幫我鑒定一下，我這眼睛有點花，看不清楚。」

「這是……」薛蘅忙趨近細看，片刻後不覺動容地道：「這是段夫人的墨寶。」

「確是段夫人的眞跡？」太奶奶喜得眼睛瞇成了一條縫。

「正是。奶奶，您看，這竹子的枝葉乃是用圓勁淺條雙勾，還用了書法八法來畫出疏篁，運筆簡潔有力，可說是開一代畫風之先河；這壽山石，是用濃淡水墨暈染而成，又用了披麻解索皴，剛勁中不失端凝，與竹之風骨相呼應，正是段夫人一貫的畫風。這幅畫，算得上段夫人畫作中的精品。」

「好、好、好！」太奶奶輕撫著枴杖龍頭，唏噓歎道：「段夫人也算是書畫一絕，只因爲與其弟子一段違背人倫的戀情，生前爲世人所不容，一生顚沛流離，畫作也遺失大半。能得到她的眞跡，眞是難得啊。」

薛蘅看了看那幅《石竹圖》，竟然無語相接。

「薛閣主，」太奶奶慢慢將畫捲起來，望著薛蘅，慈祥地微笑，「我知道你是喜靜之人，這京城喧囂繁雜之地，閣主肯定住不慣。聽薛二先生說起，你們馬上要回孤山了？」

「是的。」

太奶奶扶著薛蘅的胳膊，歎道：「唉，我和二位薛先生一見投緣，還想著讓你們多住些日子，陪陪我這個老太婆說說話解解悶呢。此番護書之路，多虧你救了明遠一命，又悉心照顧了他幾個月，謝家上下對閣主眞是感激不盡。唉，可憐惘懷子息單薄，謝家正房唯只明遠這一根獨苗，打小就寶貝得跟什麼似的。偏我謝家世受皇恩，又蒙皇上不棄，讓公主下嫁，明遠這孩子肩上責任重大啊，日後報效朝廷、中興謝氏就全落在他一人身上了，眞是一步都走錯不得。幸虧這孩子頑劣歸頑劣，但終究心性單純，老太婆本想留二位多住些日子，讓他多多向二位薛先生請教請教。不過，二位若不願久留，我也不好勉強。只是這樣一來，薛閣主便吃不上明遠和公主的喜酒了。」

薛蘅扶著太奶奶的手倏地變得冰冷，太奶奶似渾然不覺，繼續饒有興致地說道：「對了，薛閣主還不知道吧，明遠這次回來，就要和公主舉行婚禮了。皇上已經下旨，讓方道之先生選個良辰吉日，準備讓他們兩人完婚。你是明遠長輩，本想讓你和薛二先生一起當男家主婚人來著，現下，唉……」太奶奶滿臉遺憾地拍了拍薛蘅的手，「只好等他成了親，我派人上孤山，給閣主送一罈上好的女兒紅。哎呀，謝家好久沒辦過這樣大的喜事了，我這把老骨頭可不知道還能不能熬得住喲。」

薛蘅垂下眼簾，半晌才抬起頭輕聲道：「多謝奶奶厚愛，阿蘅確實住不慣京城，等明日寰宇院成立典禮後，便會去向聖上請辭。謝將軍機警聰慧，心性純良，日後必成大器。公主和謝將軍的婚禮……恐怕阿蘅不能參加了，大喜之日天清閣必會奉上賀禮。阿蘅在此先行別過，還請奶奶多多保重。」

太奶奶拉著薛蘅，連稱不敢，「閣主是明遠的長輩，又是謝家的恩人，怎敢讓閣主破費勞心？閣主大恩難謝，老婆子實在沒什麼東西可聊表心意。風雅物送風雅人，這幅《石竹圖》，如蒙不棄，還請薛閣主收下。明遠這孩子不太懂事，若有甚冒犯薛閣主的地方，還請你看在他是晚輩的分上，多多包涵。」

墨書將薛蘅送出碧蘭閣，回來笑道：「老祖宗，少爺眞的就要迎娶公主了？」

太奶奶靠在美人榻上，闔了眼，歎息道：「再拖下去，我怕我這把老骨頭，會見不到公主進門了。」

「怎麼會呀？」墨書忙道：「老祖宗身體健壯著呢，依奴婢看，不說像彭祖八百歲，一百歲是絕對沒問題的。」

「活那麼久做什麼，平白惹人嫌……」太奶奶的話語逐漸低沉，終至無聲。

墨書上前細看，太奶奶竟已睡了過去。她滿是皺紋的臉，此刻寧靜詳和，像是放下了心頭大事，睡得極爲香甜。

薛蘅站在謝府後花園中的松樹下，呆立了個多時辰，才提步走回秋梧院。

剛進院門，荷塘邊癡坐了半天的謝朗一躍而起，喚道：「蘅姐！」

薛蘅打馬離去後，謝朗也在細雨中呆立了許久，腦中一時清醒、一時糊塗，一時歡喜得想大笑，一時又湧上一陣莫名的苦惱。微雨歇止時，他奔上山巒迎風大叫，直至筋疲力盡，仰倒在松樹下。耳邊如有轟雷在鳴，叫嚷著的都是同一句話：「原來是這樣！原來是這樣！」

原來竟是這樣！他終於明白為何自己對柔嘉只有手足之情，毫無男女之念，而對她卻獨獨不同！

一日不見便輾轉反側，她開心他便高興，她思慮他便擔憂，她和別人親近他便惱火生氣；她一個眼神、一個微笑，便能讓他湧起無限歡喜；她生氣閉門不見，他便失魂落魄；她熟睡的面容，讓他如著魔般移不開視線……原來所有這一切讓他的心忽上忽下又患得患失的陌生感覺，只為著一個原因！

雨後的陽光，照在二十歲的謝朗身上。不知過得多久，他終於跳了起來，打馬狂奔，以平生從未有過的速度，衝回了自己的家。

癡等了大半個時辰，將要吐說的話語在心中翻來覆去說了幾遍，謝朗這刻見到薛蘅沉靜的面容，反而手足無措，不知如何開口，往日的伶俐口齒都不知哪裡去了。他只吶吶地叫了聲：「蘅姐。」

薛蘅望著他火熱的眸子，負在背後握著畫軸的手攥緊又放鬆，又攥緊。

謝朗定了定心神，鼓起勇氣再度開口：「蘅姐，我……」

薛忱的低咳聲忽在房中隱約響起，打斷了謝朗的話語。薛蘅渾身一顫，急促出聲：「謝師姪！」

「啊？」謝朗愣愣應著。

薛蘅壓住心中酸澀，板起臉來，「謝師姪，你我已完成聖上交予的任務，一時權宜的稱呼，還請你再莫提起。也請你謹記晚輩的本分，尊稱我一聲『師叔』。」

謝朗聽得頭昏腦脹，再度張嘴，卻又是一聲：「蘅姐。」

薛蘅猛地翻手折下一根竹枝，勁風暴起，指向謝朗咽喉。她寒聲道：「師姪若再不守禮節，我就要替謝師兄教訓教訓你了。」

謝朗一時懵了，不明白為何一夜之間，和自己言笑晏晏的蘅姐忽然換了一副面孔。

「蘅姐……」他又喃喃地喚了一聲。

薛蘅一咬牙，竹枝劈頭蓋腦地向謝朗抽將下來。

謝朗本能地閃躲過幾下，便不再躲閃，直直地站在原地。竹枝飛舞，謝朗身上的衣衫漸漸裂開細縫，他仍倔強地站著，紋絲不動。

竹枝將他的衣袖抽得裂開縫隙，隱約可見手臂上那猙獰的箭疤，薛蘅的動作終於緩了下來。她將竹枝一扔，神情恢復了先前的冷肅，冷聲道：「我現下要去翰林院，與各吏員商議明日寰宇院成立典禮的事宜。有甚事，等典禮完了以後再說，暫別煩我！」說罷，她看也不看他，走進屋子拿了幾本書，從謝朗身邊擦肩而過，始終沒看他一眼。

謝朗如夢遊般回到毓秀園，呆坐在桌邊。直到小柱子進來，他才覺得渾身上下火辣辣地疼痛，低頭一看，甫發覺手背上已被竹枝抽出了血痕。

小柱子大呼小叫，謝朗忙按住他的嘴，叮囑他不要叫嚷，免得讓太奶奶擔心。小柱子忙應了，找來膏藥替謝朗抹上，再回到耳房中，看著小武子，露出滿面同情之色。

小武子心知不妙，顫聲問：「少爺怎麼說？可有罵我沒將公主的信交給他？」

小柱子的眼神飽含憐憫，「你自求多福吧。」

小武子慘叫一聲，倒回床上。

小柱子想起謝朗身上的傷痕，大感驚訝，自言自語道：「公主那樣嬌嬌柔柔的性子，發起脾氣來這麼狠。唉，少爺以後，可有得苦頭吃嘍。」

這夜，謝朗哪睡得著，他在床上輾轉反側了個多時辰，終於翻身坐起，兩條腿似被什麼牽著一般，又來到了秋梧院。院門緊閉著，他推了推，紋絲不動。

他躍上院牆外的梧桐樹，坐在樹枝間遙遙望去，薛蘅的房間仍然亮著燭火，燭光將她的身影投在窗紙上，隱隱可看出她正在奮筆疾書。

即使只看到朦朧的身影，謝朗也覺得一下子心安了許多。

他在樹杈之間靜靜地坐著，視線始終凝望著那扇窗。

月上中天，直至子時末，薛蘅仍在燈下低頭疾筆寫著。謝朗悄悄從樹上跳下，走到窗前，伸出手指，貼著窗紙輕輕描著她的輪廓。

他默默地微笑，只覺得就這樣靠近著她，真好。這樣就很好。

十九 多情卻被無情惱

景安帝對寰宇院的成立相當重視，竟將太清宮東北一角的閣樓撥了出來。閣樓下原就有一處地室，景安帝命工部密召石匠，將《寰宇志》各籍冊的內容一一鑿刻在地室內各石室的石壁上，原本則藏在了極隱密的地方。

寰宇院重兵把守，有資格驗過重重關卡進入地室的人，皆是殷國有名的當代鴻儒或匠師。他們卻僅有進入其中一個或兩個石室的資格，能進入全部石室的唯只薛蘅與方道之。

薛蘅推著薛忱，快到兩儀門，見方道之卓爾不群的身影自東緩步而來，越走越近。她乍想起過世的薛季蘭，心中一酸，但仍沉靜趨前行禮道：「方先生！」

方道之微微一怔，忙端嚴地還禮，「薛先生。」

「不敢。」薛蘅忙道：「您是長輩，娘生前叫我『阿蘅』。」

方道之凝目細打量了薛蘅一番，他與她獨見過一面，卻早在薛季蘭的信中無數次聽她提起過這位最看重的弟子。於他而言，眼前的面容既熟悉又陌生，熟悉得似又見到那人站在眼前，沉靜地施禮、從容地對答；但她又有著明顯不同於薛季蘭的地方，相對於薛季蘭的「柔和」，她多了幾分「剛硬」。他在心中喟然一歎，微笑道：「我這一禮，是替殷國百姓謝過薛先生贈書之德。」

「薛蘅愧不敢當。日後寰宇院有方先生的鼎力主持，必能令典有所用，造福蒼生。」

二人相視一笑，薛蘅正要介紹薛忱，寰宇院執事過來道：「方先生，二位薛先生，人都到齊了，謝尚書請三位進去。」

三人至兩儀門交驗關符。薛忱抬起頭，見薛蘅正回頭怔怔遙望，他暗歎一聲，喚了聲：「三妹。」

薛蘅驚醒過來，向他笑了笑，恰好關符驗過，便推著他入了兩儀門。

這日，謝朗很早就起來，到太奶奶和謝峻處請過安，練了一回槍法，再沐浴更衣，用過早點，看看沙漏，已是辰時。

小柱子捧過一套夾紗常服，謝朗瞥了一眼，道：「我那套天羅錦的衣裳呢？」

小柱子忙轉身從櫃中翻找出他指定的衣裳。謝朗換上，小柱子替他繫好扣帶與玉珮，他對著銅鏡理了理珠冠，神清氣爽地踏出房門。

二姨娘正從外邊進來，被謝朗這身英挺打扮晃了眼。謝朗行禮問過安，便要往院外走，二姨娘一把將他拉住，道：「明遠，二娘來問你……」

謝朗這刻哪有心思聽她閒話，隨口應道：「二娘，我今天有要緊事，您晚上再和我說吧。」說罷便出了毓芳園。

二姨娘看著他飛揚瀟灑的身影，嘖嘖兩聲，神情透出十二分的歡喜自得，「咱們家明遠，真是……」又抿嘴一笑，「老祖宗還急著要將公主娶過門，憑咱們明遠這人品，只怕著急的是公主吧！」

小杜子正要跟上謝朗，聽了這話，忙轉身問道：「二夫人，少爺就要成親了？」

二姨娘笑道：「這不，選了三個日子，來問問明遠的意見。」

小武子一聽，歡喜起來，少爺若是成親，自己是定要搬出毓芳園的，那就多了和府中丫鬟們接觸的機會。

小杜子卻想起了謝朗手上的傷痕，頗爲少爺成婚後的生活憂切一番。

謝朗一心惦著薛蘅，卻知她今日要主持寰宇院的成立典禮，不敢去打擾她。薛蘅推著薛忱出秋梧院時，他遠遠看了一眼便心滿意足，在府內百無聊賴地轉了幾圈，估算著典禮快要結束，才進了秋梧院。

盛夏午後的秋梧院，靜得只聽到知了撕心裂肺的鳴叫。

謝朗在荷塘邊坐了個多時辰，又在院內逡遊了數圈，眼見日頭開始向西傾斜，仍不見薛家二人回來。他心神不定，再等了半個時辰，甫想起父親謝峻同是參加了典禮的，便叫道：「小武子！」

小武子在美人蕉下躲了大半日，驀地跳了起來，衝進院中諂笑應道：「少爺！」

「你去工部司值房看看爹有沒有在那裡，再打探一下，他是何時回到司值房的。」謝朗神色不寧地吩咐。

爲了將功贖過，確保屁股不再遭殃，小武子跑得飛快，不到半個時辰就喘吁吁奔回來報道：「少爺，老爺正在司值房，問過李三叔了，老爺是巳時就回了的。」

謝朗愣了片刻，揮揮手，復走入秋梧院。他剛在荷塘邊坐下，忽想起這一整日，連藥僮小坎、小離都不見蹤影，他心中漸湧不安，急躍而起，衝到薛忱房間窗下，用濕指點破窗紙，湊近一看，屋中潔淨整齊，但薛忱的藥箱、藥爐等物悉數不見。

他心尖一陣劇跳，急忙轉身，猛地推開薛蘅的房門。

房內，整潔得像丫鬟們剛收拾過一般，但已看不到半件薛蘅的衣物或用品，只有西邊窗下的桌案上靜然擺放著一本書。

謝朗拿起那本書，夕陽斜照在窗紙上，映得書冊封面上的四個字閃著淡淡金光，正是他曾在天清閣書閣裡見過的那本《孝和新語》。當日，他在天清閣向薛蘅討要這本書來孝敬太奶奶，遭到她嚴詞拒絕，不料今日在此見著。

書內墨汁宛然，字跡熟悉，顯然是薛蘅憑記憶連夜寫就的。

小武子在美人蕉下重又躺倒，正慶幸自己今日總算順利完成少爺交代下來的事情，忽聽見院門「砰」的一聲巨響，他急坐起來，謝朗已如閃電般衝出秋梧院，衝向馬廄。小武子沒命似地追，剛追到馬廄，謝朗已躍上青雲驄，運力抽下馬鞭，青雲驄一聲長嘶，自他身邊疾馳而過。

小武子正猶豫要不要拉馬跟上，小柱子跑過來叫道：「少爺！少爺！」

喚聲未歇，謝朗一人一馬已消失不見。

小柱子轉頭問小武子：「少爺怎麼了？」

「不知道。」小武子一個勁地搖頭，見小柱子手中握著條鐵鍊，問道：「這是什麼？」

「怪事。」小柱子滿面疑惑，「從昨晚起就沒見大白，我以為牠又和那黑小子出去玩了，結果剛發現牠被這鐵鍊子鎖在柴房裡。誰幹的好事呀？」

謝朗飛馳狂奔，他不停揮鞭，身軀騰起在馬鞍上，晚風自耳邊掠過，腦中嗡嗡作響。

出了涑陽西門，過了離亭，便是官道的岔路口。每條道皆可輾轉去往孤山，謝朗挑了最近的一條道路狂奔，奔出十餘里，天色已黑。

夏日晚風吹得他眼睛生疼，他卻只顧策馬疾馳。滿天繁星之下，青雲驄似一道青煙般掠過山野，可直到弦月移過半空，仍不見那抹熟悉的身影。

青雲驄難負這般勞累，長嘶一聲，奔勢漸緩。

謝朗茫然四顧，許久才恢復了幾分理智，忖算道：「薛忱身有殘疾，必然走不快。即使他們是巳時出發，若走的是這條道，我這樣打馬狂追，也應追上了。」

他只得又往來路奔。

青雲驄累得口吐白沫，才在天微亮時奔回岔路口。此時霧氣縹緲，晨風有幾分清涼，謝朗亦漸清醒，他怔想了半晌，疾馳回了謝府。

小武子正攤開四肢酣睡，被大力踢門聲驚得坐起，剛揉了一下惺忪睡眼，謝朗已一把揪住他的衣襟，喝問道：「大白呢？」

小柱子忙骨碌爬起回話：「大白昨天不知被誰鎖在柴房裡，放出來後就煩躁不安，還險些抓傷了三夫人，我又將牠鎖在柴房裡了。」

謝朗衝進柴房，解下鐵鍊，看著大白，聲音都有點發顫，「乖，大白，快、快帶我去找蘅姐！」

大白歪了歪腦袋。謝朗連打手勢，又喝了聲：「小黑！」

大白這下似聽懂了，霍然振翅，扇得柴房中一地草屑噴然而起。

謝朗隨即躍出房門，換了匹棗紅馬，追趕上去。

大白飛得極快，轉眼便消失在天際。謝朗心中再焦慮，也只能靜靜等候。果然，個多時辰後，大白又飛了回來，發出數聲高亢入雲的鵰鳴，在空中疾速盤旋。

謝朗打馬跟上，大白徐徐朝偏西南方向飛去。馳出十餘里，謝朗這才醒覺，薛蘅走的竟是水路，大白已在津河上發現了她的蹤跡。

他沿河跟出百餘里路，眼見棗紅馬露出疲態，衝到鄰近驛站的馬廄中，奪了一匹馬就走。驛丞欲攔，哪追得上，回頭見這人留下的棗紅馬也是匹良駒，再細看馬蹄鐵掌上的印記，不禁咋舌。

如此兩度換馬，日暮時分，大白終於不再向西飛，而是不停地原處盤旋。

謝朗拉住馬，此時他正在津河邊的濛陽山上，夕陽照在津河河面，晚風拂過，揚起一層層金色碎波。他望向河面上一艘單桅帆船，河風將船艙的布簾吹得撲撲而閃，船艙中，藍衫女子隱約可見半個身子，似正爲身邊的白衣男子按捏著雙腿。

那片藍色撞入眼中的瞬間，謝朗呼吸驟然停頓了片刻，正待細看，河風息止，布簾已落了下來。

一晝夜不停奔波，謝朗已是饑腸轆轆、唇乾舌燥，他咬咬牙，打馬趕到了前方的垂虹渡。他出來得匆忙，未帶銀子，順手扯下了腰間玉珮往船夫手中一塞，道：「往前划。」

船夫將玉把看一番，笑咪咪地解下纜繩，依謝朗所指，往東划去。

落霞在河面上幻出最濃烈光影的時候，小船終於攔住了那艘單桅帆船。

薛蘅正在艙內替薛忱按捏著雙腿，忽見一旁用細鐵鍊拴著的小黑不停撲騰，再聽空中隱隱傳來一聲鵰鳴，心頭劇跳，手中動作便凝住。

薛忱同也皺起眉頭，才聽到艙外船夫喝了半聲，船頭極輕微地往下沉了沉，船艙的布簾已被挑起，傳來一聲：「蘅姐！」

闖進船艙來的謝朗滿頭大汗、面容憔悴，唯有那雙眼眸依舊閃著熾熱奪目的光芒。他定定地望著薛蘅，薛蘅卻自他挑簾那一瞬起，便一直低著頭，一言不發。

薛忱看見她按在自己腿上的手漸漸握成了拳，關節發白，心底不由湧上一陣苦澀，暗歎數聲。

薛忱抬起頭，露出驚喜的神色，道：「是明遠啊！你怎麼在這裡？」又道：「我還正在說，天清閣有急事，我們走得匆忙，沒來得及和你告辭，頗爲遺憾。沒想到竟在這裡碰上你！你……這是要去哪裡辦事？」

謝朗仍盯著薛蘅，薛蘅緩緩抬起頭，面無表情地點了點頭，冷冷地喚了聲：「謝師姪。」

謝朗望著她冷漠的神情，不由滿口苦澀。他怔了半晌，一屁股坐下來，滿臉倔強，順著薛忱的話大剌剌道：「是啊，我要到前面的絳州辦事，沒想正遇著二師叔和蘅姐，可眞巧。也好，咱們乾脆結伴而行，也不會太寂寞。」

薛忱與薛蘅對望一眼，薛忱正思忖如何開口，忽聽一聲鵰唳，船夫驚恐大叫，大白從空中直撲下來，落在船板上。

小黑拚命撲騰，將細鐵鍊扯得「嘩啦啦」響。大白傲然收翅，眼珠子骨碌轉了兩下，旋跳入船艙撲到小黑旁邊，用利嘴去啄那鐵鍊。小黑叫了數聲，撲扇著翅膀，狀極歡喜。

大白啄了許久只得放棄，緊挨著小黑，不停用嘴尖輕柔地碰觸牠的羽翅。

謝朗看著這一幕，心底驀地一酸，他轉頭看向薛蘅，薛蘅卻已別過頭去。

謝朗一陣衝動，猛然起身要去解小黑爪上的細鐵鍊，手剛握上鐵鍊，一本書冊凌空擲來，砸在他手背上，火辣辣地疼痛。他抬起頭，薛蘅看著他，秀眉含霜，冷冷道：「沒出息的東西！放出去平白惹事，還是鎖起來的好。」

小黑似聽懂了這話，委屈地「咕嚕」了數聲。

謝朗緊握著拳頭，一言不發。薛蘅不理他，挑起布簾，走出船艙。謝朗咬咬牙，跟了出去。

薛忱暗歎一聲，撫上小黑頭頂，低聲道：「委屈你了。」大白輕啄了一下他的手，他看著牠，嘴角噙了一絲柔和的笑，「你也是好孩子。」

此時夕陽餘暉已經一縷一縷收盡，津河兩岸，近處的人家炊煙裊裊，遠處的山巒蒼茫參差。

薛蘅站在船頭的身影彷彿有股磁力，謝朗不由自主地慢慢走近，輕聲喚道：「蘅姐。」

薛蘅回身看住他，眼眸似深沉的寒潭，說出來的話也如同霜劍一般，「謝公子，這艘船是我們包下來的，船小艙擠著實不太方便，還請你另尋船隻。」

謝朗滿腔熱情被一瓢冷水當頭澆下，自己日夜兼程趕來，她不僅沒有半句軟語問候，反倒莫名其妙地拒人於千里之外。他不由心頭火起，向船尾的船夫大喊道：「船家！她多少銀子包下你這船的，我出三倍的價錢！」說著他往腰間摸了摸，乍想起自己沒帶銀子，窘迫不已，只得乾笑一聲，「我出來得急，沒帶銀子，可怎麼辦？蘅、蘅姐，看來還真的只能搭你們的船了。」

「沒帶銀子？你一頓飯便可吃去平常人家幾年用度的涑陽小謝，怎會沒帶銀子！」薛蘅看著他，唇角微揚，露出一絲譏諷和輕蔑的笑意，「依我看，沒帶銀子是假，想賴著我們保護你才是眞吧？」

謝朗「啊」了一聲，張口結舌。

薛蘅頗顯不耐煩，道：「謝公子，你學藝不精又心浮氣躁，護書一路上幾次差點壞了大事，全靠我拚命相救才未誤事，還連累我受了內傷。我念及你皇命在身，又不忍謝師兄斷了香火，甫勉力爲之。可現下，我應無義務再保護你了吧？你去絳州辦事，與我何干！你我男女有別，貴賤不同，多有不便，請謝公子自重。」

她語調漸高，船尾的船娘聽見了，覺得稀奇，便探出頭來看了謝朗幾眼，見這個英挺俊朗的小夥子被一個女子厲聲訓斥，不由露出又好奇又想探究的神色。謝朗料不到薛蘅竟會說出這樣戳心窩的話，船娘的眼神尤讓他無地自容。

薛蘅唇角嘲諷的笑意越來越濃，眼裡的鄙夷一目了然。

謝朗面紅耳赤，一貫飛揚驕傲、春風得意的他何曾受過這般羞辱？可此刻，讓他離開這艘船，眼睜睜看著她回孤山，卻是比無地自容更難過的事情。他僵硬地保持微笑，說出來的話也好像在喉間生顫，「蘅姐，我真的沒帶銀子，難道，你讓我游去絳州不成？」

薛蘅斜睨著他，一字一句道：「此方法倒不錯，不過依我看，你還沒這個本事。」

船娘聽了，噗哧一笑。

那廂薛忱正在安撫小黑，忽聽艙外「撲通」一聲，似有什麼東西落水，接著便聽見船娘叫道：「哎呀！還真跳了！」

小坎探出頭去，叫道：「哎呀，謝公子落水了！」他正待和小離奔出船艙，驟見薛蘅面無表情地挑簾進來，冷眼一掃，二人便噤若寒蟬坐回原處。

過得一陣，小坎再探頭看了看，低聲道：「游得倒不錯。」小離也探出頭，縮回來道：「不如五公子。」

薛蘅狠狠盯了他們一眼，二人遂不敢再說。

天色漸黑，船娘在船尾做好了飯菜，端進船艙，遲疑了一下，問道：「那位跟著咱們船游的公子，要不要也送點吃的給他。看著他似是沒力氣了，這黑燈瞎火的，萬一腿抽筋，再想撈可撈不著。」

薛蘅將碗放在薛忱面前，冷冷道：「不用理他。」

這頓飯，眾人都食不知其味，只聞河水輕拍著船舷的聲音。小坎想起在謝府過的那段錦衣玉食的日子，頗覺得對不住謝朗，放下碗，道：「我去小解。」說罷挑簾溜出艙。

「臭小子，沒見我還吃著麼？」小離罵道。

過得一陣，小坎在船頭驚惶大叫：「不好了！謝公子不見了！」

「真不見了！」船夫也在跺腳。

薛蘅手中竹筷「啪」的落地，她猛然站起，衝出船艙急躍入水中。不久，謝朗被薛蘅拎出水面。想到她終是關心自己的，謝朗不禁滿心歡喜，顫著凍得發青的嘴唇，叫了聲：「蘅姐！」

薛蘅一言不發，揪住他，轉身往岸邊游去。

小坎欲大叫，薛忱在艙內歎道：「船家，咱們等一等吧。」

雖是盛夏，謝朗在河水中泡了這麼久，被薛蘅拖上岸，躺倒在河邊的泥土中，渾身仍止不住顫慄。他水性本不強，全憑一股意氣支撐著，這時放鬆下來，不禁筋疲力盡。

他強爬起來，這刻終於得以與薛蘅單獨相處，他含了十二分的小心翼翼，「蘅姐，我……」

「謝公子，你算算，這是我第幾次救你了？」薛蘅冷冰冰打斷了他的話。

謝朗不好解釋方才是自己與小坎演戲，並非抽筋入水，只得鼓起全部的勇氣道：「蘅姐，你別走，我……」

「我不走，難道還要保護你一輩子不成？」薛蘅頓了頓，冷聲道：「難不成謝公子日後洞房花燭，也要我、我們天清閣來保護你麼！」

謝朗急急爭辯道：「我沒有……」

薛蘅不耐煩地把手一揮，「謝公子，我最後一次以師叔的身分忠告你一聲，你也是二十歲的人了，今後該把心思放在正途上，勤練武藝，別再跟著那些膏粱子弟胡鬧，整日只曉喝花酒、逛畫舫，驕奢淫逸，不知民間疾苦。我二哥在你這個年紀，早已經是名震一方的神醫了。」

謝朗張嘴看著她，只覺滿腔熱火被她這冷鋒言語凍成了厚厚的冰，堵在胸口。

薛蘅繼續道：「我雖是你的長輩，也不好過多規勸你。可看你這樣子胡鬧下去，只怕有一天，你不但保護不了自己，還會累及謝師兄和謝氏一門！」

她字字句句，如風刀霜劍砍在謝朗的心頭。謝朗被她一頓夾槍帶棒打得懵了，只茫然看著她。

「張大俠還誇你是『渾金璞玉』，可要知道玉不琢是不成器的，你若有一天能有他那樣的見識和人品，才不枉他誇了你這四個字。」

「張大俠」三字一出，有如五雷轟頂，謝朗心臟被炸得生痛欲裂，腦中只有一句：「原來在你心中，我終究不如他！」他咬著牙，一言不發。

薛蘅冷哼一聲，「謝師姪，我言盡於此，告辭！」

說完她再不看他，疾走幾步，悠然躍起，遠遠地落入河中。

不多時，停在河心的帆船，又慢悠悠地向前划。

薛忱見薛蘅濕漉漉地進艙，忙道：「趕緊換衣服，小心著涼。」

薛蘅輕「嗯」一聲，到後艙換了乾衣服出來，身子卻仍止不住發軟顫抖。她對著薛忱勉力一笑，「二哥，你早點歇著吧。」

薛忱努努嘴，「還有一個沒走。」

薛蘅低頭一看，木杜子旁，大白與小黑睡得正酣。小黑睡得似極愜意，身子蜷起，像個黑球般偎靠在大白胸前。她凝望了一陣，猛然將大白拎起來，丟出船艙。

小黑驚得拍翅飛起，奈何被鐵鍊拴住，只能在船艙中拚命大叫。大白幾次試圖再衝進來，均被薛蘅用繩索抽了出去。大白只得圍著船艙不停盤旋，悽惶鳴叫，小黑聽了，也哀哀數聲。

薛忱被擾得眉頭微蹙，閉上了雙目。薛蘅卻似沒聽到般，拿起一本書，坐回燈下靜靜地看了起來。

晚風拂過河面，透入骨髓般的冷，謝朗站在冰冷的風裡，只覺得心一下子全被掏空了。他望著那漸漸遠去的一點漁火，忍不住追上幾步，可她輕蔑的眼神、尖刻的話語忽然沉甸甸地壓上心頭，他再無半分力氣提動步伐。

他臉色灰白，雙腿一軟，仆倒在泥土中。

不知過了多久，有東西輕啄著他的手背，他慢慢抬起頭來，大白正在一旁看著他，鷳目中滿含哀傷。

自太祖定都涑陽以來，翠湖就是京城裡頭等繁華之地，又因爲緊鄰著夜市，到了夜間，湖邊遊人肩摩轂擊，湖上畫舫錦繡宮燈、嬌聲笑語，一派紙醉金迷之象。

時近中秋，各地官員派出的「節敬」人馬紛紛入京，尤令涑陽城增添了幾分熱鬧。有外地官吏便藉著難得的入京之機，悄悄到翠湖領略一回富貴溫柔鄉的滋味，一時間，翠湖上夜夜笙歌，響徹雲霄。

這日亥子時之交，翠湖始漸平靜下來。紫雲舫在絲竹聲中緩緩靠岸，紫雲將十餘名華衣錦服的客人送上岸，依依不捨地揮著絲帕，「各位大爺，明日再來啊！」

一眾尋歡客喝得面酣耳赤，哄笑一番，踉蹌著往拴馬柱邊走。走出十餘步，有人腳下一個趔趄，險些摔了個狗吃屎。

這人是松安派來的節敬使，松安膏腴富饒之地，他今日一番孝敬，竟得到了弘王的接見和嘉許，不禁令他那滿身的肥肉輕了數斤，於是特地跑到翠湖尋歡作樂好生慶祝。此時摔了這一跤未免有些掃興，他便猛地抬腳，朝斜躺在路中絆著自己的黑衣人身上重重踹了一腳。

那黑衣人喝得酩酊大醉、渾身酒氣，被人踹了一腳，只在路邊打了個滾，仍舊抱著酒壺喃喃自語：「沒、沒出息的臭小子……」

松安節敬使本已走出數步，聽清了這句話後勃然大怒，捋起袖子上來欲待再狠狠踹上幾腳，黑衣人卻忽然一揮手，恰好掃中他膝蓋骨，他右腿痠軟難當，仰面跌倒在地。他在松安是飛揚跋扈慣了的，不禁氣得邪火攻心，忘了自己今刻身在天子腳下，怒喝一句：「給我揍死這臭小子！」

隨從聽了，紛紛上前圍住那黑衣人。

此時紫雲舫正划過岸邊，紫雲見岸上有變故，站在船頭細看。待隨從們將那黑衣人揪起，她看清他的面貌，不由失聲驚呼：「小謝！駙馬爺？」

「真是驍衛大將軍，未來的駙馬爺？他、他怎會這般模樣，你、你不是騙我吧？」松安節敬使像篩糠似的，顫聲問道。

「紫雲豈敢誆騙大爺！」紫雲以帕掩唇，壓低聲音道：「他喝醉了，不會記得大爺的。大爺趕緊走，我與他有些舊交情，讓小女子來收拾吧。」

節敬使如奉綸音，立時腳底抹油，急急消失在夜色之中。

紫雲四顧環視過後，俯下身細看謝朗，見他已醉得雙面酡紅，抱著酒壺喃喃念著某人的名字。紫雲細聽一番，卻含糊難辯，只隱隱聽到末尾那字似是個「姐」字。

紫雲早聽說謝朗這兩個多月來在翠湖的風流韻事，聞說他與一眾世家公子哥兒們流連於各畫舫，夜夜聽曲飲酒、呼朋喚妓、放浪形骸，卻一次也未光顧過她的紫雲舫，不由讓她既羨且妒。今夜謝朗喝醉酒落了單，豈非天賜良機？

紫雲抿嘴一笑，指揮船上的伴當將謝朗扶上紫雲舫，急急吩咐開船。剛划出數丈遠，前方一艘懸掛著五彩宮燈的船搖過來，正攔住紫雲舫。紫雲心中咯噔一沉，旋即裝作一副滿不在乎的樣子，站在船頭，拿出與恩客打情罵俏的勁頭嬌笑道：「珍珠妹子，這麼晚了，你還要去接客啊？」

一襲緋色八幅羅裙的秋珍珠在珍珠舫上淺淺一笑，聲音不高，卻字字火辣，「是啊，妹妹我今晚約了小謝，正要來接他，不料姐姐已幫我接了，真是多謝姐姐了。」

紫雲怎甘心將到嘴的肥肉吐出來？可珍珠舫上已跳過來兩名灰衫大漢，闖進艙中扶了謝朗就走。

紫雲正要招呼手下攔住，秋珍珠的聲音穿透夜風徐徐傳來：「妹妹我船上新來了兩個妹子，都是蘇南教坊送來的，彈得一手好琵琶。小謝早說要聽琵琶，姐姐船上可有這等人才？」

這句話捏中了紫雲的軟肋，按殷制，畫舫歌姬舞女皆入教籍，不得私自買賣民間女子，可紫雲為討恩客歡心，上個月自人販手上悄悄買了兩名蘇南水鄉之地的美貌少女，充作教坊送來的。此事若被人舉告，幾個月的牢獄之災只怕是免不了的。她只得眼睜睜地看著珍珠舫揚長而去，氣得銀牙暗咬，轉而又尋思自己的畫舫上，究竟是何人漏了風聲？

醉醺醺的謝朗被扶入底艙，秋珍珠揮揮手，灰衫漢子恭謹行過禮退了出去，艙中僅聽見謝朗的胡言醉語。少頃，上方船艙中琵琶聲忽起，宛若拈珠流溪、飛泉濺玉，謝朗被這弦音驚得晃了晃腦袋，眼前仍是一片迷濛，只隱約記得手中還有酒壺，便再仰頭灌下一口酒。

屏風前負著雙手的平王轉過身來，看著謝朗這副模樣，饒是他素來持重，也氣得眉骨攢起。平王大步走過來，將謝朗手中酒壺一把奪下。

謝朗努力睜著沉重的眼皮，過了好半天才咧嘴笑道：「王爺……」他欲待爬起身給平王行禮，卻腳下虛浮，足跟一滑又跌倒在地。他也不掙扎站起，竟靠著黃花梨太師椅，呵呵笑了起來。

平王怒不可遏，一把揪住謝朗的衣襟將他提起。謝朗仍在傻笑，平王握緊了拳欲待揮出，又按捺住，一把將謝朗丟入椅中，冷聲道：「打水來！」

秋珍珠不敢多話，趕忙端來一盆清水，平王接過，兜頭將謝朗淋了個渾身濕透。平王再度將他提起，見他似清醒了幾分，厲聲冷笑，「你倒是越來越出息了！薛閣主當年一句『小謝，小謝，驚起鶯燕無數』，我還嫌她過於刻薄，現下看來，她倒看得很準！你看看你自己這副樣子，我都替你害臊！」

「薛閣主」三字一出，謝朗驟然睜大了雙眼，在船艙中掃視一圈後，有氣無力地癱回椅中，低低地喚了聲：「蘅姐……」

平王哪知他的心思，仍怒氣勃勃，「你和我說，練的是童子功，正練到最關鍵的一重，暫時不能成親，我便向父皇稟明，父皇也允了。哪知你……你原來是到這裡勤練武藝！瞧你這渾樣，夜夜笙歌，天天尋花問柳，母后找我問話，你教我如何替你遮掩？」

平王想起這幾個月來之事，煩心不已。景安帝不知何故，對自己越來越疏遠，反倒器重起弘王。弘王在朝中不但對平王一系屢屢發難，且已開始插手軍務。

自從弘王的親信張保出任幽州府尹，府軍關係驟然交惡。裴無忌屢上奏摺，彈劾張保貪墨糧草，而張保又呈摺子，彈劾裴無忌構陷大臣、擁兵自重、居心叵測。雙方大打口水仗，景安帝竟隱有偏向張保的勢頭。

平王本指望與裴無忌交好的謝朗在此事上助自己一臂之力，孰料他竟不赴兵部述職，又不去王府議事，再過一段時日，即聽到涑陽城紛紛傳言，小謝重拾當年風流習性，在翠湖夜夜尋歡買醉。平王起始不信，今夜將謝朗逮個正著，想起天天在宮中以淚洗面的胞妹，心頭火冒升，再也按捺不住，兜頭賞給了謝朗一拳，喝道：

「這一拳，是替柔嘉打的！」

他這一拳正打在謝朗眉骨上，謝朗倒吸了口冷氣，眼前一陣眩暈後，酒隨也醒了幾分。可聽到「柔嘉」二字，他心中苦痛難當，脫口而出：「是！我沒用，沒出息！既是如此，我也不敢耽誤了柔嘉，這個駙馬讓別人來做！讓柔嘉和我解除婚約好了！」

平王俊眉微挑，不可置信地看著謝朗。

秋珍珠忙過來勸解，「王爺，小謝眞是喝多了。」又去拉謝朗，「胡說什麼呢？讓人聽見可不得了！」

謝朗將她的手一甩，竟低噎了一聲，輕語道：「王爺，謝朗無用之軀，真的不敢耽誤了公主。我求王爺，幫我解除了婚約吧。」他聲音低沉、神情痛楚，句句字字似發於肺腑。

平王萬料不到謝朗竟真心悔婚，一時呆在原地，但他終究持重，細想一番後招了招手，起身走到屏風後。秋珍珠跟上，平王低聲問道：「小謝這段時日發生何事？可是有了相好的女子？」

秋珍珠將幾個月來的暗報想了又想，搖頭道：「小謝自護書回京後，沒發生過什麼事。他雖在翠湖胡鬧，喝酒喝得凶了些，也沒聽說他與哪家的女子相好。」

平王再看了看屏風外正癱成一團泥似的謝朗，悄聲吩咐：「你派人將他送回家，只別讓謝大人知道，請人知會一聲太奶奶便是。明日起他若再胡鬧，你就接他上你的船，免得事情鬧大，讓人告到父皇那裡去。」

他再抬頭望向艙外的深沉夜色，想起北線形勢迫在眉睫、朝中政局錯綜複雜，宮中更似有張無形之網在悄然撒開，偏偏最器重的謝朗竟耽溺於酒色之中，幫不上半點忙，令他不由憂心忡忡。

謝朗醒轉，窗外已大亮，他覺得後腦勺和眉骨處火辣辣地疼痛，剛坐起，正對上太奶奶滿含擔憂的眼神。他甫發覺自己睡在太奶奶的碧蘭閣中，再依稀憶起昨夜之事，不禁囁嚅著喚道：「太奶奶。」旋連忙下床行禮。

看著滿面憔悴的重孫子，太奶奶心情複雜，一時不知如何開口。

謝朗卻已拿起她床頭那本《孝和新語》，笑道：「太奶奶，昨天念到哪兒了？」不等太奶奶說話，他翻開書，一字一頓地念了起來，「孝和三年，宗氏有女名蘊，始年六歲時便聰黠異常，過目不忘，出口成詩……」

熟悉的字跡引他心中一酸，不知不覺停住。窗外正飄著細雨，他愣愣看著，面上不由現出一片既惆悵又溫柔的神色。

太奶奶暗歎一聲「冤孽」，話卻不敢說重了，只笑罵道：「巴巴地每天為我念這書，好顯出你一片孝心，倒不如少出去胡鬧，也好讓我少操些心、多活幾年！」

「孫兒不敢。」謝朗束手聽過訓，又繼續念了下去。

從碧蘭閣出來，謝朗夢遊似地回到毓芳園，倒頭就睡。直睡到黃昏時分，他在床上苦悶地坐了半晌，仍出了謝府，施展輕功，擺脫跟著的小柱子等人，再度來到翠湖邊。

得了平王的囑咐，秋珍珠早派了人在岸邊留意著，遠遠見到謝朗的身影，迅將他接上船。

謝朗坐在艙中，獨自喝著悶酒，秋珍珠屏退所有人，陪著他喝起酒來。但不管她如何套話，謝朗始終只是悶頭喝酒，只偶爾自嘲似地苦笑一聲。

眼見謝朗酒意漸濃，秋珍珠正尋思著如何繼續套話，忽然船頭微微一頓，陸元貞直闖進來，他滿面怒火，額頭青筋直跳，揪起謝朗便是一拳。

秋珍珠嚇了一跳，上前相勸。陸元貞一梗脖子，怒喝道：「走開！」

秋珍珠沒想到一貫溫文如玉的陸元貞竟會這般狂怒，愣在當場。

陸元貞一想起柔嘉坐在銀杏樹下落淚的樣子，即覺心痛難當，手下更不留情，謝朗被他一頓飽拳打得臉頰高腫，直挺挺栽倒在地。

陸元貞猶覺不解氣，見謝朗趴在地上仍去摸那酒壺，馬上一把將他拎起，大喝道：「靠岸！靠岸！聽見沒有！」

秋珍珠忙吩咐畫舫靠岸，看著陸元貞將謝朗拎上馬背，疾馳而去。她忍不住搖搖頭，自言自語道：「都吃錯藥了不成？」

陸元貞將謝朗直拖進太學，太學府內，銀杏樹冠蓋亭亭。

陸元貞將謝朗一把丟在樹下，冷聲道：「柔嘉八歲時，隨我們來太學府玩，在你的攛掇下爬上這棵樹，摔了下來。你小子武功好過我，先我一步接住她，結果被壓裂了肩胛骨。你養傷時，柔嘉伏在你身上哭，她說什麼來著？」

謝朗爬起來，糊里糊塗中，想起這話似在不久前聽過，愣了半晌才低低道：「她、她說她要成爲我以後的新娘子……」

陸元貞一拳將他揍翻在地，俯視著他，厲聲道：「你還記得她是你的未婚妻！她自八歲時便說要嫁給你，這份深情厚意，是別人幾輩子都修不來的福分！你竟說要解除婚約？她哪點不好，你竟敢看不上她！」

謝朗被揍得眼冒金星，在地上亂爬了一陣，好不容易靠著銀杏樹坐定了，不由得悲從中來，「是她看不上我，還罵我是沒、沒出息的臭小子。」

陸元貞一愣，想起柔嘉在樹下落淚時，似是罵過「臭小子、壞小子」，面色立即緩和了幾分。他蹲在謝朗面前，問道：「她爲甚罵你沒出息？」

醉意朦朧中，謝朗終將梗在心中數月的話一吐爲快，低泣道：「她說我沒用，說我要靠她保護。她看不起我，從沒把我放在心上……」

陸元貞愣了許久，見謝朗的痛苦毫不作僞，歎了一聲後在他身邊坐下來，溫言勸道：「柔嘉哪會看不起你？畢竟她是公主，身分尊貴，性子嬌了些，你稍讓著她點便是。她、她心中可只有你……」說到最後，他心中酸楚，仰頭望著滿天繁星，又歎了口氣。

謝朗靠著銀杏樹，也歎了口氣，苦澀地說道：「她心中沒有我，她心中只有他……在她心中，無論人品還是見識，我都不如他……」他腦子越來越迷糊，說到後來，眼睛已漸漸閉上。

陸元貞出神了一會兒才回過味來，猛地轉頭，揪住謝朗喝問：「她心中的那人是誰？」

謝朗卻已酒鼾大作，任憑他怎麼搖也搖不醒。陸元貞只得鬆了手，怔怔坐在樹下，聽著謝朗的鼾聲，心中七上八下，思緒如麻。

二十　驚雷

翌日清晨，謝朗醒來時頭痛欲裂，睜眼便看到太奶奶正一臉凝重地坐在自己床前。謝朗被太奶奶臉上那抹從未曾見過的嚴肅表情嚇了一跳，忙翻身下榻，跪在她面前。

太奶奶拄著枴杖站起，冷冷道：「你隨我來。」

謝朗欲上前去扶，她一把將他的手甩開，大步向前走去。謝朗忐忑不安地跟到祠堂，太奶奶將枴杖一頓，厲聲道：「上香！跪下！」

謝朗老老實實地燃了三柱香，然後跪在冰冷的青石地磚上。

「我問你，安宗泰熙五年，楚王謀逆，安宗皇帝出逃避難，楚王竊據了皇宮。是誰白衣素帽，帶領京城士子到玄貞門擊響登聞鼓，在全京城百姓面前痛斥楚王大逆不道，從而血濺玄貞門，以身殉國的？」

謝朗深深叩頭，答道：「是我謝氏第三十七代嫡宗，謝紹。」

「明宗天泰三年，我朝與柔然國陡然交惡，是誰力挽狂瀾，出使柔然，隻身面對千軍萬馬，毫無懼色，最終說服柔然國王平息干戈，有大功於國家社稷的？」

謝朗再叩首，「是我謝氏第三十八代嫡宗，謝堅。」

「穆宗乾寧四年，穆宗皇帝病危，是誰臨危受命，迎元宗入京承繼大統，擊敗閹黨謀逆的？」

「是我謝氏第四十代嫡宗，謝璆。」

太奶奶仰頭望向滿堂黑底白漆的牌位，緩緩道：「殷國一朝，我謝氏可曾出過不忠不孝不仁不義之徒？」

謝朗一愣，太奶奶已連頓枴杖，鬢邊幾縷銀髮隨風而動，怒道：「難道你打算做謝氏第一個不忠不孝不仁不義之徒麼！」

謝朗大急，爭辯道：「怎麼會……」

「你不去兵部述職，不盡人臣之責，是爲『不忠』；你整日流連於畫舫酒樓，自暴自棄，令至親憂心，是爲『不孝』；你身爲社稷重臣，沉溺私情，不思爲民效力、爲國盡忠，是爲『不仁』；你不與公主完婚，浪蕩頹廢，令公主傷心，是爲……」太奶奶喘了幾口氣，沒再說下去。

謝朗半晌吐說不出話，呆跪在地上，只覺五內煩亂。過得半天，他才終於忍不住說道：「我從沒想過要娶柔嘉，我自己的終身大事，誰也不問我的意思，便幫我作了主。我就是不願意，又怎麼樣了？」

太奶奶萬想不到他會說出這番話來，做爲謝氏一族實際上的主心骨，她經歷過幾朝大風大浪，早已看透世情，通明世事。她清楚曉知如今的謝氏已不比往常，在暗流洶湧的朝廷，必須小心翼翼、步步謹慎，方能保全家族幾百年來的榮譽，不料這愣小子情竇初開，竟說出如許大逆不道的話。這話若然傳將出去，謝氏一族所受的牽連，眞是不堪設想。

她恨不得舉起枴杖，狠狠將謝朗責打一頓，可目光掠過早逝兒子的牌位，心中一酸，復又一軟，長長嗟歎一聲，「傻小子，你心裡再不願意，那也改不了你都尉駙馬的身分，難道你還想毀婚不成？」

謝朗這段時日，心心念念，想的正是這「毀婚」二字，聽言猛然抬頭，央求道：「太奶奶，求您了，孫兒眞的不想娶柔嘉。孩兒對她，無半分男女之情。」

「可那是皇家的婚約啊！」

謝朗倔強地道：「那又如何？這個駙馬爺，我不稀罕，讓別人做好了！」

太奶奶氣得身子微晃，謝朗忙來扶她，她看著眼前曾孫子倔強而年輕的面容，恨鐵不成鋼地說道：「你毀皇家的婚約，連累家族不說，難道你想讓薛閣主身敗名裂，墮入萬劫不復的境地麼？」

恍如晴天霹靂，謝朗想不到太奶奶早已看穿自己的心事，一時間，震驚、羞愧、尷尬等各種情緒駁雜在一起，俊臉不禁漲得通紅。

太奶奶這段時日看著謝朗放縱胡鬧，總以爲他不過是少年人一時衝動，過幾天就會恢復正常，眼見他越來越不像話，終於不得不和他將話挑明。

「你與薛閣主患難見眞情，太奶奶能理解。可是，這是有違倫常的，必不能爲世人所容。薛閣主是你的長輩，還是天清閣的閣主。天清閣有規矩：歷代女閣主須保持處子之身，不得婚嫁。若讓人知道你與她有了私情，甚至爲了她要毀婚，那時整個殷國上下，輿論沸騰，光是唾沫星子都能把她淹死！她身爲女子，必然承受更多責難，此時此境，這世上哪裡還有她的容身之所？」

謝朗立時呆住，作聲不得。

太奶奶歎了口氣，繼續道：「明遠，撇開公主的婚約不說，薛閣主對你有救命之恩，你、你對她又有情，可你若一意孤行，不肯懸崖勒馬，那你就是把薛閣主給毀了！你若眞爲她好，從今日起便應忘記她！」

直如當頭棒喝，謝朗耳朵嗡嗡作響，他面色蒼白，雙腿發軟，慢慢跪坐在地。

太奶奶看著他這副模樣，曾經以爲早已忘卻的記憶復又襲上心頭。當年的單風，突聞她要遵父母之命嫁進謝家時，亦同謝朗眼下這般模樣，並無二致。

再怎麼歷經滄桑，老人這刻仍是傷感不已，不禁長歎一聲，「你已經過了弱冠，是個大人了，該怎麼辦，你自己拿決定吧。太奶奶老了，再管不了這麼多啦。」說完，拄著枴杖顫巍巍地出了祠堂。

謝朗如木頭人般跪在祠堂，直跪到天黑才木然地站起身。

他拖著兩條麻木的腿，到馬廄牽了馬，夢遊似地出了謝府，爾後騎上青雲驄，揮了幾下馬鞭，迷迷糊糊中馳出西門。

星月朦朧，他抬起頭，下意識收了收韁繩，這才發現，自己居然來到了那一夜與薛蘅獨處的梧桐樹下。梧桐樹仍亭亭如蓋，樹下，那夜燒烤野雞的痕跡仍依稀可見。

謝朗靠著梧桐樹坐下，緩緩閉上了眼。

當清晨的霏霏細雨將他的頭髮濡濕，他睜開雙眼看了看右肩，髮香宛在，芳蹤杳然，心中不禁酸楚難當。晨光朦朧，冰涼的水珠自髮際滴下，滑過他的鼻梁。他用舌頭舔了舔雨水，霎時間呆愣住，猛然跳起來，心臟在一瞬間跳得比戰鼓還要激烈。

那日清晨，她在自己肩頭醒來時的眼神，細雨中靜靜對望時的眼神，還有她說的那句話，與她後來的冷漠尖刻相比，簡直不像是同一個人。

太奶奶的話忽然閃過腦海：「你若眞爲她好，從今日起便應忘記她！」

莫非、莫非……

他呆立在細雨之中，忽悲忽喜，心亂如麻，茫然無措。可終究似乎看到了一絲光明，就像溺水的人抓到了一根浮木，再也不願意鬆開，他咬咬牙，躍身上馬，揮鞭向西。

細雨中馳了十餘里，涼風過耳，謝朗才逐漸冷靜下來，雖恨不得插翅飛上孤山，找薛蘅問個明白，可他心裡也清楚，即使到了孤山，只怕見到的還是她的冷言冷臉。

他勒馬靜立，思忖再三，終拉回馬頭，向涑陽疾馳。

快到西門外的離亭，樹林裡突然傳來野雞的急促叫聲，謝朗想不到竟會在此處聽到驍衛軍的暗號，而且還是十萬火急的警報。他心中一咯噔，不動聲色地拉住馬，裝作內急之狀，按住肚子匆匆進了樹林。

走進數十步，就見驍衛軍翊麾校尉郝十八在樹林子裡像花腳貓一樣奔梭。郝十八性情粗魯，打起仗來卻悍不畏死，在驍衛軍中樹有一定的威望。謝朗剛執掌驍衛軍時，他還頗不服氣，公開嘲笑謝朗是乳臭未乾的毛小子，後來謝朗隻手挑戰三大將領，將他擊翻在地，他才服了幾分。再後來，高壁嶺一戰，又是謝朗拚著大腿被砍一刀而救回了他一命，他自此便對謝朗死心塌地。

「將軍！」郝十八喚出的同時，額頭上冷汗直冒。

謝朗見對方這般緊張，心中一沉，面上卻保持鎮靜，問道：「出什麼事了？」

「將軍，王爺讓您想法子擺脫監視之人，去一趟珍珠舫！」

謝朗一愣，以爲平王仍是爲了柔嘉的事情要教訓自己，不由哼了一聲：「不去。」

郝十八急得直搓手，「將軍，出大事了！裴、裴將軍出事了！」

謝朗驚道：「出什麼事了？」

「說是、是謀反作亂……」

謝朗正往樹林外走，乍以爲自己的耳朵出了毛病，回過頭來見郝十八的神情，怒斥道：「你吃錯藥了不成？開這種玩笑！」

郝十八急得頭腦發懵，語無倫次，「我看是裴將軍吃錯了藥，不，是我吃，不，也不知道到底是誰吃錯了藥。反正朝中已如炸了鍋，王爺也被聖上降旨，著在王府禁閉反思，不得見任何人。王爺好不容易才潛出王府……」

謝朗這才知他所言非假，嚇得瞬間出了一身冷汗，上前揪住郝十八的衣襟，壓低聲音怒喝道：「究竟怎麼回事！」

珍珠舫的密艙內，每個人臉上如有烏雲密布。

平王想起千里加急軍報遞入內閣時景安帝那震怒的吼聲，指著自己痛罵時的神色，不由伸手摩挲著額頭，長歎了一聲。

秋珍珠默默奉上茶盞，平王心中煩亂本欲不接，可看到她溫柔的眼神，腦中那根緊繃著的弦慢慢地鬆弛下來。他接過茶盞喝了幾口，漸復鎮定，冷靜思考後喚道：「元貞。」

「是，王爺。」陸元貞趨近躬身。

「依你看，裴無忌，是不是會謀反作亂之人？」

「絕不可能！」陸元貞以斬釘截鐵語氣說道：「裴無忌久鎮邊陲、靖邊安民，他若要反早就反了，又何須等到今日？再說，眞要謀反，他占著漁州豈不更好，又何必將神銳軍和那麼多家眷拉上那苦寒之地大峨谷？謀反作亂一事，全是張保所奏，眞相究竟如何，是『謀反』還是另有隱情，背後有沒有人使出『離間計』，這些都有待查清。」

「嗯。」平王點了點頭，「裴無忌前段時日為了軍餉和糧草之事，不斷彈劾張保，父皇還派了鐵御史北上密查此事。可鐵御史尚未回京就出了這檔事，其後必有問題……」

「王爺，張保在軍報中說，七月十三，裴無忌領神銳軍據城作亂、奪糧燒衙，亂有三日。七月十六，裴無忌領著神銳軍及其家眷反出漁州，前往大峨谷。張保的府兵追至大峨谷東南五十餘里處才返回幽州報信，張保甫遞出千里加急軍報。以時間來推算，若是裴無忌在亂起時就有密報給王爺，按理應該能在張保的軍報進宮之前，送到王爺手上。」

平王自軍報遞進宮時就起了疑心，此刻聽陸元貞這麼一說，便冷笑一聲，望向長史楊軌，「從七月十三日查起，所有接近過文書房的人、中間傳遞之人，統統密查！若眞藏了內奸……」他素日溫和的面容上泛起淩厲之色，話語冷如寒冰，「本王倒要看看，誰吃了熊心豹子膽，敢做我平王府第一個被剝皮抽筋之人！」

艙內之人俱為平王心腹，聽到王府竟有可能出了內奸，個個露出憤慨之色。

陸元貞又道：「王爺，縱然朝中上下都認為裴將軍是您的人，但難道沒有人疑心，王爺人尙在京城，裴無忌也敢『謀反』，太不合常理了麼？可聖上竟無絲毫猶豫，就命王爺禁足，這說明什麼？」

平王緊閉著嘴，默然不語。

陸元貞道：「王爺且放寬心，雖然有人在後面推波助瀾，讓聖上對王爺起了猜忌之心，但聖上只命王爺禁足，說明聖上還是有保全王爺之意，頂多只是想褫奪您的兵權。」

平王徐徐問道：「那依元貞之見，眼下該當如何？」

「內奸要查，宮中誰在後面興風作浪也得查，但這些尙非最緊迫的，眼下咱們須得先辦兩件事。」陸元貞摸了摸下巴，他雖未蓄鬚，倒學會了他父親太學博士陸國修的言行舉止，每逢緊張思忖時便會不自覺地露出來。素日裡他若如此，眾人定要笑上一番，此刻艙內卻是一片沉寂，無人再出戲語。

陸元貞在眾人的注視下，緩緩道：「大峨谷位於三國邊境之地，一旦興起戰事，只怕牽一髮而動全身，更怕丹國窺知風聲以後會趁火打劫。所以，得將舉兵討逆之事押後。」

平王點頭道：「元貞，本王得避嫌，又不能出王府，眼下只有你去請方先生和德郡王出面了。」

「但這二位也只能使舉兵討逆之事緩上一段時日，最要緊的還是要查清楚，裴無忌為何要這麼做？眞相為何？既然可能出了內奸，我們只有派出最親信得力之人祕密去大峨谷和裴無忌見面，才能得知眞相。」

「派誰去合適？」

「大峨谷現下肯定是各方注意的焦點，想下手的人只怕不少，再加上那裡位於三不管的邊境地帶，消息一旦傳開，丹國與庫莫奚插手進來，形勢會更加複雜。咱們須得搶先一步掌握眞實情況，所以……」

陸元貞停頓了一下，旁邊的徐烈一拍手，道：「小謝！只有小謝才合適！他與裴將軍是結拜兄弟，最主要他有大白，見了裴將軍後，命大白將消息傳回來，比誰都快，咱們就能占得先機。」

「正是。」陸元貞點頭。

「小謝這段時日……」平王眉頭緊鎖。

陸元貞歎道：「正因爲他現時這個樣子，才得將他派出去辦點正事收收心。眼下這風口浪尖，他若不知死活多鬧出什麼亂子，只怕會更不可收拾。再說，當年小謝帶兵由大峨谷插入丹國國境奪其糧草，那裡的地形他最熟悉。聖上今日已急調孫恩的寧朔軍北上，寧朔軍一旦封鎖邊境，唯只小謝才有辦法祕密到達大峨谷。」

殷國北境十餘萬人馬，包括裴無忌的神銳軍、王璠的神武軍、孫恩的寧朔軍及元暉的東陽軍，原來均由燕雲大將軍統領指揮。靳燕雲陣亡後，神武軍爲守燕雲關十損七八，王璠也壯烈犧牲，前線遂只剩下三員大將：裴無忌、元暉和孫恩。

殷國自「楚王之亂」後，國勢日漸衰微，二十年前的大洪災尤重創這個昔日帝國。景安帝登基之初，亦曾勵精圖治，奈何積重難返，近兩年來他更懈怠政務、迷戀丹術，致使吏治混亂、邊境危機四伏。大殷王朝，就像一棵參天大樹，看著枝繁葉茂，卻已從根上開始腐爛。

平王幼年時的一段經歷，使之有別於在深宮中長成的弘、雍二王，他在朝廷和民間人望既高，又頗有雄才大略，亟欲整飭吏治、富國強軍，讓殷國再現太祖時繁榮昌盛、威震四海的盛況。相同的理想與抱負，使他身邊凝聚了謝朗、陸元貞、徐烈等一干熱血少年，也使方道之、德郡王等憂國憂民的重臣儒士對他另眼相看，暗中扶持。

三年前領兵出征，他毫無皇子的驕奢之氣，與士兵同甘共苦，戰鬥中身先士卒，曾經三天不吃飯、十天不卸甲，取得了關鍵一役的勝利，在軍中威望日隆。

裴無忌和元暉都是貧民出身，經過血與火洗禮的勇將，他們渴望成爲彪炳史冊的一代名將，渴望收復在「楚王之亂」時被柔然趁亂侵占、後又淪爲丹族鐵騎之下的北面疆土，更渴望有朝一日能平定南方諸賊。而這些願望，都需要一位具有遠見卓識的明君才能達成。所以，裴無忌和元暉都投入了平王麾下，成爲了他的得力幹將。

唯有孫恩，出身於較爲富庶的寧朔地區，他考慮更多的是如何維護寧朔軍的既得利益，所以表面遵從軍令，背地裡卻屢有掣肘，始終與平王一系保持著不冷不熱的距離。

平王三年征戰，將丹軍趕回阿克善草原，是數十年來殷軍從未有過的赫赫戰績。他深知「功高震主」，回京後的頭一件事便是交出虎符，之後謹言慎行、如履薄冰，卻仍免不了被人暗算，讓景安帝起了猜忌之心。此番裴無忌「謀反作亂」，景安帝嚴斥平王，令其禁足，又急調孫恩的寧朔軍北上，再將元暉後撤至靈州，其間用意不言而喻。

若不查清眞相，替裴無忌洗清「謀反作亂」的罪名，牽連之廣、影響之遠，不堪設想，尤有可能令平王的雄心壯志和多年經營毀於一旦。平王思忖再三，別無他法，便道：「就是不知道小謝願不願意走這一趟？」

平王話音甫落，密艙的夾板驟被大力頂開。謝朗滿頭大汗地鑽出來，雙眸中閃著明亮的光芒，大聲道：「我去！」

謝朗此番北上，與隨平王出征時的意氣風發截然不同，爲防洩露行跡，他易容成了當初護書時的江湖青年模樣，餐風露宿，揮馬揚鞭，於中秋這日趕到了漁州。

幽州知府張保同時主理十府事宜，漁州也在其管轄範圍之內。神銳軍反出漁州後，張保調了府兵進駐漁州，其間有人趁亂打劫，打砸搶燒，無一不及，許多無辜平民死於流矢亂刃之下。

漁州北境苦寒之地，往年九月末十月初才會下雪，可到了今年，竟於中秋前就下了第一場大雪，雪虐風饕，漁州城內一派蕭條冷肅。

嚴峻的局勢、反常的天氣，令謝朗憂心忡忡，然也只得趕在黃昏前出了城，頂著肆虐的風雪，往西北面的大峨谷趕去。

這一日雪越下越大，狂風捲著雪粒，打得人抬不起頭來。三年北疆作戰，謝朗從沒見過八月降下飛雪，累累史實掠過腦海，縱然恨不得即刻插翅飛往大峨谷，他還是決定繞道，先往東北面的燕雲關一行。

經過漁州時他已打探清楚，駐守燕雲關的仍是自己的舊部下唐儼。他束緊雪氅，在關門外伏到入夜，終於覷準時機，鑽到運送柴炭的推車下，潛進了燕雲關。

熟門熟路，謝朗施展輕功，很快到了唐儼的窗下，聽出屋中再無旁人，他以暗號輕輕叩響了窗戶。

唐儼一開窗，謝朗馬上跳入房中，唐儼先是一驚，繼而如同見到了大救星一般，喜道：「謝將軍，您來得太好了！」

「到底怎麼回事？」謝朗單刀直入。

「末將也不清楚。」唐儼道：「末將一直駐守燕雲關，前兩個月，兵部對前線將領屢有撤換，換上來的大多是弘王或雍王的人，末將便感覺不對勁，還悄悄去信問了問裴將軍，裴將軍回信只說讓末將堅守燕雲關，其餘的不用管。結果沒幾天就聽到消息，說神銳軍謀反作亂。因爲涉及謀反的罪名，末將也不敢派人去大峨谷，怕被抓住把柄，反倒誤了燕雲關這裡的事。」

「你做得對。」謝朗點頭道：「對方的人盯得緊，你千萬別捲進來，我會去大峨谷找義兄問清楚的。你定要守好燕雲關，時刻小心丹軍動靜。今年雪下得這麼大、這麼早，只怕那邊也不安寧。遊牧民族每逢如此大雪，水草荒蕪，牲畜餓死時，總會謀求外侵以解內困。」

「是。」唐儼鄭重應了，欲言又止。

謝朗追問道：「還有何事？」

「將軍，孫恩的寧朔軍已封鎖了邊境，末將隱約聽聞，他與弘王的人過從甚密，您多加小心。」

謝朗自燕雲關出來，站在風雪之中，自責之心無以復加。他想起這幾個月，自己恍若行屍走肉，渾渾噩噩且自暴自棄，原來的雄心壯志全都置之不顧，更不知軍中形勢已嚴峻至如此境地，若是能早有警惕，也不至這等後果。

一時的任性，便要面對如斯殘酷的後果，若是蘅姐知道了，只怕會更讓她瞧不起自己吧？

寒風中，他長長吸了口氣，折了根粗樹枝，如狂風巨浪中暴起的銀龍，槍影擊破漫天飛雪。一路槍法練罷，謝朗喝了一聲，將樹枝射向半空，旋即大步朝拴馬的樹林走去。

走出十餘步，那樹枝才自半空中掉落下來，狂風捲過，積雪瞬間將樹枝覆沒，天地間唯見滿目銀素。

孫恩已重兵封鎖了大峨谷以南邊境，謝朗決定繞道與丹國接壤的北面邊境。

這一日行到黃昏時分，他困頓至極，欲找一處地方稍作歇息，眼見北面草丘上似有十餘頂氈帳，便打馬前行。剛驅出百餘步，忽聞草丘上方嘩聲大作，謝朗急忙拉住馬，聽得似有人在高聲哭叫，說的還是丹族話，他心中一動，悄悄潛近。

近了才看清楚，那氈帳前，上百名丹族百姓裝扮的人被數百名殷國府兵驅趕到一起，丹族人中男女老幼皆有，甚至還有嗷嗷啼哭的嬰兒。

殷國府兵騎在高頭大馬上，不停來回踐踏，並用皮鞭狠力抽打，待這百餘名丹族人都被趕到氈帳前了，爲首的府兵頭領一聲獰笑，「弟兄們，一個人頭二兩銀子，全看大家的本事了！」

丹族人中的一個老者似是聽懂了這話，驚恐地發聲高喊，丹人之眾隨即四散逃逸。府兵們卻抽出利刃驅馬趕了上去，狂笑聲中，血染雪野，十餘名丹人迅速倒於血泊之中。

謝朗愣了片刻才明白過來，張保的府兵竟是在屠殺丹族普通百姓來冒領軍功！

殷、丹兩國連年交戰，兵部有文，殺一名丹族士兵者獎勵二兩銀子，邊境便屢有殷軍以屠殺丹族牧民甚至手無寸鐵的婦孺來冒領軍功，還順便將人家的牛羊給搶回來，俗稱「打穀草」。平王領兵出征後，對此深惡痛絕，下了嚴令不許士兵「打穀草」，更爲此杖責了數名將領，才將此風氣壓制下來。不料如今張保的府兵爲了二兩銀子，竟做出如此獸行。

眼見府兵的森寒利刃就要刺入一名女童腹中，而那名女童似是嚇傻了，在原地瑟瑟發抖，不能動彈。那驚懼哀憐的眸子讓謝朗心底猛然抽搐一下，彷若又看到霜河的一幕，他顧不了思慮太多，撿起地上的一塊石頭，彈將出去。

府兵右臂一麻，長槍落地，正抬頭欲看清是何人偷襲，謝朗已撕下衣襟蒙住面容，躍至氈帳前，抄起一根木棍。一套如水銀瀉地般的槍法使出，打得府兵們紛紛落馬，在雪地之中哀號。

府兵頭領吸了口冷氣，他也有點眼力，知道萬萬不是此人敵手，眼見這人是普通江湖人士裝束，遂硬著膽子喝了句：「大膽刁民！敢打軍爺，想造反不成！」

謝朗想到不能暴露身分，又不便對己方士兵大開殺戒，心念急轉下，悶著聲音冷哼一聲，「軍爺？我雲海十二鷹，可從不認殷國人爲軍爺！」

此言一出，眾皆譁然。府兵們聽到他竟是令人聞風喪膽的雲海十二鷹，個個恨爹娘少生了一條腿，屁滾尿流，片刻間退得乾乾淨淨。

謝朗鬆了口氣，倖存的丹族百姓已過來齊齊磕頭，用丹族話大聲呼著「聖鷹」。他只好冷著聲音，用簡單的丹族話道：「起來！趕緊走！」

他正欲轉身，卻被一老者拖住，老者說了一連串的話，謝朗聽出個大概意思。今年丹國境內的雪，比這邊境還要暴虐幾分，草全被深埋在雪下，牛羊根本沒有東西可吃，他們也是萬般無奈，才向南遷徙。

謝朗聽了，心底的那絲隱憂越來越重，只得耐著性子囑咐丹人切莫再往南遷，擺脫他們的糾纏，匆匆下了草丘。

「臭小子！打起點精神！等會兒見了大哥，自有酒給你喝！」

謝朗將繩索的一端綁在樹上，順手拍了拍大白。

大白彷彿聽懂了，瞬間有了精神，叼住繩索的另一頭，也不用謝朗發出手勢，一振翅就掠過冰面。牠圍著對岸的一棵大樹繞了個圈，又將繩索叼了回來。

謝朗從包袱中取出一塊肉條，大白一口吞下，叫了幾聲後直飛雲霄。

此處已是丹國境內，過了這處險灘，往南十餘里便是大峨谷。大峨谷為三族交界之地，東南為殷國，北面為丹國，往西是庫莫奚族聚居的草原。殷、丹兩國連年交戰，國境線未曾勘定，庫莫奚族又一直逐水草而居，這大峨谷便成為了三不管地帶。

當年殷軍缺糧，接連數日只能嚼草根樹皮，眼見要殺大批軍馬才能度過難關，謝朗憤而請命，帶了一千精兵由大峨谷插出，正是渡過這處險灘，深入丹境奪了丹軍的一批糧草，從而立下軍功，被封為「驍衛將軍」。

當時恰逢秋旱，一千人過險灘如履平地。此時下過一場大雪，河面卻未徹底冰封，碎冰緩緩移動，謝朗只得藉助繩索才能渡過險灘。只是青雲駒卻只能留在丹境，謝朗萬般不捨，貼著馬耳朵囑咐了半天，青雲駒似是聽懂了，甩了甩尾巴。

謝朗狠下心，攀上繩索滑過對岸。青雲駒長嘶一聲，在雪地中來回踱著，直到謝朗的身影徹底消失，牠才戀戀不捨地往東行去。

天地間白茫茫一片，雪野間所有的樹枝全是光禿禿的，雪花落下，堆在枝頭上彷似盛開了滿樹的梨花。唯有連綿草丘向南的一面，還能隱隱看到一些尚未被積雪完全覆蓋的野草。

謝朗穿過小樹林，艱難地爬上山丘，卻被山丘下的景象嚇了一大跳。他對這一帶的地形地貌是十分熟悉的，熟悉得就像掌心的紋絡一般，但此刻則讓他懷疑自己是不是到了漁洲城外。

往東南方向望去是連片的營房，雖然十分簡陋，卻布置得井井有條，營房外壕溝土牆、崗哨環衛，一派森嚴肅穆的氣氛。營房前的旗杆上，捲舞著一面藍帛大旗，上面用黑線繡著斗大的「裴」字。

往西面半里處卻是一處熱鬧的集市，此時已值黃昏時分，集市上挑起了無數燈籠。穿著各色服飾的人們在集市中穿梭，叫賣聲此起彼伏。

謝朗萬料不到會在大峨谷瞧見這幅邊境互市的熱鬧景象，正張著嘴訝然之際，猛然聽到一聲嬌喝：「前面那個鬼鬼祟祟的小子，定是奸細，把他押過來！」

謝朗抬起頭，只見前方雪枝下，一位身著紅色夾襖、濃眉大眼的俏麗少女正左手叉腰，右手指向自己，唇邊泛著濃濃笑意。正是義兄裴無忌的幼妹，漁州紅翎裴紅菱。

她背後十餘名神銳軍嘻嘻哈哈，擁上前來。謝朗哈哈大笑，任由他們裝模作樣地將自己反剪了雙手，推到裴紅菱面前。

裴紅菱笑得眼睛彎彎，將手一攤，「有沒有帶禮物給我啊？」

謝朗出京匆忙，又是來辦這等大事，哪還記得要帶禮物給她，尷尬地笑了笑，哄道：「好妹子，回頭再補給你。」

裴紅菱立時就惱了，怒道：「臭小子，說話不算數！把他綁在樹上，讓他在這裡喝一晚西北風！」

神銳軍們面面相覷，謝朗知道她是言出必行的，忙低聲下氣道：「好妹子，這回是來辦要緊事，下回送上雙份給你。」

裴紅菱不依，奪過一名神銳軍手中的繩索，謝朗忙跳開幾步，她追了上來，二人正糾纏不清之時，營房方向傳來一聲尖銳的哨音。裴紅菱聽了，一跺腳，扭頭就走。

謝朗嘿嘿一笑，跟著她下了山丘，向營房走去。他看看西面的集市，又看看營房，道：「大哥還真打算在這裡定居不成？」

「有甚不好？省得在漁州受那些鳥人的氣！」裴紅菱狠狠地盯了他一眼。進得營房，她一溜小跑，跑向東首一間屋子，在窗下叫道：「大哥！人帶回來了！」

「哈哈！明遠，大白可比你先到！快來，等你半天了，咱們今天醉他娘的一場！」屋內傳出一陣爽朗笑聲。

謝朗心頭一寬，推門而入，喊道：「大哥！」

屋內燃了數個火爐，酒香四溢。體格雄壯、雙目炯然的裴無忌從鋪了虎皮的椅中站起，握住謝朗雙肩，二人相視大笑。

裴紅菱搶著喝了一杯酒，嚷道：「大哥不等我回來就喝酒！不夠意思！」再看向一旁，連聲叫苦，「你又把大白給灌醉了，我還想帶牠去和里末兒鬥鷹的！」

已酣倒在椅中的大白看見謝朗進來，勉力扇了扇翅膀，「咕咕」兩聲，算是向主人打了個招呼。謝朗一腳將牠踢開，坐下來喝了口酒，定了定神。

裴無忌也將裴紅菱趕了出去，讓她命附近的哨兵全部撤走，再關緊門窗，轉身問道：「王爺怎麼樣？是不是出了什麼事？」

謝朗苦笑，道：「大哥知道了？」

「沒有。」裴無忌搖了搖頭，「不過前幾天寧朔軍拉來邊境，虎視眈眈地與我們對峙，我就猜知朝中出了大事，正擔心王爺的安危。到底怎麼回事？我在信中所說的，王爺沒有奏達聖上麼？怎麼寧朔軍直指我們謀反作亂？」

「看來眞是出了內奸。」謝朗恨恨道：「大哥的信，王爺遲遲沒收到，也不知曉你這裡到底是怎般情況，才派我來的。」

二人邊喝邊說，甫才將這段時日來的事情弄了個明明白白。

四月起，兵部便對前線將領屢有撤換，裴無忌見換上來的大多是弘、雍一系的人馬，頗感納悶。可平王自回京交了虎符後，爲避景安帝的猜忌，叮囑過裴無忌，若無要事則勿輕傳密信以免授人以柄，裴無忌便將滿腹疑慮按捺下來。

豈料張保出任幽州府尹後，形勢急轉直下。張保來到的第一件事便是扣下了神銳軍十萬兩銀子的軍餉，裴無忌找他理論，他反指裴無忌虛報兵員，吃空額。

到七月，神銳軍士兵足有三個月沒領到軍餉。這些士兵絕大多數出身貧寒，全靠這點銀子養活家人，哪經得起這般拖延，軍中怨聲載道。

再後來，張保越加過分，調撥軍糧時以次充好，鼠屎沙礫亂布其中，還由一日三頓口糧減少成一日兩頓。士兵們吃得火大，有性情魯直者去撬了幽州府衙的糧倉，結果發現裡頭全是白花花的上等大米，撬倉的士兵怒不可遏，逕自將糧食搶了回來。

張保的府兵趕來漁州，將撬倉士兵抓住，說要處以極刑。恰好當天裴無忌和幾員主要將領都不在軍營，留下的副將章海是個吹火棍，當即火冒三丈，帶著神銳軍士兵去府衙要人。雙方爭執間，不知誰將漁州府衙的師爺推了一把，正撞上章海的槍尖，師爺當場殞命。府兵大嘩，要將章海扣押，神銳軍將士群情洶湧，雙方激戰起來。混戰間，有人放火燒了府衙，搶出撬倉士兵。等裴無忌趕回來時，已只見一地的府兵屍首，府衙也被燒毀，府兵頭領卻已逃脫。

裴無忌知道這個禍闖大了，按殷制，士兵譁變，不但要處以極刑，家眷還得受牽連，流放千里。當時參與毆鬥的士兵足有兩千餘人，絕非他一人可以保下來的。而朝中形勢複雜，平王若出面，只怕也會被政敵安上個「怙權失察、信讒助虐」的罪名，等待這些將士的仍只有死路一條。

章海也知禍闖大了，追悔莫及，一時衝動下，竟在裴無忌面前飲刀自盡。

裴無忌心痛愛將之死，更發誓要護住這些弟兄。可如果繼續留在漁州，屆時朝廷要求交出譁變士兵，若交，刑部都是弘王的人，這些弟兄肯定沒命，他也會被人安上「失職」的罪名，神銳軍就會土崩瓦解；若不交人，便是「據城作亂」，公然與朝廷對抗，朝廷若派大軍平亂，更會連累漁州數十萬百姓。

他隱約感到這次「譁變」並非表面看上去那等簡單，偏又一時找不到證據。他本是豪放粗獷的性子，自從前線退下來後，在漁州屢受張保欺制，索性一不做二不休，拉了漁州全部的糧草，當夜便帶著神銳軍及他們在漁州的親眷，浩浩蕩蕩向西進發，來到這三不管的邊境地帶大峨谷。

出發前，他寫了一封密信，派心腹送往京城，將此次「譁變」之事以及張保貪墨糧草軍餉一事在信中細述，請平王在朝中斡旋，讓朝廷派人查明真相；對外則說大峨谷附近丹軍活動頻繁，神銳軍未雨綢繆，趕往此地布防。在裴無忌想來，留在漁州處處受制，不如到三不管的大峨谷，反能占據幾分主動之勢。只要給予時日，朝廷查清當日「譁變」事出有因，將士們便能逃過一死；至於拉著神銳軍上大峨谷，屆時只需說是正常的軍事調動，各方都能下得了臺。

到了大峨谷後，神銳軍建起營房。三族邊境儘管戰火不斷，百姓之間的集市互貿卻未曾中斷過，只是「集市」的地點隨形勢而不停變動。這數萬人的到來，加上神銳軍軍紀嚴明的名聲在外，各國商人紛擁而至，兩月之間竟在這原來的不毛之地，建起一座熱鬧的集市。

有了糧草和集市，神銳軍暫無衣食之憂，倒也軍心穩定。裴無忌日夜翹首等待著京中的消息，及至前幾日寧朔軍開到邊境，他這才知神銳軍竟已被安上了個「謀反作亂」的罪名。

他看出京中定已有了劇變，坐立難安，又無法得知消息，今日見謝朗前來，實是天大之喜。

「我以為王爺會想辦法，沒想到連王爺都沒收到密信！」

「我們正在查內奸。」謝朗面色沉重。

裴無忌黝黑的面容漲成了醬紫色，獰笑一聲，「讓我知道是哪個王八羔子，我非將他剝皮抽筋不可！」

謝朗越想越不對勁，道：「大哥，你們是當夜就拉了隊伍出城上大峨谷的，可張保的軍報卻說你們據城作亂三日，燒毀民房無數，七月十六才反出漁州。」

裴無忌狠狠地啐了口痰，「呸！放他娘的狗屁！我神銳軍大多是漁州子弟，怎可能在自己家中作亂，放火燒自己的房子？」

「再說，章海的武功我知道，他的槍法只略遜我一籌，怎可能讓一個毫無武功的師爺撲上自己的槍尖？」謝朗疑道。

「嗯。」裴無忌點頭道：「那把火也燒得蹊蹺，事後我問過當日在場的所有人，沒有人承認是自己放的火。我帶的兵我心中有數，真要是他們放的火，絕不會不承認。」

二人說到這裡，同時抬頭互望。

謝朗冷聲道：「有人蓄意挑事，激起兵變！」

「明遠，當時形勢那般混亂，重演一回，真能找到線索？」裴無忌看著眼前上千人，壓低了聲音。

謝朗輕聲道：「只要是人做下的事情，總會留下蛛絲馬跡，就看我們能不能找出來。」

裴無忌略感驚訝，細細看了他一眼，未再多言。

待曾參與「譁變」的將士將當日情形重演過一遍，謝朗俊眉微蹙，挑出其中十餘人，喚進屋內細細詢問。出來後，他又命將士重演一回，這才揮手令他們退去。

裴無忌見他似是發現了什麼而托肘沉思，也不敢出言驚擾，忽見裴紅菱在門外探頭探腦，便彈出一粒豆子，正中她額頭。裴紅菱氣得直跺腳，扮了個鬼臉，一溜煙跑了開去。

「大哥。」謝朗抬起頭來，問道：「那名師爺的屍首，現在何處？」

「我瞧過了，他胸口確實是被槍尖捅中，不見有別的傷口。不過我始終覺得蹊蹺，便多了個心眼，讓人將他的屍首放入府衙後院地窖中，這種大雪天，想來應還沒有腐爛。」

謝朗一拍桌子，「那就好！倘若驗屍結果與我猜想的一樣，即可證明當日是有人蓄意激起兵變！事不宜遲，大哥，我得趕往漁州，拿到證據趕回去。你將這裡的情況寫明，我讓大白送信給王爺，王爺好儘量爲我們拖延時間。」

「好。」裴無忌同跟著興奮起來，他迅速攤紙磨墨，一揮而就，再將信捲起塞入小竹筒。可轉頭看到正醉醺醺倒在椅中的大白，他不由苦笑道：「我真是作繭自縛了。」

謝朗也苦笑一聲，「臭小子！只有等牠明天醒了，再放牠去送信。」

「倒也不妨。」裴無忌道：「明遠，你歇息一晚，明天早上再走。我讓寧朔的商人祕密將你帶過邊境，這樣的話，比你繞道北面要快許多。」

謝朗睜大了雙眼，惹得裴無忌哈哈一笑，拍上他的肩膀，道：「你以爲寧朔軍眞是銅牆鐵壁一塊啊？你沒聽說過，寧朔軍到哪裡，寧朔商人就把生意做到哪裡麼？他們神通廣大，甚至能將寧朔軍的軍糧給倒賣出來。這段時期，他們在我大峨谷的集市上，從丹人和庫莫奚人手上不知收了多少寶貝。」

謝朗搖了搖頭，微笑道：「看來大哥在這裡當山大王也當得挺過癮的。」

「說實話……」裴無忌歎了口氣，「比在漁州受那批小人的氣強多了。我寧願在戰場上眞刀眞槍地和敵人拚命，也不願面對這些他媽的不知從哪裡射出來的冷箭。」

謝朗望著他，緩緩道：「大哥，不管發生什麼事情，你且先護好神銳軍的弟兄，守住邊境。今年雪大，只怕丹軍不會怎麼安生。」

「好。」裴無忌點頭，慨然道：「朝中之事，交給你。邊境的事，交給我！」

謝朗慢慢舉起右手，裴無忌與他擊掌三下，二人相視大笑。

三年的並肩作戰，二人早已心意相通。彼此無需過多的承諾和誓言，此時索性將一切拋開，執酒痛飲，又齊齊酣然入睡。

第五章 漫天暗箭

薛蘅本待一掌將大白擊開，忽瞥見牠左爪虛軟地垂下，白羽上血跡斑斑，再看到牠腳上繫著的白布，心中一動，五指一收，將大白的雙足擎住。大白馬上安靜下來，乖順地看著她取下布條和小竹筒，發出淒涼的「咕咕」聲。

薛蘅慢慢將布條展開，白布上的字跡已十分模糊，寫得又甚潦草，但依稀可以辨認出，那是謝朗的字跡：「蘅姐，明年今日，請到安南橋頭，為我丟一束菊花。」

二十一　風波惡

第二日清晨被號角聲驚醒，謝朗驟然發現屋中已不見了大白的蹤跡。

他急忙出屋，見裴無忌正大聲命親衛拉來坐騎，又恨恨罵了幾聲「死丫頭」。謝朗忙也上馬，二人帶著親衛馳出營房，穿過靜悄悄的集市，往西三四里路，聽到前方呼哨聲、喝彩聲大作，裴無忌不由又罵了句：「死丫頭！」

謝朗忍不住笑道：「大哥，你一天不把紅菱嫁出去，就一天不得安生。」

裴無忌只覺頭大如牛，歎了口氣，「也要有那種不怕死的小子肯娶她才行。」又取笑起謝朗來，「先別說這死丫頭，明遠，你何時迎娶公主？只盼神銳軍能早日洗清罪名，我也好去涑陽喝你的喜酒！」

謝朗黯然神傷，狠力抽了一下馬鞭，再馳百餘步，便見前方草丘下一大群人圍在一起叫嚷呼喝，其中如一團火焰般跳躍歡呼的，自然是裴紅菱。

順著他們的目光，謝朗抬頭，只見大白正在空中盤旋，距牠不遠處，一道黑影迎風翱翔。

雪後的陽光格外刺眼，一剎那間，謝朗心頭劇跳，險些失聲喚出：「蘅姐！」等他眨了一下眼睛，看清那個黑影並非小黑，而是一隻北地特有的黑鷹，不禁心下一沉，失望之色溢於言表。

裴無忌趕上來，看看天空，又看向前方雪野中正拚命逃竄的一隻野兔，笑道：「那是里末兒養的鷹，經常在集市上耀武揚威。紅菱不服氣，早就說要向你借大白來殺殺對方的威風。」見謝朗神色迷茫地望著空中的黑鷹，他補了一句：「里末兒是庫莫奚人一個小部落族長的女兒，她們族人和漢人一貫交好，經常到邊境來換些物品回去。」

謝朗卻仍呆呆地望著空中兩道羽影。

只聽裴紅菱大聲呼哨，大白引吭高鳴，如閃電般衝下，那隻黑鷹也急急衝下，一黑一白，幾乎是並肩衝向雪地上的野兔。

眼見大白已俯衝至離地面僅兩三丈處，謝朗猛然發出一聲尖銳的哨聲，大白嚇得一收翅，那隻黑鷹已疾速落下，利爪一開一合，將野兔擒至半空。

庫莫奚人歡呼雀躍，其中一名梳著長辮的少女更是興奮得拚命大叫。裴紅菱哀號了一聲，衝過來一拳揍上謝朗的胸口，吼道：「謝朗，你瘋了？」

謝朗「蹬蹬」退後兩步。大白飛過來，他伸手將牠抱住，見牠似是極不甘心，他唇邊露出一抹略帶苦澀的微笑，輕聲道：「你讓一讓小黑又何妨？以後想見，可不一定見得著。」

「什麼小黑大黑的？」裴紅菱只覺他這話說得莫名其妙，怒道：「我可是和她賭了一匹馬的，你把你的青雲駒賠給我！」說著就上來揪謝朗的衣襟。

「裴紅菱！」裴無忌厲聲大喝。

裴紅菱氣得將鞭子運力亂抽，抽得碎雪四濺。

那長辮少女走過來，嘲笑道：「裴紅菱，你不會捨不得你的馬，說話不算數吧？」她的殷國話說得比較標準，謝朗覺得庫莫奚人能說出這麼道地的殷國話有些稀奇，不由多看了她一眼。

裴紅菱發了一通脾氣，氣鼓鼓地牽過自己的坐騎，將韁繩遞給那長辮少女，硬邦邦道：「給你！」長辮少女得意一笑，「裴紅菱，下次吹牛皮可別吹得太厲害，免得吹破了，飛到天上去。」

裴紅菱滿腔憤恨無處可洩，狠剜了謝朗一眼，卻聽一個極溫和清雅的聲音從人群中傳出：「里末兒，把馬還給她。」伴著這個聲音，庫莫奚人向兩邊退讓，一名身穿普通灰皮氈裘、繫著同色腰帶、烏髮披肩的青年緩步而出。

謝朗知道庫莫奚人歷來是「男子披髮，女子束辮」，且多身形高眺、皮膚白皙、五官清秀，可這青年男子生得未免太過俊美，烏髮垂肩，頭束錦帶，更襯得他膚如白玉、風姿飄逸。他正細細打量這灰裘男子，里末兒已不服氣地用庫莫奚話嚷道：「是她輸了，我爲何要將馬還給她？」

灰裘男子用道地的殷國話說道：「是這位軍爺喝住了那白鵰，不然輸的是你。咱們要贏，也要贏得光明正大。」

里末兒噘起嘴，卻未再多說，將韁繩遞給裴紅菱。

裴紅菱反倒不好意思起來，板起臉道：「我裴紅菱送出去的東西，絕不會再要回來。」

里末兒聞言愣住。那灰裘男子淡淡一笑，道：「那我就替里末兒謝過裴姑娘贈馬之情。」

里末兒這下明白過來，笑著上來拉住裴紅菱的手，「你送我馬，我請你吃烤肉，走！」

裴紅菱素喜她豪爽，這刻便也放下心結，笑道：「好，回頭我請你喝酒！」

二人攜手而去。

裴無忌笑著搖了搖頭，輕聲罵道：「這個死丫頭……」他回頭招呼謝朗，卻見謝朗正望著那灰裘青年遠去的背影，一副若有所思之樣。

「明遠，怎麼了？」裴無忌問道。

「沒什麼。」謝朗笑了笑，心中卻覺這名庫莫奚青年的風姿、氣度和眼力俱非同一般，遂暗暗將他的音容相貌記了下來。

庫莫奚人雖是遊牧小族，又極分散，多年來受丹族欺壓，但這幾年趁著殷、丹兩國交戰，他們休養生息、日漸強大。若庫莫奚各部落族長都有這灰裘青年一般的人品，倒眞不可忽視。

命大白回京城報信後，謝朗再度易容改裝，混在寧朔商隊之中，往大峨谷南面的殷國邊境出發。臨行前他託裴無忌派人過險灘尋找青雲駒，務必將牠妥善安置，裴無忌自是一口答應。

裴無忌說的果然不假，寧朔商隊過邊境時，寧朔軍只例行公事地隨便檢查了一下，暗中收了點銀子，就放他們過了封鎖線。

那商隊頭領得裴無忌照顧頗多，用不多的糧食在大峨谷換了幾車好皮裘，賺得心滿意足，臨走時送了謝朗一匹駿馬。兩日之後，謝朗便趕到了漁州城外。

漁州的大雪已經停了，但依然寒風凜冽，刀子般地割著人們裸露在外的臉和手。謝朗心頭暗喜，這麼冷的天，那師爺的屍首必定沒有腐壞。

在城外潛伏到黃昏時分，他藏在一輛馬車的底部入了城。神銳軍「反」出漁州後，張保的府兵對漁州實行宵禁，酉時正時分的更鼓一敲，大街上再無行人。

謝朗乘著夜色，避過數隊巡邏的府兵，悄悄潛行到府衙北面的小巷。府衙的房屋在當日「譁變」中已被燒毀，但其後院的水井、地窖卻完好無損，謝朗翻過院牆，用繩索吊下枯井，掀開地窖入口處的木板，沿著石階而下，不自禁打了個寒顫。

漁州雖爲北方苦寒之地，但每年夏季仍有兩個月十分炎熱，這地窖即用來存放冰塊，以備官吏們夏季消暑之用。

謝朗下到地窖最底層，看到一具已然凍僵的屍體，蹲下身來細看他的相貌服飾，正是裴無忌所形容那位死在章海槍下的漁州府衙師爺。謝朗從靴中抽出匕首，割開師爺胸前已凍成一塊冰似的衣襟，俯下身細細察看他胸前傷口，過了許久，用匕首緩緩切入屍首胸前，再檢查了一陣，面上不禁露出欣喜的微笑。

謝朗思忖一陣，決定仍將師爺的屍首留在地窖之中，府衙已被燒毀，這地窖中除了冰塊再無他物，應不可能會有人下來查看，若搬了出去，極易被人發現不說，萬一天氣轉暖，亦找不到比這裡更好的保存屍體之所。

他將匕首插回靴中，順手將那師爺的衣衫掩上，站起來走出幾步，下意識地回頭看了一眼，忽然瞥見師爺被割開的外袍滾邊裡微微露出白色的一角。若是以前，謝朗抬腳也就走了，可自跟薛蘅相處幾個月，他心思細密了許多，不由想道：「究竟是何物事，讓這師爺要祕密縫在衣袍的滾邊裡面呢？」

他走回屍首身邊，蹲下來，將那東西慢慢抽出，卻是一張捲起來的紙，已經冰凍得像薄薄的鋒刃。他小心翼翼地展開細看，不禁又驚又喜。

夜深時，風越發大，颳過空蕩蕩的街道，發出尖厲聲音。

謝朗找到府衙胥吏們聚居的城東春柳坊，卻不知道哪間才是那師爺住過的房屋，想找個人來逼問，又怕露了行跡。正爲難時，忽見前方三個黑影若隱若現，他心中一動，悄悄跟了上去。

那三個黑影顯然身手都不錯，謝朗施展渾身解數，才未被他們發現。三人飛簷走壁、穿街過巷，在一個小小的院落外停住腳步。

待他們翻牆入院，謝朗也悄悄騰身而入，見屋內燃了一豆燭火，他弓著身子蹲到窗下，只聽屋內不時傳出窸窸窣窣的聲響。

再過一陣，一人悶著聲音道：「奶奶個熊！哪有什麼帳冊！分明是戚老五嫌我們沒事幹，消遣我們！」

一名似是爲首的人踹了他一腳，罵道：「你知道個屁！這差事是張大人親自吩咐下來的，你少廢話，快找！」

先前那人不敢再說，三人再找了許久，爲首那人問道：「二弟，這眞是那個邵師爺住過的屋子？」

另一個聲音回道：「沒錯，那傢伙婆娘早死，無兒無女，也沒什麼相好的，一直獨身住在這裡。」

「可現下都找遍了，哪有什麼帳冊？」

最開始說話那人問道：「大哥，究竟那帳冊有甚要緊，張大人會這麼看重？」

那大哥冷哼一聲，「三弟，實話告訴你吧，那帳冊若落在鐵御史手裡，不但張大人，只怕京城那一位頭上的五珠玉冠都保不住！」

「啊？雍……」

「噓！你想死不成？」

再找了許久，三人終於死心，那大哥喃喃道：「莫非邵師爺沒說假話，那帳冊真的已經燒掉了？該找的地方都找過了，沒有啊。」

過得少頃，那二弟接話道：「我想起來了，還有個地方沒找過。」

「什麼地方？」

「安南道，邵師爺的老家，還有一處舊宅。」

那大哥一拍窗櫺，急道：「糟了！你怎麼不早說邵師爺的老家在安南道！」

「怎麼了？」

「鐵御史昨天去了安南道，張大人還在疑惑他怎麼跑到不相干的安南道去，鐵定是去找帳冊了！快，快回幽州，速速稟報張大人！」

「哈哈，鐵叔叔，可對不住，小姪先找到這樣寶貝了。」

謝朗挖出屋子東南牆角處的一塊青磚，伸手入洞，摸出一本帳冊，咧嘴一笑。

這本記錄著張保貪墨軍餉糧草和北境十府稅銀、行賄雍王及朝中若干官員的帳冊，加上邵師爺的屍首，足能證明張保貪墨餉銀、蓄意挑起神銳軍「譁變」。這兩樣證據一旦大白於天下，將在殷國官場掀起一場巨大風暴。

可顯然，張保正派人四處尋找這本帳冊，只怕雍王的人也已派出來了，如何才能將帳冊順利送達京城呢？還有，目前看來，邵師爺的屍首不但能證明他並非章海所殺，尤能證明他是遭張保殺人滅口，再栽贓嫁禍給神銳軍，因此屍首絕不容有失。但等朝廷派人來勘驗屍首，最快亦需要一個月，萬一屍首被人發現，又該如何是好？

平王府出了內奸，沿途州府平王一系的人馬不能再調用，否則走漏了風聲，就再無替神銳軍洗冤的證據。謝朗思忖良久，決定先帶著帳冊出城，等大白送信歸來再命牠向平王求助，讓平王派徐烈等人前來接應。

漁州城門已關，謝朗縮在一處廢宅內歇息了半晚，待天濛濛亮時，躲在運送夜香的車下出了西門。

他找到拴馬的樹林，解下馬韁時，猶自想著如何將帳冊平安送達京城，剛要騰身上馬，心頭忽閃過一陣極不安的感覺。這種感覺如此熟悉，彷似當日與薛蘅在山間遭遇雲海十二鷹伏擊前一般。他不及多想，本能下向後急翻，一道銀光從他頭頂倏然劃過！

謝朗此時左腳尚在馬鐙內不及抽出，極細微的風聲又響起，他心呼不妙，腰一挺，硬生生將身子挺起數寸，堪堪避過橫削過來的另一道寒光。他知命在須臾，猛喝一聲，右足疾速踢出，踢上馬兒臀部。駿馬向前疾馳，將他帶出十餘步遠，又有一道寒光激射而來。

謝朗這時已抽出靴間匕首，「噹」的一聲架住那道鋒刃，那人長劍一斜，猛然刺入馬兒右耳，馬兒一聲慘嘶，倒在地上。謝朗也於這一瞬間，看清楚來襲者共有三人，都手握長劍，從一瞥之間的身形來看，正是昨夜那三個在邵師爺屋中尋找帳冊的黑衣人。

謝朗頓時省悟，定是昨夜自己離去後，這三人去而復返，發現牆角有被人撬過的痕跡，便四下尋找。自己半個晚上沒有出城，讓這三人找到了城外的馬兒，在此設下伏擊。
他知這三人單打獨鬥皆非自身對手，但聯起手來卻肯定勝過自己，眼下坐騎已被殺死，最要緊的是逃離險境。他右足在馬鞍上一蹬，躍身而起，「啪」的擊出一掌，擊落一根手臂粗的樹枝，落地時，施展出當日薛季蘭教過他的那路槍法，架住黑衣人們猛烈的攻擊。薛季蘭的這套槍法剛猛中不失柔韌，攻守兼備，極適合應對多人攻擊。
一套槍法使罷，謝朗故意露了個破綻，那三人中身形最高大的人「咦」了一聲，接著呼道：「攻他下盤！」謝朗要的正是他這句話，趁三人合力攻向自己下盤之時，颯然將樹枝在地面一頓，借力雙腿一彈，一個「鯉魚翻身」，自頭頂的樹枝上翻過，同時伸手握住前方的樹枝，再借力騰向前方。
那三人都彎身攻向他下盤，不及收招，待直起身時，謝朗已躍出了十餘丈遠。他在疾速奔跑間縱聲大笑，「各位辛苦了，咱們涑陽再見吧！」
爲首的大哥望著雪地上謝朗遠去的身影，恨恨道：「走，回幽州！」
謝朗失了坐騎，行跡已露，只得揀偏僻的地方行走，這一日便只行了四十來里路，快天黑時才走到廉陽鎮。他知道這樣下去不是辦法，乘著天黑偷入某大戶人家的馬廏，從背後打暈了看守之人，生平頭一回做了「偷馬賊」。
他易容的模樣早被人識破，只得恢復本來模樣，再偷了頂帽子戴上，星夜往南趕。
翌日黃昏，眼見前方就是平口關，謝朗心中再度湧上隱隱的不安。平口關乃由北入南最重要也是最快的通道，此去涑陽，放馬南下，只需七八日便可到達，如若不走平口關，則至少多花費半個月的時間。可對方若企圖攔截自己，平口關亦爲再好不過的設伏地點。

謝朗想了想，靈機一動，在平口關北面五六里路處的一個茶寮，裝作被茶潑濕了衣衫，花了一兩銀子，與一名戴著氈帽的青年漢子換過裝束。他遠遠跟著那青年漢子，眼見青年漢子入平口關時，被蜂擁而上的數人按倒在地，心中一凜，迅速躲入路旁的樹林之中。

對方連他的裝束都掌握得一清二楚，看來這南下之途已布滿了重重陷阱。謝朗考慮再三，終於決定，既然可能無法將帳冊送回京城，不如先去安南道找到鐵御史，將帳冊先給鐵御史過目，抄錄副本，再請鐵御史祕密去勘驗邵師爺的屍體。萬一自己有個閃失，多了個知情之人，也不致使證據湮沒而奇冤難雪。張保的人以為他要將帳冊送回涑陽，定不會想到自己竟會折道去安南道找鐵御史。

鐵御史姓鐵名泓，乃三品御史臺大夫，負責監察百官、審查官吏貪腐的案件，此番奉旨北上，暗查張保貪墨劣行。他與謝峻為同科進士，交情極好。對其人品，謝朗是極信得過的，即使帳冊進了京城，屆時主持此案的只怕還是此人。

下了決斷，謝朗當夜就折向東北，於第二日黃昏時分，入了安南道。

安南道是距北梁最近的一個縣府，人口不多，縣城很小。謝朗沒費什麼勁就翻入了縣衙，躲在縣令書房窗外等待。

不到一炷香的工夫，有兩人走了進來。

其中一名身著縣令服飾的人在屋內不停地來回踱步，顯然心事重重。過得片刻，縣令聲音戰戰兢兢，開口道：「永宗，依你看，這三萬兩銀票，到底是送還是不送？」

另一名身著師爺服飾的人說道：「縣公，這鐵御史到底為何而來，咱們還未摸清楚，貿貿然送銀子過去，豈非『此地無銀三百兩』？」

「可咱們這小地方，也沒其他好查的啊！若不是為了查本官、本官的……他也沒必要來這裡吧？」

謝朗不禁搖頭。顯然這縣令根本不知張保的事情，還以爲鐵御史是來查自個兒的，遂意圖行賄，但一介小小縣令，一出手就是三萬兩銀子。三萬兩！不知可以救濟多少像當年蘅姐那樣無家可歸的孤兒呀，便是充當軍餉，也足夠神銳軍一個月之用了。他按捺下憤恨之情，耐著性子繼續聽屋內二人的談話。

「縣公，萬一他不收呢？」

「可聽說在幽州時，張大人送去美人，他也照收不誤。來了咱們這裡，又在驛館夜夜笙歌，可見他也不是鐵板一塊，咱們還是未雨綢繆爲好。」

「縣公，還是看看再說吧。聽說他在這裡尚有幾日逗留，咱們看看再說。」

「可是今天張大人派來的人說……」

得知鐵御史住在驛館，謝朗不再聽下去，出了縣衙，在城中兜轉半圈後找到了驛館。

驛館內果然傳出簫樂聲聲，謝朗心中泛起疑雲，從爹素日評價來看，鐵叔叔不像是這等尋歡作樂之人，難道有什麼蹊蹺？

驛館內人來人往，簫樂之聲直至半夜都未散去。

寒風勁朔，雪花飄舞，謝朗躲在牆角等得有些心焦，忽見鐵御史的隨從鐵思從屋中走了出來。這鐵思是鐵御史身邊的得力助手，也曾多次隨鐵御史到謝家拜訪，自然認得謝朗。謝朗心中一喜，探聽到左右無人，便丟出一顆石子，正中鐵思的腳背。

鐵思多年隨鐵御史查案，身手本不差，經驗極豐，他不動聲色地裝作急著小解的樣子走到牆角。待看清謝朗模樣，他不禁張大了嘴，接著鬆了口氣，壓低聲音問道：「謝將軍，您怎麼到這裡來了？」

「鐵大哥，我有要緊事要見鐵叔叔。你和鐵叔叔說一聲，千萬別讓旁人知道。」

「好。」鐵思不多話，轉身進了屋子。

沒多久，屋內傳來鐵御史的笑聲，「今夜十分盡興，都散了吧。」片刻後，屋內走出數名歌妓，嬌笑著離去。再過了一陣，鐵思出來，帶上了房門，在院子四周巡視一番，確定無人監視後，朝謝朗藏身之處探看一眼，出了院子。

待周遭再無一絲聲響，謝朗拍掉肩頭的碎雪，躍到廊下。他輕輕推開房門，像狸貓一樣鑽進房中，又將門嚴嚴實實地關上，輕聲喚道：「鐵叔叔！」

「謝將軍。」四十上下、容顏清臞的御史臺大夫鐵泓從椅中站了起來，謝朗與他同爲三品，他便行了平級之禮。

謝朗慌不迭地執晚輩之禮，鐵泓甫微笑道：「明遠，你怎麼來了？」

「鐵叔叔，我想請您看一樣東西。」謝朗從懷中取出帳冊，遞給鐵泓。

鐵泓接過，翻開細看，嘴角不由微微抽動，逐漸露出無比喜悅的笑容。看了許久，他闔上帳冊，歎道：「眞是踏破鐵鞋無覓處，明遠，我找了許久都沒找到這本帳冊，你怎麼找到的？」

「我是在邵師爺的屋子裡找到的，他可能預感到自己會被張保殺人滅口，在衣服滾邊裡留下了線索。」

「哦？邵師爺不是在神銳軍譁變時死在章海槍下了麼，我也想找到他的屍首，可據說已被丟進大火裡燒成灰燼了。到底怎麼回事？」鐵泓神色鄭重地問道。

「鐵叔叔，我正爲了此事而來。」

謝朗將北上之後的事情一一細述，鐵泓越聽，面色越凝重。在謝朗敘述的同時，鐵泓拿起案上的羊毫筆，蘸了墨水，在紙上慢慢地寫下「神銳軍、譁變、糧草、師爺、裴無忌、謝朗、丹軍、張保」等字。

謝朗曾聽謝峻說過，知曉鐵泓有這樣一個習慣，每逢思考時會將每條線索的要點在紙上書寫下來，再連成線，據此細細研究而找到其中的蛛絲馬跡，於是也不以爲奇。

等謝朗說完，鐵泓在紙上連著線條，一邊剖析，「明遠，依你所言以及帳冊中的記載，張保貪墨軍餉糧草，其中一部分是……」他頓了頓，在紙上畫了個圓圈，續道：「為了掩蓋貪賄行跡，他指使邵師爺將帳冊燒毀，邵師爺怕自己有一天被殺人滅口，就燒了假帳冊，將眞帳冊藏起來。張保卻始終不放心，恰好神銳軍士兵去搶奪糧草，張保的心腹遂趁亂殺了邵師爺，嫁禍給章海，製造了『譁變』。裴無忌為保部下，同時也為了希望朝廷查清眞相，甫帶著神銳軍開往大峨谷，同時猶可防禦丹軍可能發起的攻擊。你找到帳冊，卻被發現了蹤跡，遭到追殺……」他看著紙上的字與線條，冷哼一聲，緩緩畫了個箭頭，直指向正中間那個圓圈。

謝朗心中欣慰，知道鐵御史已弄清了全部的事實，便不再多說。

鐵泓歎道：「明遠，你來得太及時了。我正一籌莫展，為抓不到張保的罪證而發愁。為了穩住他，還不得不收下他送的歌妓，裝作一副成竹在胸的樣子，想引他自動上鉤。現下看來，倒是不必了。」

「原來如此。」謝朗笑道：「我就在嘀咕，鐵叔叔高風亮節，定不是這樣的人。」

鐵泓忽然板起臉，「其實，有時你鐵叔叔也是會收下貪官污吏送上的銀子的。」見謝朗一愣，鐵泓像少年般調皮地擠了擠眼睛，呵呵一笑，「反正他們是搜刮民脂民膏，我就收了來入國庫，順便充當他們的罪證。」

謝朗深覺這位鐵叔叔遠沒有爹那麼迂腐和囿於成規，與自己十分投契，喜得心癢癢的，說笑道：「鐵叔叔，要不是您和我爹平輩，我便要和您結拜了。」

鐵泓哈哈大笑，「灑脫而不失剛直，勇猛無畏卻心思細密。憫懷有子如此，足以慰懷啊！」

二人正說笑時，忽聽到院門口傳來爭執聲音，似是鐵思擋住了什麼人的來訪。鐵泓眉頭一皺，已聽一人高聲叫道：「御史大人，下官有軍國要事稟告大人！」

謝朗依稀聽出，此人正是那安南道的縣令。

鐵泓想了想，道：「不能讓他們起疑心。明遠，你暫先迴避迴避。」

「好。」謝朗四處看了看，這是一間用來會客的屋子，沒什麼好藏身的地方。鐵泓將帳冊遞給他，再往上面指了指。謝朗忙將帳冊放入懷中，從屋角的樓梯拾級而上，藏到了用來儲物的閣樓之中。

閣樓十分矮小，謝朗無法坐直身子，只得躺在了樓板上，聽得下面那縣令踏進門來，鐵泓吩咐鐵思出去。過得一陣，他聽到鐵泓拉長了聲音道：「劉縣令，你這是什麼意思？這就是你說的軍國要事麼？」

那劉縣令嘿嘿笑道：「大人，您遠道而來，路上辛苦了。您老乃國之柱石，閣下的貴體安康自然就是軍國要事。一點薄儀，幫大人補補身子，請大人笑納。」

鐵泓笑了笑，似是將那銀票收了下來。縣令喜得聲音都發顫，「那下官就不打攪大人歇息了。下官告退，下官告退。」

「嗯。」鐵泓威嚴十足地自鼻中發聲。

縣令退出屋子，帶上了房門。

謝朗等了一陣，未見鐵泓相喚，只怕縣令還未走遠，便耐心等待。下方窸窸窣窣，似是鐵泓正把玩著那些銀票，謝朗幾乎就要笑出聲來。縣令年俸不過三百兩銀子，這劉縣令一出手行賄就是三萬兩，根本無需證據，即可直接治他一個貪贓之罪。鐵叔叔這一手，不知有多少貪官自動撞上來，倒也妙極。

再等一陣，下方沒了聲響，卻仍不聽鐵泓相喚，謝朗乍然湧上強烈的不安。他忍不住爬出閣樓，自樓梯口探頭，屋內已是一片漆黑。

「鐵叔叔。」謝朗輕聲喚道。

不見鐵泓回應。

謝朗心頭湧上一絲莫名的恐懼，爬下樓梯，擦燃火摺子，順手點燃燭臺，卻見鐵泓正背對著自己坐在椅中，似在低頭沉思。

謝朗鬆了口氣，將燭臺放在樓梯上，走了過去，「鐵叔叔。」

鐵泓似還沉浸在思慮之中，仍然沒有出聲。

屋外忽然傳來一聲夜梟的鳴叫，謝朗周身毛骨悚然，他急躍至鐵泓身邊，低頭一看，只見鐵泓面色僵青，雙目圓睜望著前方，嘴角殘留一絲烏黑的血跡！

謝朗駭得魂飛魄散，本能地將手指放到鐵泓鼻前，已無半絲鼻息，他不禁失聲驚呼：「鐵叔叔！」

鐵泓唇邊血跡尚未完全凝結，謝朗猛然抬頭，衝出屋子，躍上牆頭四顧而望，可白雪寂寂、夜色蒼濛，哪還有凶手的蹤跡？

謝朗在牆頭呆立，腦中一片混亂。

正在這時，院門被大力推開，鐵思衝了進來，他直衝到屋中，看清屋內景象，失聲哭道：「大人！」

謝朗也躍回屋中，正要說話，只聽腳步聲大作，又有數人衝了進來，從服飾看，正是這安南道的縣令和師爺等人。那縣令顫聲喝道：「何方賊子？竟敢謀害御史大人！」

鐵思抬起頭，怒道：「謝將軍，到底怎麼回事？」

「謝、謝、謝將軍……」縣令嚇得腿肚直哆嗦，同時眼珠子四處轉。

忽又有人從屋外衝了進來，穿的是十府捕頭的皂衣。那人衝到鐵泓面前，跺腳道：「來遲一步！來遲一步！」

縣令嚇得彎下腰去，「鄭、鄭捕頭……」

鄭捕頭猛然抬手，指向謝朗喝道：「來人啊，將凶手拿下！」隨著他的喝聲，十餘名差役衝進屋中。

謝朗心痛鐵泓之死，一時不及分辯，眼見兩名差役揮舞著鐵鍊衝來，右腿疾速踢出，差役便皆跌倒在地。

「誤會……」謝朗剛吐出兩個字，又有兩人衝將上來。他苦笑一聲，向後一閃，本以爲能閃開這兩名普通差役的攻擊，卻被隨後而至兩道如迅雷般的寒光嚇得肝膽俱裂。電光石火間，他提起全部真氣急躍而起，險險躲過一劍，卻再躲不過另一劍，左腿血光迸濺，痛哼一聲，跌落在地！

一道身影如閃電般撲來，直取謝朗胸前。謝朗本能地捂上胸口，用力按住那本帳冊，在地上連續數個翻滾，只聽「喀嚓」連聲，他背後的桌椅接連被擊得粉碎。

謝朗想不到十府捕頭手下竟有這等高手，眼下自己被誤認為殺害鐵泓的凶手，誤認倒不打緊，日後可以辯明，可這鄭捕頭顯然是張保的心腹，招招都是奪命的招數，分明想奪取自己懷中的帳冊。萬一帳冊被奪，自己被殺，又如何替神銳軍洗清冤屈呢？念及此，他猛然咬牙，一聲暴喝，作勢要衝向屋外，眾差役齊齊攔截，謝朗趁機扭身撲向屋角的樓梯！他順手一帶，燭臺傾覆，屋內陷於一片黑暗。

眾人驚呼聲中，謝朗已自閣樓的小窗穿梭出去。他忍著左腿劇痛，攀上屋頂，提起真氣施展輕功，一溜煙往城外疾奔。

背後有五人緊追而來，輕功竟都不在他之下。謝朗大急，在城外的樹林中左拐右躲，左腿越加疼痛，鮮血涔涔而下。他強行忍住，可再奔一陣，真氣漸感不繼，眼前也漸漸眩暈，背後之人仍緊追不捨。

這般追追逃逃，直奔到晨曦微現，忽見前方一條小河，河面上有座石橋，橋下河水尚未冰封。橋前的石碑上刻著「安南」二字，正是安南道的界橋。

石橋邊十餘株野菊，迎著這秋天早來的風雪，開得正豔。空中雪花如柳絮飛舞，河畔的野草都被雪壓得低下了頭，更襯得那十餘株野菊剛勁不阿、傲然不群。

謝朗眼前一陣眩暈，身形搖晃了一下，那淺黃色的菊影慢慢擴大。他摸了摸懷中的帳冊，喃喃喚了聲：「蘅姐！」旋縱身跳下石橋。

追趕的幾名黑衣人齊聲怒喝，趕到石橋邊，已只見河水捲著碎雪急湧向東。其中一人怒道：「分頭追！」

五人分頭追出百餘步，那爲首之人又猛然省悟，回過頭喚道：「橋底下！」隨著他的喝聲，果然便見謝朗從石橋下鑽出來。

爲首的黑衣人獰笑一聲，「想調虎離山，沒門！」

五人再度向石橋圍攏。

謝朗撒腿狂奔，黑衣人緊追不捨，從黎明直追到正午。

眼見前方山丘上有座破舊不堪的寺廟，謝朗直衝過去。正在這時，空中突傳來一聲高亢的鶥鳴，一道白影急衝而下，五名黑衣人猝不及防，暴喝著躲閃，在雪地上狼狽翻滾，才避過白鶥凌厲的攻擊！

謝朗在廟門前轉過身，哈哈大笑，「乖兒子，你總算趕回來了！幹得不賴！」

大白厲聲而叫，飛到謝朗肩頭，凶狠地注視著又逐漸逼過來的黑衣人。

「姓謝的！交出東西，饒你不死！」爲首之人臉上有道長長刀疤，冷笑起來分外猙獰。

謝朗這時已將廟前泥塑手中的長戟執在手上，他右手握戟，左手叉腰，居高臨下望著五名黑衣人，猶如置身戰場之上，長纓在手、銀甲在身，面對著千軍萬馬，血染戰袍，卻仍傲然挺立。

「要東西，就拿你們的命來換吧！」

「臭小子！給你活路你不走，休怪兄弟們不客氣了！」

爲首的黑衣人將手一揮，五人各展招式，攻了過來。

謝朗暴喝一聲，手中長戟如風輪般狂轉起來。黑衣人素聞「涑陽小謝」槍法如神，不由都退開兩步。謝朗長戟一掃，將廟前泥塑掃落石階，泥土四濺，灰塵滿天，他趁機躍入寺廟，「砰」的一聲關上了廟門。只聽聲音大作，顯見他正搬來東西將門抵住。

黑衣人們互望一眼，爲首之人不敢翻牆而入，怕成爲活靶子，想了想甫道：「老四、老五，你們守後門。

老二，你掩護，等會兒我和老三將門撞開，我們一起攻進去。記住，死都不能讓他逃了！」

「臭小子，這時候才回來！你老子都快沒命了！」謝朗靠著殿中已破爛不堪的泥菩薩，大口喘氣。大白看著他，叫了一聲。

「砰砰」連聲，擋著廟門的幾尊泥塑已搖搖晃晃，眼看就要被人用樹幹撞開。

謝朗看見大白腳爪上綁著一個小竹筒，知道是平王的回信，可此時這般危急，既來不及取下細看，更不能落在對方手中。他咬咬牙，撕下一大塊白色內衫，拿起香爐中殘餘的佛香，迅速在白布上寫下一行字：「蘅姐，明年今日，請到安南橋頭，爲我丟一束菊花。」

他看著這一行字，眼睛微微潮濕，輕輕地喚了聲：「蘅姐……」

廟門搖搖欲墜，謝朗迅速將布條結結實實地綁在大白爪上，向著西方連做手勢，又連喝三聲：「小黑！小黑！小黑！」

大白迅即振翅，可剛飛起來牠又落下，鵰目中滿是不捨，戀戀地望著謝朗。

謝朗用最嚴厲的語氣再喝一聲：「小黑！去！」

大白終於昂首而叫，拍動雙翅，衝向雲霄。

「砰」聲巨響，廟門轟然倒下，黑衣人舞著兵刃直衝進來。眼見大白衝上半空，其中一人奮力擲出手中長劍，劍刃擦著大白的爪子劃過，又鏘然掉落。

大白淒厲地叫了幾聲，在空中疾速盤旋兩圈，向西飛去。

一名黑衣人欲待追出，爲首之人喝住他，「那鳥沒把東西帶走，別管了！」

這時，後門的黑衣人也躍了過來，五人看向正依著菩薩坐在地上，滿身血跡、劇烈喘氣的謝朗，全神戒備，一步步逼近。

謝朗看著他們，呵呵而笑，左腿傷口處彷彿灼烤般刺痛，他卻越笑越大聲。

待五人走得近了，謝朗颯然站起，正午日光從殿頂破洞處灑落下來照在他身上，頓顯豪氣勃發、英姿凜凜。他傲視著五名黑衣人，將長戟用力一拄，怒喝聲如晴天驚雷，震得梁上灰塵簌簌而落。

「狗崽子們，不怕死的就來吧！」

二十二　驚見雲中字

孤山今年秋天來得格外的早，甫過乞巧節便落了一場秋雨，山間寒意漸濃，漫山紅遍，層林盡染。

每年七月是天清閣弟子們大考的日子，除了考核各自選修的功課，各字系弟子之間也將舉行競賽，從中選出優勝者，予以褒獎。特別優秀的，將提爲長老閣備選，給予登「天一樓」飽覽珍籍祕典的機會。

這日比賽完畢，各字系弟子從學堂紛擁而出。乾字系弟子歡呼雀躍，震字系今年以一局之差再度敗北，十分不服，見乾字系諸人得意洋洋，不免出言譏諷。

「有甚了不起的？還不是閣主關照你們，讓你們偷看祕笈才贏過我們，太不公平了！」

「就是，閣主太偏心了，只顧著你們乾字系！」

「不公平！憑什麼閣主只能由乾字系的人擔任？天清閣這麼多有名望的長老，啥時輪到一個姑娘家當閣主？怕就怕她不堪勝任啊！」有的話語更是難聽。

乾字系弟子向來以天清閣嫡宗而自傲，一聽便怒了，紛紛還擊。

「祖師爺定下的規矩，你們敢不服！」

「閣主天縱奇才，故閣主才委以重任，哪裡不堪勝任了？」

「閣主當年妙解聖上難題，又找出《寰宇志》獻給朝廷，有大功於社稷國家。你們說說，哪位長老比得上閣主？」

眼見雙方吵得熱鬧，從學堂抱著試卷出來的幾名授課長老怒喝道：「全住了！都想關禁閉不成？」弟子們不敢再吵，恨恨地互相瞪眼撇嘴一番，然後才紛紛走向學舍。

一名六十上下的長老看著他們的背影，重重歎了一聲，「說起來，還是閣主太年輕了啊，又是女子，德望不足服眾。」

另一名長老也嘀咕道：「就是。按理說，《寰宇志》是天清閣的珍寶，理應由我們天清閣珍藏保管才是。她倒好，爲了討好朝廷，全獻了出去，唉……」

數名長老齊齊搖頭，歎息而去。

「哼！老不死的，淨會在背後說壞話。有本事，論道比武的時候贏了三姐啊！怎麼就沒見你們贏一次？」薛定自桂花樹上跳下，望著長老們的身影，「呸」的一聲吐出口水。他轉身往主閣走去，兀自憤恨不平，回頭扮著鬼臉。

走出幾步，險些撞上一人，他急忙往右躲閃，偏生那人竟如影隨形，又擋在他面前。他真氣一岔，「哎呀」跌倒在地。

他不用抬頭也知來者是誰，立時乖乖跪在地上。

「你今天提前交卷，想是胸有成竹，能考頭名？」薛衡面無表情地看著他。

薛定涎著臉笑，慢慢將右手伸出來。

薛衡怒道：「打你白費我的力氣。去，到娘的靈前跪著。」

薛定爬起來，走出幾步，終忍不住回頭道：「三姐，年年考試都是那些死腦筋的題目，能不能換點新鮮花樣？」

「等你考了頭名，再來和我說這話不遲。」

「可我就是不喜歡這些啊！我覺得，學東西定要喜歡才去學，不要苦著自己、勉強自己，若是學得痛苦，不如不學。」

見薛蘅面色倏地沉下，薛定像猴子般跳上花壇，往供奉著歷代閣主牌位的思賢堂跑去。

薛蘅呆呆地站在原地。似曾相識的話語，同樣飛揚頑劣的少年……

她徐徐後退兩步，坐在花壇邊微抬著頭，看向東方晴朗天空中紛亂的雲朵。直到雙腿幾近麻木，她才緩緩站起來，轉過身卻見薛忱正在花壇另一頭靜然看著自己。

薛蘅勉力一笑，過去替他推輪椅，問道：「仁心堂的考試也結束了？」

薛忱微笑不語，快到風廬時，忽然開口：「其實阿定說得也有道理，年年都是那些僵古不化的題目，難怪他厭煩。一旦厭煩，必定是學不好的。」

「我也知道……」薛蘅輕歎一聲，「可這是歷代祖師定下的規矩，長老們又一意堅持。我提出過數次，他們皆表反對，連大哥和四妹也不贊成，就算真要改，也只能慢慢來。」

薛忱突然低咳一聲，遲疑少頃後道：「說起大哥，我正有件事要告訴你。」

薛蘅仔細翻看著薛忱給她的帳本，神色越來越凝重。

薛忱低聲道：「我在京城的時候，發現藥房和醫館帳目有些蹊蹺，於是就讓小坎和小離去了這幾處產業打探了一番，回來後又查過這兩年的帳目，發現確實都有問題。不過帳目做得很巧妙，不留心的話，還真看不出什麼。」

薛蘅沉默良久，才開口道：「還是……我先去找他談談吧，他……終歸是大哥。」

薛忱點點頭，「我也是這樣作想，最好讓他把錢先悄悄地還回去，塡上這個窟窿。這要是讓人發現了，可不是鬧著玩的。唉，大哥眞是太糊塗了！」

薛蘅「嗯」了一聲，擰著眉頭陷入沉思，只覺得內憂外患交加，千頭萬緒之中，如今也只能揀最重要的事情先解決了。想到這裡，她起身從薛忱書架上拿出一本《抱朴子・金丹》，坐在桌邊細細翻閱。

薛忱批閱著試卷，間或回頭看看薛蘅。薛蘅渾然不覺，看到入神處，信手拿起桌上的筆，在紙上畫著各式符號。

聽見學舍方向晚膳鐘聲敲響，薛忱將羊毫筆擱在筆架上，抬頭喚道：「三妹。」

薛蘅不答，眉頭緊蹙，看著滿紙的煉丹符號，臉色漸轉蒼白。薛忱覺得不對勁，剛要說話，薛蘅忽然劇烈咳嗽起來，捂著胸口軟軟地伏在桌上。

薛忱嚇得連聲喚道：「三妹，三妹！」急急推轉輪椅過去。待扶起薛蘅，只見她已雙目緊閉，面色慘白。他探了探她的脈搏，急急取來銀針，捋起她的衣袖，在心包經的幾個穴位上一一扎下。扎下最後一針，目光掠過她細膩光潔的手臂，他心中一顫，忽欲伸出手去輕撫這隻清瘦潔白、隱現淡淡青筋的手臂。但最終，他只把自己的手緊握成拳，悄無聲息地歎了口氣。

薛蘅很快醒轉過來，拭了拭嘴角，衣袖上有道殷紅血跡。她心中一涼，抬起頭，薛忱正靜默地看著自己。

「二哥，我……」

「你上次受的傷未曾痊癒，就這般勞心。你眞的想、想步娘的後塵……」薛忱想起爲找《寰宇志》而心力交瘁，最終英年早逝的薛季蘭，一貫淡靜的他竟說不下去。

薛蘅從未見過薛忱這般生氣，垂下頭，過了許久才低聲道：「二哥，有件事，我想請你幫我。」

「終於不再一個人硬撐，知道找我幫忙了？」薛忱努力板著臉。

薛蘅抬頭看著他，微微笑了一下。雖然只是個輕淺的笑，仍讓薛忱的表情馬上柔和下來，溫聲道：「你從京城回來之後，便日夜鑽研藥草與煉丹之術，到底是什麼事讓你這樣不顧自己的身子骨？」

薛蘅站起來，到廊下看了看，再將門窗緊緊關上。

薛忱見她如此鄭重，不自禁地清了清嗓子。

「噹噹噹……」夜風送來晚課的銅鐘聲，伴著弟子們的歡笑，清脆悅耳。桂花香瀰漫在整個孤山，一切如此美好。

「竟是這樣……」薛忱的神情沉鬱而凝重。他靠在輪椅上，過了許久甫歎道：「閣志記載，第五代馬祖師死於突發疾病，可我一直覺得語焉不詳，其中恐怕另有內情，而今看來應是被逆徒所害。」

「嗯。所幸馬祖師預感到閣中將有大亂、弟子中有奸佞之徒，遂將這個祕密用暗語寫在《山海經》中，又將《寰宇志》藏於密室，這才沒有令其落入奸人之手。」

「難怪後來的歷代閣主皆不曉《寰宇志》並非單書，而是許多珍籍的合稱，自然也不知道這個……眞正的祕密。」薛忱眸裡再度流露出隱憂，沒有說下去。

「是，當年祖師爺一時無法煉出琅玕華丹，又怕太祖皇帝殺人滅口，才藉口《太微丹書》已經遺失。太祖皇帝親睹《內心醫經》上確實記載那藥需以琅玕華丹爲藥引，這才放了祖師爺出京尋書。不然以太祖多疑刻薄的性子，開國功臣戮殺殆盡，怎會偏偏容下了祖師爺和天清閣？只是馬祖師死於逆徒之手，不及把祕密傳給下一任閣主，令此祕密塵封了上百年。」

薛忱嘴角浮起一抹譏誚的笑容，「難怪聖上一拿到《寰宇志》，便急著問你對《太微丹書》參透了幾分，還誇獎你將閣內珍藏的祕笈也貢獻了出來。」

「祖師爺當初用尋找《太微丹書》換得了天清閣兩百多年的安然無恙。可現下，因爲不知道這個祕密，我將《寰宇志》全部呈交上去，等於給天清閣埋下隱患。聖上已拿到了書，爲了不讓祕密外洩，萬一……」薛蘅隱有自責之意。

「三妹，你並沒有做錯。若是娘還在世，她同樣會這麼做的。你將書交給朝廷，讓奇書能物盡其效，爲民所用，這是功德一件，同時也釋了聖上的猜忌之心。再說，當年祖師爺和馬祖師之前的歷代閣主都沒能成功，聖上即使集全國之力，估計一時也不得成功，最終猶須靠我們天清閣。咱們慢慢研究，總要將那琅玕華丹給煉出來。」薛忱溫言安慰。

薛蘅面色卻更加沉重，「二哥，聖上他這幾年對煉丹這般癡迷，說明了什麼？」

「莫非聖上已經……」薛忱驚得雙手在輪椅扶手上用力一撐，猛然坐直。他愣怔良久，喃喃道：「朝廷又將迎來多事之秋了。」

他又轉頭看向薛蘅，堅決道：「三妹，我們得儘快將琅玕華丹煉製出來，不單是爲了天清閣，更爲了不讓『楚王之亂』重演。」

薛蘅心下感動，牽動氣息，低咳數聲。

薛忱眉頭微蹙，責備道：「我看你是當閣主當久了，不再把我當二哥了。這樣大的事情也不找我商量，若論醫術，你能勝得過我麼？娘說過，我們是手足……」

腳步聲由遠而近，薛忱停住話語。

小坎敲門道：「二公子，藥湯煎好了。」薛蘅忙打開門，接過藥水，小坎樂得輕鬆，笑著離去。

薛蘅將壓在心底多日的祕密吐說出來，頓然輕鬆了許多。她蹲下來替薛忱除去鞋襪，將他瘦弱的雙足浸入藥水之中。她低著頭，纖長而有力的手指運上幾分內力，按上薛忱足底的穴道。

過得許久，額頭沁出一層細密的汗珠，她才輕聲說了一句：「我當然記得，娘曾經對我們說過：『以後，你們就是手足，有什麼事，都要一起擔當……』」

薛忱聽她提起薛季蘭，心中一痛，陷入回憶之中。過得片刻，他露出無比驚詫的神情，看向薛蘅。

「三妹，你可記得……」他小心翼翼地探問。

薛蘅等了半天，不見他說下去，抬頭疑道：「記得什麼？」

薛忱細細審視著她的神情，緩聲道：「你可記得……《太微丹書》上煉製琅玕華丹所需的全部丹藥麼？」

薛蘅忙道：「我找到《寰宇志》後，只研究了那幾本水工、醫藥及算術的書，對《太微丹書》未加留意。直到聖上試探，我才起了疑心。破解出馬祖師的暗語後，我乘夜去了寰宇院，將琅玕華丹的煉製之法記了下來。可是回來後照著煉製，卻始終不得要領。」

「不急，我們一起想辦法。」

「嗯。」薛蘅用力按上薛忱足底的湧泉穴。

爾後她抬起頭來，二人相視一笑。

「丹砂、雄黃、白石英、空青、紫石英、石黛、硝石、石硫黃、陽起石心、雲母、金牙石、鉛粉、戎鹽、雌黃……」薛忱看著丹鼎內焦黑的一團，皺起了眉頭，「沒錯啊，十四味藥石，均按記載的分量，爲何還是廢了呢？」

薛蘅滿頭大汗，喘氣道：「運火也沒錯，時刻也不差，問題究竟出在哪裡？」

「祖師爺當年天縱奇才，他老人家照著書上所寫，都沒能煉製出來，那定然有什麼竅門，《太微丹書》上沒有記載。」薛忱沉吟道。見薛蘅似是倦極，他忙道：「你這幾天太累了，趕緊回去歇息吧，明天咱們再繼續試。」

「可惜這十幾爐的丹藥了。」

一個多月的煉製，兩人費盡心血，卻無進展。薛蘅心中湧上一絲焦躁，但又怕薛忱擔憂，就裝作若無其事之狀走出丹房。可走到秋思亭，她便腳步虛浮，再也支撐不住，在亭子裡坐了下來。

掌控了一整日的火候，她的手這刻彷似有千斤重，痠軟得似乎要斷了一樣。

由亭翼望出去的夜空，星月逐漸朦朧。庭際靜謐，靜得能聽到胸膛裡傳出的劇烈心跳聲。薛蘅垂手低頭，靠著欄杆，咳了兩聲，緩緩閉上雙眼。

夜霧像無形的繩索，將她團團綑住。她微弱地動彈了一下手指，一瞬間夜霧忽然狂躁地翻滾起來，宛如一座恐怖的大山，壓得她喘不過氣來，只想奪路狂奔。

前方是連綿到天際的金黃，她慌不擇路奔進那一片金黃，可夜霧如影隨形似附骨之蛆，她跌倒在地上，夜霧旋又幻化成一團濃重的黑影，發出令人恐怖的笑聲，向她壓了下來……

「可憐的孩子……」

誰在歎息？

歎息聲驅走了黑影，一雙眼眸，靜靜地看著在泥土中輾轉掙扎的她。

誰在看著自己？是娘麼？

不，不是娘。娘的眼眸像一泓井水，而這雙眼眸似一團熾熱的火焰。

他靜靜地看著她，彷彿已看了百世千載。

夜鳥自樹尖掠過，梧葉飄落，正落在薛蘅肩頭。薛蘅猛地驚醒，一下子坐直，睜開雙眼。她撫著怦怦亂跳的心臟，大口大口地喘息。

不知過得多久，她僵硬地轉過頭，怔怔地拈起那片枯黃的梧葉，凝神片刻，手一鬆，梧葉在空中旋舞，墜落在地。嘴唇微微翕動，卻始終無法喚出一個名字。

她無力地依在欄杆上，慢慢地伸出左手撫向自己的右肩，那人靠過的地方，溫度猶存。

石徑盡頭有窸窸窣窣的聲響，薛蘅恍然清醒，站起來喝問道：「誰？」

一張俏麗面容自花叢後探出來，「三姐！」

「四妹。」薛蘅鬆了口氣，「這麼晚了，你在這裡做什麼？」

薛眉鑽出身來，手裡握著花鋤，笑道：「我想將這株晚香玉移到我房中，書上說夜間移栽最合宜，所以挑這個時候來了。」又忙道：「我不會再用它薰衣服了，就栽在屋外，晚上看書時可觀賞一下，提提神。」

薛蘅看著石徑盡頭那幾叢盛開的晚香玉，默然片刻，雙眉漸趨柔和，輕聲道：「既是如此，順便幫我也移一株吧。」

薛眉「啊」了一聲，呆了片刻，慌忙應了，鋤起一株晚香玉移到盆中，將土細細壓實後遞給薛蘅。

薛蘅接過，道：「你也早點歇著，看書不要太晚了。」說罷，她用指尖輕柔地碰觸了一下晚香玉那碧綠光潤的長葉，端著它往竹廬走去。

薛眉望著薛蘅逐漸消失在夜色中的身影，沉思良久，訝然一笑，搖頭自言自語：「難道真的動了春心？」

「眉兒動了春心？」伴著一聲輕笑，一道修長身影從牆頭落下，一把將她環住，在她耳邊迫不及待地廝磨，「知道眉兒動了春心，我就來了……」

「別、別在這裡……」薛眉被推到花叢後，聲音轉瞬吞沒。

晚香玉白色的花瓣在夜風中劇烈地搖晃，灑落一地濃香。

「往後可別在這裡，萬一被發現了怎麼辦？」

「以你我的身手，有人來了還不知道？這樣才夠刺激。」薛勇替薛眉插上髮釵，笑道。

「方才三姐就在這裡，你有把握避得過她的耳目？」

薛勇的手頓住，冷哼一聲。

薛眉奪過髮釵，自行插妥，理了理凌亂的衣衫，似想起什麼而輕聲一笑，「不過，說起三姐，我倒真不相信，她也會……」

「她怎麼了？」

薛眉貼到薛勇耳邊，輕聲說了數句。薛勇露出震驚的神色，嘴張開半天，才道：「不會吧？這個千年道姑也會……」

「錯不了。」薛眉眼角眉梢風情萬種，雙腮暈紅，斜了薛勇一眼，「若是以前，我也看不出來。可今時……你是男人，自然不會注意。三姐以前只有那兩三件藍色粗布衣裳，幾年都不曾換過。這次回來以後，居然添置了兩套新衣服，雖說那式樣顏色我還看不上眼，但比起她從前穿的，可真有天壤之別。方才她竟然要我也移一株晚香玉給她，說要放在屋子裡。還有，她這段時日經常走神，恍恍惚惚的，數次我都見她坐在窗下發呆，一時微笑、一時苦惱。當初我、我也是這個樣子……」

薛勇慢慢鬆開了攬著她的雙臂，細想一陣，用極輕的聲音道：「難道是謝……不會吧？」

「還能有誰？她可只和他接觸過，且那小將軍人長得英俊，又年輕，正是血氣方剛的時候。三姐和他孤男寡女，那幾個月，保不定生出什麼事來了呢。我聽小離說，在京城的那段時日，謝朗天天帶著三姐遊山玩水，形影不離，還口口聲聲叫她『蘅姐』。我們這三姐從來冷心冷面，你可曾見過她對哪個男人這樣了？」

薛勇倏地站了起來，晚香玉簌簌直搖，花瓣掉落在地。他心思一轉，復抱住薛眉，壓低聲音哄道：「好眉兒，你替大哥做一件事情……」

他俯身貼在薛眉耳邊低語一陣。

「這個啊，很難。」薛眉爲難道：「你又不是不知道，她生性冷僻，跟一塊千年玄冰似的。除了娘和二哥，根本沒人能和她接近，從小就不愛跟我們一塊兒玩。」

「好眉兒，你就想想辦法。若眞成了事，我心願達成，必定光明正大地娶你……」

「二哥，快來看！」

薛蘅聽到輪椅木軸的軋軋之聲，回頭招手。薛忱推近，薛蘅將左掌在他面前攤開，略帶得意地微笑。

薛忱細細看了一番，疑道：「汞？」

「是。」

「可丹砂中是含有汞的，自古以來，無汞不成丹。」

「不。」薛蘅拈著手指，搖頭道：「汞雖是煉丹必用之物，但自古以來，服食丹藥暴亡者，也往往是因爲汞的原因。我懷疑，我們在煉藥之前，少做了一件事情。」

「什麼？」

「抽汞。」

薛忱沉吟道：「三妹的意思，是因爲丹砂中含汞太高，導致煉藥失敗？」

「極有可能。不過，現下難點就在於，抽汞究竟要抽多少分量才最合適。」

薛忱眼前似見到了一絲光明，道：「不管多少，我們一次次試，總要試到那個合適的分量。只是定得我們兩個人合力才能進行，三妹，你的身體……」

「我不礙事。」薛蘅眉間隱露興奮，「雖然難了點，但只要方向沒錯，總會有進展。」

二人相視一笑，薛忱正要說話，忽聽到小坎在外面大呼小叫：「閣主！閣主！小黑發瘋了！」

薛蘅急忙走出丹房，只見小黑在鐵架子上拚命撲騰，淒厲鳴叫。

自從回到孤山，小黑便始終蔫蔫的，性情卻暴躁了許多，前幾日還將閣中一位長老的手給抓傷，薛蘅無奈，只得將牠拴住。這刻見牠又這般反常，彷若不顧一切，她心底驀地一酸，走過去正要將小黑抱住，忽然耳邊聽到遠遠一聲高亢淒厲的鷗鳴。她身子一震，猛然抬頭，只見東面天空有個白點越來越近，越來越清晰。

小坎張大了嘴，「天！那不是謝公子養的那傢伙麼？」

「嘎！」小黑像瘋了一般，極力扇動雙翅，無奈被鐵鍊拴住，只能跌落在鐵架子上，卻仍高昂著頭，大聲嘶叫。

大白越飛越低，薛蘅面色蒼白，雙腿偏偏像被釘住了似的，動彈不得。

大白疾速墜落，落在小黑身側，小黑急撲向牠，叫聲中充滿喜悅。

薛蘅看著大白許久，冷聲道：「小坎，拿鞭子來，把牠趕走！」

小坎應了，正要轉身，大白淒厲地叫了一聲，直衝向薛蘅，拚命撲扇著翅膀。

薛蘅本待一掌將牠擊開，忽瞥見牠左爪虛軟地垂下，白羽上血跡斑斑，再看到牠腳上繫著的白布，心中一動，五指一收，將大白的雙足擎住。大白馬上安靜下來，乖順地看著她取下布條和小竹筒，發出淒涼的「咕咕」聲。

薛蘅慢慢將布條展開，白布上的字跡已十分模糊，寫得又甚潦草，但依稀可以辨認出，那是謝朗的字跡：

「蘅姐，明年今日，請到安南橋頭，爲我丟一束菊花。」

「駕！」蜿蜒的官道上，數騎馬迎著瑟瑟秋風，向東疾奔。最後一縷暮色收斂時，薛蘅勒馬而望，又回頭道：「二哥，我們今夜趕到魯口鎮歇息。」

坐在啞叔身前的薛忱點頭，「好。」

差不多半個月了，她的雙眸始終沉靜如水，只能依稀從她揮下馬鞭時的喝聲中，聽出那強行按捺下的洶湧情緒。薛忱心中黯然，雙肩不自覺地軟了下來。

啞叔只道他冷，立時解下身上的披風，將他嚴嚴實實地包住。

薛忱回頭微笑，「我不冷，啞叔，您披上吧。」

啞叔卻將胸膛拍得砰砰響，再將手舉過頭頂，大意就是：我這麼高大、這麼結實，不怕冷。

薛忱輕聲道：「辛苦啞叔了，若非要趕路，我這種身體，小坎他們又不夠力氣，也不敢勞動您老人家。」

啞叔拚命搖頭，又咧開嘴笑，興奮地將手向四面八方指。

小坎在後面的馬上笑道：「公子，啞叔這回託您的福，不用守天一樓，能出來走一趟。他正興奮著呢，只怕渾身都是勁，哪會覺得冷？」

進魯口鎮的客棧時，已近子時。薛蘅再心焦，也知人馬都需歇息，否則這樣下去，只怕還未趕到安南道就會累死。

草草吃過點東西，小坎、小離取出丹鼎和火炭。

薛蘅與薛忱忙到後半夜，小心翼翼地開啟丹鼎，又同時失望地歎了口氣。

片晌後，薛蘅振作起來，道：「再減。」

「好……」薛忱剛開口，見薛蘅劇烈咳嗽了幾聲，忙改口道：「明晚再試吧，等會兒天不亮又要趕路。你受得了，我可有點扛不住了。」

薛蘅默默地搖頭，薛忱同覺心情沉重。平王的信顯然是回給謝朗的，景安帝已經大半個月沒接見臣子、處理政務了。弘王逼得緊，平王不但出不了王府，連陸元貞他們都遭監視了。朝中重臣們每日爲了要不要討伐「譁變」的神銳軍而爭吵不休，現下謝朗又生死未卜，也許，眞的只有儘早製出琅玕華丹，才能力挽狂瀾。

大白的爪子受傷，飛到孤山時已近腐爛，還有那塊白布、那潦草的字跡，皆足可說明當時的形勢有多危急。此去安南道，還能看到那笑得爽朗如驕陽的英俊少年麼？

薛蘅低聲道：「二哥，眞對不住，連累了你……」

「又說這樣的話？」薛忱板起了臉。

薛蘅覺眼眶有點發燙，低咳一聲。

小坎此時衝了進來，揚著手中的東西，叫道：「閣主！快看！」

薛蘅接過，低頭一看，猛地站了起來。這是一張官府的告示，白紙黑字，話雖簡單，意思卻甚明白。告示上書道：

> 茲奉聖諭，著前驍衛大將軍謝朗在一個月內到官府投案，交代鐵御史被害之眞相，謝氏一族仍著府內居住，不得外出。

薛忱見薛蘅面色不對，抽過她手中的告示，看罷，抽了口冷氣，「怎會這樣？明遠到底出了什麼事？」

薛蘅沉默了一會兒，輕聲道：「二哥，恐怕，我們要改道進京了。」

二十三　闖宮

瑞豐樓在涑陽稱得上名副其實的「第一樓」，它樓高三層，有七八十個大小閣子，朱欄碧瓦、雕梁畫棟，又建在涑陽最寬闊的御街旁。因爲御街直通皇宮的玄貞門，掌櫃便將臨街一面增修了飛橋露梯，讓客人可在二三樓的閣子裡憑欄俯眺，或俯觀御街人群熙攘之盛況，或眺望巍峨浩麗的皇宮。

涑陽的世家公子、達官貴人們，尤喜歡到瑞豐樓訂個閣子，呼朋喚友、推杯換盞，一方面鞏固交情，同時也交流著彼此探聽到的蜚短流長。

這段時日，瑞豐樓暗中流傳著一條消息：御史臺大夫鐵泓在安南道驛館遇害，凶手竟是準駙馬、驍衛大將軍謝朗，而謝朗已經畏罪潛逃！

絕大多數人是不信的，聽後都嗤之以鼻。可緊接著又有消息傳出：聖上已命禁軍軟禁了謝氏一族，並命全國廣貼告示，諭令謝朗在一個月內投案自首。

前日又傳出消息：謝朗已經到刑部投案自首，現被關押在天牢之中！

這些消息，再加上景安帝一個多月未曾臨朝，平王被軟禁在王府，神銳軍譁變，每一樁事件都像平靜水面下洶湧的暗流，攪得整個涑陽驚疑不安。

說者言之鑿鑿，聽者卻大多不信，但人人都想搶先知道最新消息，帶得瑞豐樓的生意這段日子也跟著紅火了許多。

這日午時，正是瑞豐樓滿座的時候，歌妓們唱過第一曲，第二曲剛啓檀板，便聽御街上突傳一陣騷亂，緊接著一樓的客人「呼啦」一聲全湧了出去。二、三樓閣子裡的客人聽見動靜，也全湧到了臨街的長廊邊。

御街旁，數千人嘩聲大作，議論紛紛。

「那不是謝府的老太君麼？」

「謝氏一族不是全被軟禁了麼，怎麼老太君出來了？咦，怎麼不見謝峻謝大人？」

「天！那個老頭是誰？蒙著眼睛，居然能夠隻身獨鬥幾十名禁軍！」

「篤！篤！」數千人矚目下，御街那頭，一位滿頭銀髮、身著二品誥命服飾的老婦人拄著龍頭枴杖，挺直身板，冷著面容，一步步往前走。正是工部尚書謝峻之祖母，謝府老太君。

她左手高舉著一塊小牌子，那塊牌子似有魔力，逼得數百名禁軍如潮水般連往後退。偶有禁軍試圖上前攔阻，她身邊一名用布條將眼睛蒙住的白髮老者便會揮舞著手中長槍，霍霍生風，打得禁軍四散跌開。

涑陽的百姓，除了年老之人還記得當年迎元宗入京時忠臣義士與閹逆當街搏殺的情景，五十歲以下的人哪曾看過這等新鮮刺激的場面，於是一傳十、十傳百，等謝府老太君快走至玄貞門前，圍湧而來的人群已近上萬。駐守玄貞門的羽林軍統領方直頓時慌了手腳，急派副手將不當值的羽林軍全部調來，在玄貞門外嚴陣以待，同時親自上前將謝老太君攔住。

方直也是貴冑子弟出身，與謝朗素有交情，對謝老太君和皇室的淵源略知一二。眼下謝朗罪名未定，他不敢貿然開罪，行禮道：「晚輩方直，拜見太奶奶！」

太奶奶鬢邊銀髮無風自動，她將手中小牌子往方直面前一遞，「煩請方統領上奏天聽，二品誥命謝崔氏，求見聖上。」

「實在抱歉，謝老夫人，聖上有命，近日不接見任何外臣。有何要事，都由弘王殿下代爲奏聞，老夫人還是請回吧。」方直委婉回道。

太奶奶將枴杖運力一頓，怒喝道：「方直！你可認得我手中之物！」

方直本以爲太奶奶持的是誥命符牌，見她這般說，忙上前細看，只見那是一塊淡紫色的魚符，上面鈐有

「寶貞皇后」字印，他嚇了一大跳。他曾聽聞過，當年穆宗薨逝，元宗入京承繼大統，賜了這種魚符給擁立的有功之臣，其中便有一塊是元宗的寶貞皇后賜下的，原來竟是賜給了謝老太君。他嚇得連忙單膝跪地，「方直不敢！」

他正生爲難，不知要不要去內廷傳奏，忽聽背後有紛沓的腳步聲傳來，回頭一看，大喜下忙上前道：「王爺，這……」

弘王早得報信，謝府老太君闖出府邸，禁軍攔不住，她已直闖皇宮要面見聖上。他知道她是爲謝朗一事而來，心中竊喜，想著謝老太君這擅闖皇宮之罪是逃不了的，到時龍顏震怒，謝朗要想翻案可就更難了。

他走到御值房，本想親眼看著羽林軍將謝老太君拿下，不料她竟拿出了故太皇太后親賜魚符，方直是攔不住的，若讓她見了父皇，只怕會橫生枝節。弘王猶豫片刻，只得走了出來。

「謝老夫人，父皇龍體有恙，不接見任何外臣。謝朗毒害鐵御史一案，自有三司會審、明勘定案。老夫人不必過於憂心，還是請回吧！」

太奶奶怒道：「弘王爺，還請您讓開。不然，老身就要替故太皇太后教訓教訓不成材的子孫了！」

弘王聞言，將臉一沉，冷冷道：「老夫人，你休不知好歹！你雖持有魚符，但還大不過本王！來人，將她押回謝府！」

羽林軍們齊聲應喝，執槍握戟，聽命上前要押住太奶奶。

太奶奶將枴杖一拄，雙目圓睜，怒道：「誰敢！」

「上！」弘王毫不猶豫地喝令。

羽林軍繼續上前。

太奶奶身邊白髮老者一聲怒喝，躍上前去，長槍急旋，「砰砰」連聲，十餘名羽林軍眨眼間被打倒在地。

他雖蒙著雙眼，但槍勢狂猛，擊得弘王等人只得紛紛退後避讓。

太奶奶趁著空隙，提起誥命服飾的下襬，快步走到玄貞門下，放下枴杖，握起鼓槌，用盡全身力氣擊響了登聞鼓。「登聞鼓」乃太祖皇帝設下，用來防止內廷有奸佞出現，令皇帝與外界不通消息，外臣在緊急狀態下即可擊響登聞鼓，直達天聽。當年楚王之亂，正是謝氏先人擊響登聞鼓，在全京城百姓面前痛斥楚王逆行，今日登聞鼓再響，敲鼓者又是謝氏之人。

弘王大怒，喝道：「來人！將她拿下！」

此時那白髮老者已被數十名羽林軍圍住，旋有十餘名羽林軍上前奪過太奶奶手中鼓槌，將她雙臂按住。白髮老者暴怒如狂，奈何寡不敵眾，數十招過去，腿上中了一刀，跌倒在地。

弘王冷笑一聲，「此人意圖闖宮行刺，來啊，就地正法！」

數名羽林軍提起手中刀劍便欲砍下，忽聽見一聲怒喝：「慢著！」伴著這聲怒喝，一道藍色身影電射而至，手中長劍幻出數十道寒光，「鏘啷」連聲，將羽林軍手中刀劍一一攔下。

羽林軍見來者武功更勝這白髮老者，不由有些微的膽怯，有個別人認得來者，驚呼道：「薛閣主！」一聽來者竟是名滿天下的天清閣閣主，圍觀人群更加激動，後頭的紛紛往前面擁，一時間，玄貞門外亂成了一鍋粥。

弘王隱覺不妙，冷冷道：「薛閣主，莫非你也想擅闖皇宮不成？」

薛蘅轉身，還劍入鞘，平靜地看向弘王，緩聲道：「弘王爺，元宗皇帝曾有聖旨，魚符在身者，面聖毋須下跪、有罪也不下獄。請您先下令，放開謝老夫人。」

弘王猶豫片刻，冷哼一聲，揮了揮手，羽林軍立時將太奶奶推至薛蘅身邊。薛蘅忙扶住太奶奶，關切問道：「謝老夫人，您沒事吧？」

儘管個把月來被軟禁，又日夜擔心著謝朗，太奶奶始終是謝府最鎮靜的一個。可這刻見到薛蘅，她再也控制不住，老淚縱橫，緊攥著薛蘅的手臂顫聲道：「阿蘅，明遠他、他已經到刑部投案了！」

薛蘅一行甫入涑陽城門，即見大街上的人紛往北面皇宮方向跑，還有不少人嚷著：「謝老太君闖宮了！」薛蘅一聽，急忙趕往玄貞門，遠遠看到單風與羽林軍激鬥。她一看便知謝朗的槍法乃他所授，自然出手相救。這刻聽到謝朗還活著，她懸了大半個月的心瞬時落了地，雙足竟覺有些虛軟無力。

薛蘅輕拍著太奶奶的手背，片刻後，才出言低聲勸慰：「謝老夫人，您放心，明遠會沒事的。」又抬頭望向弘王，「弘王爺，天清閣閣主薛蘅，求見聖上。」

弘王一笑，「薛閣主，父皇早有口諭，不接見任何外臣，諸事都由本王轉奏。薛閣主有事請說，沒事的話，就請回吧。」

薛蘅轉身扶起單風，點上他左腿穴道，血流漸止。

單風呵呵大笑，「你就是季蘭那丫頭的女兒？」

薛蘅不及回話，啞叔負著薛忱，分開人群衝進來，他忽然「啊啊」大叫，放下薛忱，撲向單風。單風聽到風聲，欲待閃開，啞叔「啊啊」連聲。單風聽得一陣，嘴角抽動，繼而哈哈大笑，一把將啞叔抱住。

薛蘅「啊」了一聲，道：「您是『朔北鐵槍』單老前輩！」

「沒想到我這輩子，還能聽到『朔北鐵槍』四個字啊。」單風感喟萬分。

弘王本不欲將動靜鬧得太大，免得驚動了景安帝。他使了個眼色，方直會意，上前喝道：「此處乃玄貞門重地，閒雜人等統統退開！」

薛蘅抬頭望向弘王，弘王臉上猶自帶著一貫示人的溫和笑意，卻遮掩不住他雙眸之中流露出的冷酷與得意之色。薛蘅想了想，向單風道：「單老前輩，您還能不能動？」

「小丫頭太小看我單風了啊。難道你娘沒對你說過？當年我只剩一口氣，也能橫掃朔北五虎！」

「那便好。」薛蘅附到單風耳邊，用極低的聲音說了一句話，然後又大聲道：「單老前輩，勞您現下就赴德郡王府，將這句話轉告給德郡王，請他老人家赴玄貞門一趟。」

弘王面色微變。景安帝得以繼承兄長之位，德郡王功不可沒，景安帝對這位叔父十分尊重，特旨允他任何時候都可直入宮禁，毋須奏聞。薛蘅究竟悄悄說了什麼話，能把握在這種形勢下請得動德郡王？

薛蘅目送單風遠去，轉過身扶住太奶奶。太奶奶不停輕拍著她的手背，二人目光交觸，沒有說話，又同時轉頭，毫無懼色地與弘王對望。

玄貞門前，上萬人霎時鴉雀無聲，繼而像煮沸的粥一樣，「嗡」的一聲議論開來。

內廷顯然並未被玄貞門的風波驚擾到，到處寂靜得不聞半點聲響。由珠簾望進去，殿內的獸爐中，煙霧裊裊娜娜溢出，令整間內殿看上去迷濛飄緲。

內侍像貓兒一樣輕步挪出，在太奶奶和薛蘅面前躬下腰去，尖細的聲音壓得低低，「聖上有旨，宣二品誥命謝崔氏、天清閣閣主薛蘅覲見。」

又有小內侍打起珠簾，將二人引至御案前，爲太奶奶搬來椅子。薛蘅扶著太奶奶在椅中坐下，二人同時望向早已坐在一旁的德郡王，點頭致謝。德郡王端著茶盞，細細端詳著薛蘅，卻沒有說話。

弘王隨後進來，負手立於一旁，嘴角上掛著帶有淡淡諷刺意味的微笑。

屏風後，有人低咳，薛蘅不由用心凝聽。

半透明的屏風上影影綽綽映出兩個人影，其中一位似是妃子裝扮，正爲另一個身形高瘦的人披上外袍，後者顯然是景安帝。只是不知這位妃子，究是貴淑賢德四妃中的哪一位。

「明知陛下龍體微恙，還鬧這麼大動靜，眞是……」那妃子壓低聲音，忿忿地說了句。

景安帝抬了抬左手，止住她的話語。過得少頃工夫，他才緩緩從屏風後走出來，步履蹣跚地走到御座前，雙手撐著扶手慢慢坐下。

薛蘅跪地叩首，「臣薛蘅，叩見陛下！」

「罪婦謝崔氏，叩見陛下！」太奶奶拄著枴杖，俯下身去。

一瞥之間，薛蘅覺得景安帝消瘦了許多。

「老太君何出此言？薛先生請起。」景安帝的聲音從御座上傳來，顯得虛弱無力。接著，他又用話家常的語氣向太奶奶說道：「朕看老太君身子十分康健，朕心甚慰。若是太皇太后還在世……」他喘了口氣，沒有說下去。

太奶奶等了一陣，才道：「罪婦叩謝陛下隆恩。罪婦教孫無方，致使其放蕩遊嬉、膽大妄爲，未經允許就私自出京，實有負當年太皇太后的殷殷期望，萬望陛下恕罪！但罪婦敢以性命及謝氏一族數百年的榮譽擔保，謝朗絕非殺害御史之人。請陛下明察！」

景安帝眉頭微蹙，道：「老太君愛孫之心，朕能體諒。但謝朗一案，朕已命三司會審，倘謝朗是被冤枉的，朕自會還他一個公道。然若眞是他做下的罪行，即使太皇太后在世，此事亦只能依國法處置……」他一長串話說下來，明顯有些吃力，只得停頓下來，細細喘氣。

屏風後的妃子低聲吩咐了幾句，便有內監端著湯藥出來。

弘王急步上前接過藥碗，神色恭謹地奉至景安帝面前。景安帝就著他的手喝過藥，氣喘才漸漸平息。

弘王轉過身來，滿面不悅之色，「謝老太君，國法不容私情。你爲了這等小事，竟敢闖宮驚擾父皇。萬一影響了父皇龍體康復，你擔當得起麼？」

「小事？」太奶奶冷笑一聲，瞪著弘王大聲道：「忠臣蒙冤下獄，真凶逍遙法外，陛下受奸人蒙蔽，這還是小事？老身若再不上達天聽，日後真相大白，又將置陛下於何種境地！」她蒼老有力的聲音震得殿外一隻正在打盹的鸚鵡猛然驚醒，在鐵架上拚命「撲楞楞」扇著翅膀。

弘王被太奶奶的氣勢震得愣了片刻，回過神後森然一笑，「蒙蔽？呵呵，老太君，恐怕你才是被蒙蔽的那個人吧，你看看你那寶貝重孫子做下的好事吧！」他拿起御案上一本奏摺，在手中晃了晃，道：「這是三司會審的案詞。人證物證俱全，皆證明謝朗因暗中策動神銳軍譁變，被鐵御史查出蛛絲馬跡，他為了毀滅罪證，遂暗下劇毒、殺人滅口！」

太奶奶今日正是收到柔嘉公主收買禁軍後暗中派人傳來的密信，說三司會審時，謝朗雖不承認是他殺了鐵御史，卻對出京之後的行蹤諱莫如深，對那一夜為何去找鐵御史也說不出個所以然。無論怎麼審問，他都只有幾句話：神銳軍「譁變」另有內情，他出京是為查清「譁變」真相，鐵御史非他所殺，凶手另有其人。反之，刑部、大理寺、御史臺所掌握的證據，均對謝朗極其不利，三司已在謝朗拒不認罪的情況下，定了他「圖謀不軌、策動神銳軍譁變、謀害御史」之罪！

太奶奶今日拚著性命，持魚符闖皇宮，早已抱了破釜沉舟的決心。此時聽弘王這麼說，她雙目圓睜，踏前一步怒道：「神銳軍譁變之時，謝朗尚在涑陽！譁變一事，與他何干？」

「他既圖謀不軌，暗中策畫，自然表面上要撇清了。」

太奶奶將枴杖一頓，道：「荒唐！我謝家世代忠良，何曾出過一個亂臣賊子！謝朗又蒙聖恩，得陛下將公主許配，他為何要圖謀不軌？神銳軍區區三萬人譁變，就能撼動我大殷根基？謝朗難道就不顧在涑陽的上千族人麼！」

御座上的景安帝默默聽著，露出思忖之色。弘王看得分明，急急道：「那爲何謝朗拿不出半分證據來證明他自身的清白？」

「那說謝朗殺害御史，又有何證據？」太奶奶寸步不讓。

「鐵思證言，鐵御史被害時，正在與謝朗談話。安南道縣令、十府捕頭證言，他們趕到時，鐵御史已死，身邊只有謝朗一人！」

薛蘅凝神聽著，等弘王一停，馬上問道：「可有人親眼睹見謝朗殺死鐵御史？」

弘王一頓，「這個……」

「既無人親眼睹見鐵御史是謝朗所殺，爲何就說人是他殺的？鐵泓與我謝家乃世交，謝朗爲何要殺他？殺人動機何在？」太奶奶緊跟著大聲逼問。

「鐵御史死前所寫下的字箋，有『神銳軍、譁變、謝朗、裴無忌』等字！足以證明他查出了謝朗策動神銳軍譁變，故被謝朗殺人滅口！」

太奶奶冷笑道：「那若是老身今日一命歸西，死之前寫下字箋，上有『禁軍、謀反、弘王』等字，就能證明是弘王爺策動了禁軍謀反麼？僅憑區區幾個字便能定殺人大罪，三司是這般審案的麼？證據不足，如何能定爲鐵案，就不怕天下譁然麼？」

弘王被逼問得有些狼狽，一時說不出話，殿內陷入一片沉寂。

屏風後的那位妃子似顯不安，從腰間取出絲帕，不停地按拭著嘴唇。

弘王憋了一陣，道：「倘人不是謝朗所殺，他當晚爲何要逃，還傷了數名捕快！這不是做賊心虛又是什麼？若非父皇聖明，將你謝府之人軟禁，他仍在畏罪潛逃！」

太奶奶仰頭怒笑，將枴杖用力一頓，趨前兩步，猛地將左袖挽起。她的皮膚已如松樹皮般粗糙，但手臂上有道陳年疤痕狀似一條巨大蜈蚣，清晰可見。

「當年元宗皇帝入京承繼大統，老身陪在寶貞皇后身側。闔逆白嶠行刺元宗，老身之公公謝璆謝澄德公拚死護住御駕。白嶠繼而刺向寶貞皇后，老身擋在寶貞皇后身前，連中三劍，此僅其中一道傷疤！」她目光自殿內諸人面上一一掠過，傲然道：「三年征戰，謝朗身上也留下無數這樣的傷疤。我謝氏之子孫，個個可爲國家社稷百姓捨去性命，絕不可能淪爲圖謀不軌、畏罪潛逃之人！」

她這番話說得氣勢十足，有如波濤洶湧，令眾人都彷若看到當年元宗入京時，謝氏滿門捨命護駕、搏殺奸逆、浴血長街的情形。弘王吞了口唾沫，無言以答。

太奶奶看了薛蘅一眼，又轉向景安帝，躬身道：「陛下，謝朗一案疑點甚多，其中必有隱情，三司顯然受人影響，匆匆結案、倉促定罪。老身懇請陛下，另行委派不牽涉朝廷政局的中立之人來查案，以免忠良蒙冤、小人得道！」

景安帝正要說話，殿外突現一陣騷亂。

柔嘉公主掙脫內侍的阻攔，衝進殿來。她撲到景安帝身前，跪在地上，緊緊揪住他的龍袍，哭泣道：「父皇！明遠哥哥是被人冤枉的！求父皇明察！」

薛蘅一怔，驚見柔嘉比上次見面時消瘦了許多，瓜子般的臉龐上，淚水汪汪的大眼深深凹陷。她不由心中一酸，低下頭，不敢再看柔嘉的傷心模樣。

景安帝被柔嘉一番搖晃，話都說不出來，連咳數聲。弘王走過去扳開柔嘉的手，輕拍著景安帝的背，瞪了柔嘉一眼，責備道：「父皇接見臣子，你來湊甚熱鬧？謝朗犯下滔天罪行，父皇已褫奪了他的駙馬身分，自會給你另尋一位如意郎君，你怎地這般不知自重！」

柔嘉跪坐在地上，仰望著弘王，滿面淚痕泣道：「父皇既已將我許配給了明遠哥哥，那我生就是他謝家之人，死是他謝家之鬼！我的駙馬遭人陷害，我豈能袖手旁觀？我又哪裡不自重了？他、他若死了，我便也隨他而去……」

「不知羞恥！」弘王眉頭一皺。他還待再說，景安帝舉起了右手，他只得收住話語，退開幾步。

景安帝看著嚶嚶哭泣的柔嘉，沉吟片刻，再望向一直坐在旁邊一言不發的德郡王，和聲道：「四叔，您有什麼看法？」

德郡王慢悠悠地啜了口茶，方才開口道：「謝朗是不是清白的，臣不便斷言。但他是立過戰功的大將軍，若要明正典刑，總得辦成鐵案，卷宗不留任何疑點才是。」

「嗯，四叔言之有理。」景安帝微微點頭，又道：「只是三司會審，謝朗也拿不出任何證據來證明他的清白啊。」

德郡王瞥了薛蘅一眼，道：「老太君的建議也有道理，既然三司會審已審不出什麼來，不如另行委派不牽涉朝廷政局的中立之人來徹查此案，這樣，也好讓雙方心服口服。」

「皇叔所言甚是。只是，該派誰去辦這件差事好呢？」

「嗯，此人須忠誠敏練，還得不涉及朝中利害關係，方可秉持公心，比如……薛閣主。」

薛蘅忙踏前一步，躬身道：「陛下，微臣願徹查神銳軍譁變、鐵御史被害一案，絕不讓眞凶逍遙法外！」

弘王連忙道：「不可！謝峻乃天清閣弟子，薛閣主也未必不偏私……」

德郡王忽然清了清嗓子。

景安帝猶豫半晌，甫緩緩言道：「此事，朕自有決斷。先將老太君送回謝府，薛先生留下。其餘人等，統統退下。」

德郡王親自上前扶起太奶奶，和顏悅色道：「老太君，先回府吧，陛下自有聖斷。」

太奶奶還欲開口，薛蘅上前扶住，在她手臂上重重按了一下。太奶奶看著薛蘅沉靜的面容，張了張嘴，終什麼也沒說，在德郡王的攙扶下出了殿門。

弘王盯了薛蘅一眼，萬分不甘地退出大殿。柔嘉則滿面央求之色，薛蘅看著她，微微頷首，柔嘉甫才低聲抽泣著離去。

未久，細碎的腳步聲響起，薛蘅忙俯首退後幾步。自屏風後走出的妃子在她身前停頓了一下，冷哼一聲，隨即領著一群內侍和宮女出了殿門。那宮裙如流雲般拂動，裙邊上繡著三隻朱紅鳳凰。朱紅色、三隻鳳凰，此昭示著其人就是弘王的生母——俞貴妃。

二十四　相逢猶恐在夢中

看著太奶奶在單風和禁軍的簇擁下離去，德郡王轉身望向薛忱，上下打量了他幾眼，閒閒道：「薛二公子，薛神醫？」

薛忱在啞叔背上微微點頭，「不敢，郡王過獎。」

德郡王卻不再多言，站在玄貞門前負起雙手，望向因濃雲密布而逐漸晦暗的天空。薛忱也未開口，只在一邊靜靜地坐著。玄貞門前的圍觀百姓見已沒啥熱鬧可看，逐漸散去。

空中飄下瑟瑟寒雨之時，薛蘅才匆匆出了玄貞門。她睇了薛忱一眼，走到德郡王面前低聲道：「聖上有旨，命薛蘅和二哥薛忱往楓泉谷一行，請郡王帶路。」

德郡王目光掃向啞叔和小坎、小離，薛蘅忙壓低聲音道：「施針用藥，需他們相助。」

德郡王點了點頭，旋有內侍拉過幾匹御馬，幾人上馬，疾馳而去。

待幾騎都去遠了，弘王才徐徐從宮門後踱出。玄貞門石柱的陰影投在他臉上，讓他緊抿著的嘴角顯得十分陰鬱。

薛蘅是第二次來到楓泉谷，當看到從谷內迎出來的人是呂青時，也未感到驚訝，只向他微微頷首。

呂青面上仍是那似笑非笑的神情，他向薛蘅點頭致意，再替德郡王挽住坐騎。德郡王下馬，回身笑道：「薛閣主，薛神醫，請。」

薛蘅上回在謝朗的陪同下夜探楓泉谷，當時只覺山谷幽深僻靜、莊園神祕飄緲。這日看得分明，這莊子是根據地形依五行八卦所建，一草一木、亭臺樓閣，大有祖師爺青雲先生之風，她心中一動，明白了為何世子要移來此處靜養。

此時已近黃昏，雨雖收了，卻愈覺寒冷。當五人隨著德郡王走過狹長的石板道，眼前豁然開朗時，頓覺渾身一熱，但見白霧繚繞、熱氣蒸騰，顯然這兒是一處溫泉。溫泉四周均用漢白玉砌了圍欄，沿著圍欄種植了許多葳蕤芳潔的奇花異卉，有的開著小小的白色花朵，有的結著朱紅色的小果子。

薛忱拍了拍啞叔的肩，啞叔負著他一路細看。看罷，薛忱抬頭微笑，「藥都齊了。」

德郡王揮了揮手，溫泉四周的侍從旋都急急離去，僅剩溫泉邊亭子裡的錦榻上，還躺著一個骨瘦如柴、雙目緊閉的年輕人。

德郡王緩步走入亭內，低頭看著那個年輕人，面露傷感之色，許久才歎了一聲，「縱是天之驕子，縱是集四海之力，也救不了我的展兒！」說到最後，他已聲帶哽咽，忽又轉過身來，向著薛蘅與薛忱長長一揖。

薛蘅連忙伸手扶住，「郡王，我們自當盡力！只是……」

德郡王見她露出爲難之色，急問道：「你不是說能救展兒一命麼，難道都是騙本王的不成？你們並沒有煉出琅玕華丹？」

「不、不、不。」薛忱忙插話道：「琅玕華丹是初步煉成了。只是，《內心醫經》中雖有記載此病需採此處的各種藥材，用琅玕華丹爲引，再加以針法便能治癒。王爺雖已差不多把藥材都找全了，但用藥的順序如何，書中卻未提及，一切只得摸索嘗試。三妹是恐世子玉體承受不住，所以……」

「不妨。」德郡王緩緩道：「若你們再不來，展兒他……」他似下了決心，一甩手，轉過身去，「你們就死馬當成活馬醫吧！」

「薛閣主，怎麼樣了？」

見薛蘅從楓泉館腳步蹣跚地出來，已等候了三日三夜的德郡王將茶盞一丟，迎了上去。

薛蘅三日不曾闔眼，這刻疲倦至極，低聲道：「世子他……」

德郡王見她臉色蒼白憔悴得可怕，實在說不出話，便也不再問，直接衝了進去。

啞叔揹著已沉沉睡去的薛忱出來，將他放在椅中，滿面不悅之色，衝著薛蘅「啊啊」連聲，雙手不停比劃。薛蘅見左右無人，提起最後一口眞氣，虛弱地說道：「啞叔，我們只是辛苦一下，沒事的。可若不這樣做，只怕天清閣都要保不住了。」

啞叔頓時不再比劃，怏怏不樂地坐回薛忱身邊，滿面擔憂之色看著他。

薛蘅再也支撐不住，靠著椅子咳嗽幾聲，感到喉中腥甜，隨即眼前一陣黑暈。

「蘅姐！」

那雙熾熱的眼眸越發清晰，她慢慢地伸出手去，想觸摸那張面容，可手伸到半途就無力滑落，陷入無邊無際的沉睡。

再恢復意識時，雙眼還未睜開，薛蘅便聞到了濃濃的天竺葵香，耳邊也依稀聽到德郡王與薛忱的對話。

「薛閣主何時能夠醒來？」

「唉，三妹這幾個月爲了煉製琅玕華丹耗盡了心血，她內傷未癒，又這般勞心勞力……若再不靜心調養，只怕……」

「眞是有勞薛閣主和薛神醫了。」德郡王聲音飽含憂切。過得少頃，他又猶豫著問道：「仰仗二位先生，展兒已經醒來，也能夠在別人的攙扶下坐起身。可爲何……」

「這三日，我們已將所有用藥的順序都試了一遍，世子有了起色，說明最後所定下的用藥順序沒錯，我們覺得問題還是出在琅玕華丹上。畢竟時刻緊迫，煉出來的丹藥，與書中記載的成色還是有些許差別。這段時日，世子仍按這次的方法用藥，病情不會惡化的。我和三妹繼續煉藥，只要能煉出書上所述『其色赤紅，如流火當空』的琅玕華丹，想來世子便可康復如初。」

德郡王大喜，「如此，有勞薛閣主和薛神醫了！」他又顫聲道：「本王即刻去稟報聖上！」

薛蘅聽著，心頭一鬆，復在天竺葵的清香中沉沉睡去。

「二哥，我睡了多久？」

醒來時見窗外大亮，薛蘅忙撐起身子。

薛忱看著她，半晌才硬邦邦說道：「兩天。」

薛蘅一驚，低頭間見衣襟上一縷已轉爲暗紅的血跡，再想起昏迷前那抹腥甜，於心底暗暗歎了口氣。

薛忱正不知如何開口，德郡王已大步進來，臉上滿是笑意，和聲道：「天清閣閣主薛蘅接旨！

「奉天承運，皇帝詔曰：茲命天清閣閣主薛蘅為御派特使，徹查漁州兵亂、御史臺大夫鐵泓遇害一案，所經州府悉力配合，不得有誤。但薛蘅須於兩個月內查清眞相、回京覆命，否則謝朗仍由三司會審結案定罪。欽此！」

「兩個月？」薛蘅猛然抬頭。

德郡王面上帶著和藹的微笑，「薛閣主，聖上已給你足夠的時間了，接旨吧。」

薛蘅只得叩下頭去，「臣薛蘅接旨！謝聖上隆恩！」

待她站起，德郡王拈鬚笑道：「聖上知道煉丹需要兩個人同時進行，那麼薛神醫是定要與薛閣主一起北上查案的。薛神醫行動不便，兩個藥僮又得留下繼續為展兒煎藥，聖上怕人照顧不周，特撥僕射堂呂青協同北上，助二位一臂之力。聖上還賜給了薛先生一塊令牌，緊急時可出示請沿途州府協助。」

薛蘅雙手接過小小的碧玉牌子，沉默片刻，輕聲道：「郡王，查案一事，我想先去天牢，提審謝朗。」

刑部天牢是殷國最神祕的地方。

天牢最底下的一層，尤是讓所有人都聞之色變的地方。這裡用最堅固的麻石砌築，有著全天下最令人恐懼的刑具，而這裡數百年來，只關押三品以上或犯下謀逆大罪的官員。

典獄官是位矮胖之人，鼻尖上的酒皰猶自通紅，彷彿剛放下酒壺趕過來。他面上帶著諂媚的笑，引著薛蘅走下石階。

越往下走，越覺陰森寒冷，薛蘅環顧四周，停住了腳步。

典獄官在階下回過頭來，躬身道：「特使大人，前面就是了。」

石階下，通過一條不長的甬道，已能看見牢房鐵柵欄的一角。

薛蘅默默跟在典獄官後面，緩步走下石階。越走越近，牢房中那人的背影卻在她的眼中越來越朦朧，她無法平定胸中翻騰的氣血，忍不住低咳了一聲。

牢中之人背脊骨一僵，爾後緩慢地轉過頭來。他看到薛蘅的瞬間，眼睛陡然一亮，張了張嘴，猛地躍起撲到柵欄前，喉結滾動，好半天才輕輕喚道：「蘅姐……」

薛蘅沒有回答，也沒點頭，只負著雙手，靜默看著謝朗。他身上穿著麻布囚服，頭髮略略凌亂，左腿和右臂上還依稀可見烏黑的血跡，顯然傷勢尚未痊癒。但他的身形仍像從前一般挺直，眼眸依然熾熱，與夢中……殊無兩樣。

典獄官放下燈燭，呵呵一笑，「特使請便，下官告退。」

典獄官「蹚蹚」的腳步聲逐漸消失，四周一片死寂。

燭火被不知從哪來的陰風吹得猛然一暗，然後又慢慢釋出光芒。

「蘅姐……」謝朗緊緊握住鐵柵欄，目光片刻不離薛蘅的面容。

薛蘅面沉似水，半晌甫冷冷道：「你還沒死。」

聽到這句話，謝朗得意地眨了眨眼睛，忽而咧嘴一笑，「蘅姐，我如今不是駙馬爺了！」

說完這句憋在心裡許久的話，謝朗心情大爲舒暢，一時也不知再如何開口，便嘿嘿笑著，抬起右手撓了撓頭。腕上的鐵鍊「哐啷」響動，他恍然一震，依依不捨地自薛蘅面上收回目光，環顧四周後嘟囔道：「這個牢房也好不到哪裡去嘛！好像還有點透風，昨天那個牢房好多了，奶奶個熊！怎麼給老子換到這裡來！」忽地又轉過頭，低低地說了句：「蘅姐，你瘦了……」

薛蘅盯著他，目光微微閃爍。過了一會兒，她將握在手中的聖旨遞給他。

謝朗接過，展開一看，不由哈哈一笑，「不錯、不錯，我還能多活兩個月！」他精神一振，稍舒展了一下雙臂，鐵鍊子被帶得「哐啷啷」直響。

「看來薛閣主是奉旨來提審我的，我也想活命，想洗清罪名。可是……」他爲難地道：「我所知道的事情，都已經在三司會審時一五一十地交代過了。我是爲了查清神銳軍『譁變』眞相而私自離京的，離京後去大峨谷見了我的義兄裴無忌，義兄懷疑神銳軍『譁變』另有內情，讓我去找鐵御史求他查明眞相。我接著去幽州等地找鐵御史，結果沒找著。後來聽到鐵御史去往安南道，我便也找了過去。結果談話時上了個茅房，回到房間鐵御史即遭殺害，又有人莫名其妙地想取我性命，於是我只好奔逃。」

他望著薛蘅，一攤手，無奈地道：「事情的經過就是這樣，人眞的不是我殺的。」

薛蘅默然聽著，緩緩點了點頭，不置可否，也不再問。

謝朗重重歎了一聲，將聖旨捲起遞到薛蘅面前，她伸手去接，一抽卻未抽動。她感覺到謝朗在暗運內力，心中一動，索性收了力，隨被帶得往前一撲。

謝朗哈哈大笑，鬆了聖旨，得意道：「蘅姐，我有長進吧？」

薛蘅冷哼一聲，收了聖旨，輕聲罵道：「臭小子！」

謝朗只覺她這聲輕罵比天上的仙樂還要好聽，心中一飄，渾身傷痛似也好了大半。他右肩斜依著鐵柵欄，看著薛蘅，唇角含笑，「涑陽小謝的性命，可全交在天清閣薛女俠的手中了！薛女俠要我活，我拚了性命也要活著；薛女俠要我死，我不敢不死……」

他嘴裡胡說八道，看著薛蘅的眼神卻越來越熾熱。薛蘅眉頭一皺，逕自轉身往外走，走出幾步又回過頭，冷聲道：「要死，你也得等我回來再死！」

「遵命！」謝朗猛地站直，大聲應道。

薛蘅深深看了他一眼，轉身便走。

忽聽謝朗大聲喚道：「蘅姐！」

薛蘅在石階前停住腳步，卻不回頭。背後一片寂靜，卻又似有潛流洶湧。

許久，謝朗才輕聲道：「蘅姐，上次你考我的詞我填好了，也不知我還能不能再見到你，我現下唱給你聽：「萬里路，山河競秀。一去塞外回首。憶昔邊關同遊，歎丹心碧血青史留。戎馬不知長衫瘦。看男兒，幾人是經綸手。胡未滅、戰依舊。大白日，盡千杯酒！」

一曲唱罷，謝朗輕輕地說了句：「蘅姐，保重。」

薛蘅腳步一頓，隨即頭也不回地步出天牢。直至被外頭的陽光刺得瞇起眼睛，謝朗清亮的聲音似乎仍在她耳畔迴響。

「三妹。」

「嗯。」

「不想法子先見見王爺？」

薛蘅拉住坐騎，回頭看了看，呂青遠遠地落在後面。她抬頭望向陰霾的天空，大白與小黑正在空中不停盤旋，黑白雙羽掠過厚厚雲層，劃出一道道優美的剪影。

她收回目光，細聲道：「二哥，卷宗記載，謝朗是在距京城五十里路的七星鎮，因爲傷勢太重，被刑部王捕頭發現行蹤，他放棄抵抗，向王捕頭投案。」

薛忱眉頭一皺，「這麼說，明遠沒有與元貞他們接上頭，就入了天牢？」

「正是。這個案子，眼下絕不能把王爺再捲進來。我已和德郡王說了，請他和方先生設法保住謝氏一門，並請他轉告陸元貞他們，定要沉住氣，千萬別輕舉妄動，授人以柄。這次的矛頭分明是指向平王的，稍有不慎，則後果不堪設想。」

「那我們先去哪裡？」

「大峨谷！」薛蘅運力抽了馬鞭，勁喝一聲，疾馳向前。

啞叔興奮地嚷叫出聲，一手攬住薛忱，一手揮鞭趕將上去。

呂青遙望著迎風北上的兩騎，笑了笑，不緊不慢地跟上。

這一路星夜兼程，趕到距燕雲關約一百餘里地時，北風肆虐，蒼茫四野皆被積雪所覆蓋。眼見天色已黑，風雪又大，四人只得到辛家集的客棧投宿。

薛蘅與薛忱惦念著繼續鑽研琅玕華丹，在店堂匆匆食了碗蔥花麵便欲進客房。他們剛站起來，就聽見客棧外傳來一聲年輕女子的怒喝。薛蘅本未在意，但走出幾步再傳來數名男人淫邪的笑聲，先前那名女子連聲怒喝「放開她！」，同時又有一名女子驚恐尖叫。

薛蘅面色大變，衝出客棧，但見雪地上，有名穿淡綠色棉襖的蒙面女子正與十餘名府兵鬥得激烈，而另一名著鵝黃色衣裙、身披鶴氅、頭戴紗帽的苗條女子正被府兵頭領拖入懷中。鵝黃衫女子拚命掙扎間，面紗被那府兵頭領揭開，赫然是柔嘉公主！

薛蘅急縱而出，縱身間劍已出鞘，一道寒光閃過。那府兵頭領尚未明白發生了什麼事，額前頭髮即已紛紛掉落，他頸間一涼，耳邊的聲音比這寒刃更冰冷：「想活命，就放開她！」

府兵頭領嚇得魂飛魄散，手一鬆，柔嘉跌坐在雪地上。

正圍攻抱琴的十餘名府兵嚇得都住了手，抱琴急忙扶起柔嘉，柔嘉渾身顫抖，抱住她號啕大哭。

薛蘅收回長劍，連挽十餘個劍花。府兵們看得目眩神迷，呼嘯一聲，片刻工夫逃得不見蹤影。

薛蘅還劍入鞘，看著正依在抱琴懷中哭泣的柔嘉，眉頭皺了皺，問道：「你怎麼到這裡來了？」

原來柔嘉心繫謝朗，便尋思帶著抱琴偷偷出宮。景安帝龍體有恙，皇后因遭疑忌閉門不出，也沒人管她，居然讓她們溜出宮來。二人暗中跟著薛蘅等人，日夜趕路，有時還歇宿在破廟荒郊。

薛蘅等人知道出京後肯定有人跟蹤，但注意力全放在武功高強的人身上，反倒對旁人未加留意，竟讓她們一路跟到了辛家集。

可柔嘉金枝玉葉之身，哪受過這般苦，全憑一口氣撐著，才能夠勉強跟上薛蘅等人。在宮中的時候，因爲謝朗好武，爲了討明遠哥哥的歡喜，她也曾向抱琴學過一招半式，平時和小太監們試練的時候，似乎也能打倒幾個，於是，她覺得自己應該有行走江湖的本領，遂一心想要追隨薛蘅去查案。豈料剛才遇到那群兵痞，並非宮裡那幫花拳繡腿且還故意讓著她的宮女和太監，柔嘉這才知道，自己的所謂「武功」連自保都成問題。方才的一番驚嚇已讓她徹底崩潰，聽到薛蘅這般問，更是哭得連話都說不出口。

呂青挑簾出來，淡淡道：「外面風大，先進來再說吧。」

進到房中，柔嘉仍不停顫抖，喝過一杯熱茶後甫漸復平靜。她望著薛蘅，怯怯道：「我、我想跟薛先生一起去邊關查案。」

見薛蘅眉頭緊蹙，柔嘉急道：「我是他的未婚妻，若不能爲他做一點事情，我日後怎有顏面再去見他？」

薛蘅怔了半天，轉身出房。她找到呂青，說明來者是柔嘉公主，呂青頗覺棘手，道：「人都跟到這裡了，請她回去，怕路上也不安全啊。她身邊那名侍女，自保有餘，要想保護好公主可就太自不量力了。」

抱琴正出來爲柔嘉打了壺熱水，聞言狠狠瞪了呂青一眼，「蹬蹬蹬」上樓而去。

薛蘅同覺頭大，想了半天，道：「要不先帶著她吧，等到了有足夠人手保護公主的地方再將她放下，爾後傳信請宮中派人來接她回去好了。」

第二日清晨出發，風雪更大。北風在原野上發出淒厲的悲號，天地間似回到了鴻蒙之境，滿目唯見皚皚白雪和灰暗的枯枝。

薛蘅不自禁地拉住坐騎，望向燕雲關的方向。

呂青也拉住馬，大聲道：「這麼大的雪，邊關只怕有危險啊！」

柔嘉正被風吹得坐都坐不穩，猶要努力拉住坐騎，隱約聽到「危險」二字，嚇得手一哆嗦，「啊」的驚呼一聲。呂青與抱琴同時伸手去拉她的馬韁，她才未跌下馬來。

因爲抱琴隔得近一些，呂青的手便覆在了她手背上。抱琴狠狠瞪視他，他似笑非笑地將手收回，驀然迎著風雪，高聲唱了起來：「鐵騎起，妃子別，相顧淚如雨，夜夜指故鄉……」

勁風呼嘯而來，瞬間將他的聲音捲得支離破碎。抱琴默默地聽著，轉頭睇看他一眼。

薛蘅昨夜問過客棧老闆，獲悉今年的大雪是八月便開始下的，她拉馬四望，心頭湧上濃重的憂慮，然此時也只得放下，繼續打馬前行。

心知殷國境內必有人跟蹤，一行人索性大搖大擺去往寧朔軍營。薛蘅出示令牌後，寧朔大將軍孫恩親自迎出軍營。

薛蘅本待將柔嘉在此放下，可柔嘉似看出了薛蘅的心思，自進軍營起，便從小鹿靴中抽出一把匕首，在手中不停把玩。薛蘅看著她消瘦面龐上堅決的神情，只得暗歎一聲，將話收了回去。

孫恩不認識柔嘉公主，只道她是天清閣的女弟子，也沒在意。他與薛蘅等人寒暄見禮後，即親自將眾人送過邊境封鎖線。

神銳軍這三個月來與寧朔軍隔著邊境線緊張對峙，一見寧朔軍那邊過來幾個人，又不像是寧朔商隊，立即有士兵射出了響箭。

薛蘅拉住馬，運起內力大聲道：「天清閣閣主薛蘅，求見裴大將軍！」

她這句話運上了八成內力，穿透漫天風雪，清晰傳入兩軍將士耳中。有點武功底子的無不咋舌，呂青和抱琴看著薛蘅的目光，同露出了幾分欽服之意。

柔嘉扯了扯抱琴的衣袖，輕聲問道：「怎樣？」

「比鄧公公強，只怕比左總管也差不了太多。」抱琴靠近她耳邊，低聲回應。

柔嘉暗中吐了吐舌頭，驀地想道：「若是我像薛先生這般文武雙全，明遠哥哥也像敬重薛先生一般敬重我，我在危急關頭能夠救明遠哥哥一命，豈不比當公主更要快活？」

她這邊正胡思亂想，那邊神銳軍早有將領策馬出來，與薛蘅一番交談後，自有人去稟報裴無忌。不多時，一通鼓響，兩匹黑色駿馬在數百人的簇擁下疾馳而出，當先一人身形高大，面相豪闊，笑得聲如洪鐘。

「薛閣主來訪，裴某有失遠迎，恕罪、恕罪！」

薛蘅在馬上提韁拱手，「裴將軍！」又轉向他身邊那位紅衣女子拱手，含笑道：「裴姑娘！」

裴紅菱一下子興奮起來，笑應：「薛閣主認識我？」

「漁州紅翎之名，我聽明遠提述過。」薛蘅輕聲說道，特別在「明遠」二字咬得重了一點。

裴無忌正訝異天清閣閣主怎會到訪大峨谷，一聽旋知事有蹊蹺，又聽空中傳來數聲鷗鳴，抬頭一看，見大白正與一隻黑鷂並肩齊飛。他心中一咯噔，面上卻不露出異樣，笑言：「薛閣主，請！」

進營房時，啞叔先下馬，再將薛忱抱下來。啞叔身形高大，比裴無忌還高出半個頭，薛忱在他懷中像個瘦弱文靜的少年。

裴紅菱覺得奇怪，跟在兩人旁邊看著，明亮大眼直盯於薛忱的雙腿之上。裴無忌正引著薛蘅進屋，見狀喝道：「裴紅菱！不得對薛神醫無禮！」

裴紅菱嚇了一跳，跺腳道：「大哥！你這麼大聲，會把我嚇出病來的！」

「你膽子大，嚇一嚇也沒事。」旁邊的副將鍾飛笑道。

「誰說的？」裴紅菱叉著腰道：「我從小到大，已被大哥嚇出了許多病，好不容易才活到今日……」

「人驚嚇過度而嚇出病來，確實是有的。」一邊的薛忱忽然出聲。

裴紅菱頓時大聲道：「瞧瞧！薛神醫也是這麼說，我沒說錯吧。」

薛忱神情嚴肅地說道：「尤其極有可能嚇出一種病來，性命攸關，萬萬不可輕視。」

「什麼病？」裴紅菱忙湊到他面前，認眞問道。

薛忱上下打量她後，轉過頭，拉長了聲音悠悠道：「眼……珠……子病。」

裴紅菱正搜腸刮肚想著「眼珠子病」是什麼病，眾人已憋住笑，進了營房。等她想了半天，終於明白過來之時，忽聽營房內傳出裴無忌如猛虎下山般的怒吼聲：「怎麼會這樣？」

她還沒來得及衝進營房，裴無忌已大踏步出來，額頭青筋直暴，連聲喝道：「集合全部人馬！所有的人，統統集合！奶奶個熊！不把這幫狗崽子剝了皮，我就不姓裴！」說著一腳將守戰鼓的士兵踢開，拿起鼓槌便要敲響戰鼓。

裴紅菱這回是眞正嚇了一大跳，未及衝上去，薛蘅已從房中箭步躍出。薛蘅一個縱身即躍上將臺，在鼓槌落下的瞬間，架住了裴無忌的手。

裴無忌狂怒之下吼道：「放開！」可他連使幾回力，怎麼也壓不下手腕，一口氣稍有鬆洩，薛蘅手一抹一帶，旋奪過他手中的鼓槌。裴無忌還沒開口說話，鼓槌忽又回到了他手中，他心中駭然，知道薛蘅在將士們面前給他留幾分顏面。他急促喘了幾口氣，道：「薛閣主有何見教？」

薛蘅望著他，緩緩道：「我去天牢見明遠時，他說了一句話。」

「什麼話？」

「胡未滅，戰依舊！」薛蘅一字一頓道。

裴無忌愣了片刻，右拳猛然向後一擊，擊得戰鼓「鼕鼕」巨響，伴著他的一聲狂吼：「不行！」

此時，神銳軍將士們聽到動靜，紛紛趕了過來。裴無忌索性轉過身，在將臺上大聲道：「眾將士聽著！」

「是！」上萬人齊聲應喝，震得北風狂舞、亂雪飄飛。

裴無忌環視眾將士，朗聲道：「我的結義兄弟，你們的驍衛大將軍謝朗，爲了幫我們洗清『譁變』的罪名，被小人誣陷他策動兵變、殺害御史，眼下正被下在天牢之中，兩個月後便要問斬！」

神銳軍將士大驚，「嗡」的一聲議論開來。副將鍾飛與謝朗素來交好，立時上前怒道：「將軍，咱們殺進京城，剝了那幫狗崽子的皮！把謝將軍救出來！」

此言一出，隨即有人高聲應喝。

薛蘅見局面稍有失控，正欲張口。裴無忌已緩緩搖頭道：「不行。我兄弟有難處，他是爲了咱們才把這罪名扛下來的，咱們不能陷他於不忠不義的境地。雖然那幫狗娘養的給咱們潑髒水，可咱們自己，絕不能做不忠不義之人，絕不做有愧於社稷百姓之事！」

他這番話說下來，神銳軍的將士們，特別是當日參與「譁變」之人，都不自禁地黯然低下了頭。他們何嘗不知，裴無忌拉著神銳軍上大峨谷，不惜背負「謀反作亂」之罪名，全是爲了保全他們的性命。他們當中有些人的親眷尚留在殷國，即使把親眷拉來大峨谷，在這苦寒之地過得也甚是艱難。誰都想洗清罪名、回到殷國，誰也不想背負「不忠不義」的罪名埋骨他鄉。

裴無忌繼續朗聲道：「謝將軍一旦冤死，咱們的罪名就永遠無法洗清！現下只有咱們回去投案自首，說清當日的情形，請朝廷查明眞相，才能救出謝將軍！也才能給咱們自己一條活路！弟兄們！你們願意回國的，跟著我走！不願意的，留在這裡！我絕不強求。」

薛蘅還待再勸，裴無忌轉身望著她，一字一句道：「薛閣主，男子漢大丈夫，有些事即使知道難逃一死，也必須得去做！」

他說這些話時的語氣與神情，令薛蘅湧上幾分熟悉的感覺，不由一陣恍惚，她沒有再多言，轉身默然下了將臺。

呂青見她面露擔憂之狀，走近勸道：「其實也不必太過憂懷。他們回去了，才有可能洗清謝將軍的罪名，否則老在邊疆這麼耗著，亦非長久之策，還極易被人拿來大作文章。再說，向來法不責眾，朝廷不可能將幾萬驍勇善戰的神銳軍全滅了，畢竟還得靠他們守衛邊疆呢，頂多讓裴將軍削職、當日鬧事之人吃些皮肉之苦就完事了。」

薛蘅默默地點了點頭。

數萬人馬一動，雪塵遍起。

薛蘅知再勸無益，轉而想起了後策。她思忖一番，走到裴無忌身邊道：「裴將軍，眼下寧朔軍還在嚴防死守，你這幾萬人馬一動，只怕他們會生誤解，以爲你們要攻打過去，邊境難免出亂子。」

裴無忌這廂逐漸冷靜，道：「那依薛閣主之見，又當如何？」

「還是由我們先去寧朔軍見上孫恩當面說明原委，得到他的配合後，你們再分批通過邊境。」

裴無忌點點頭，「閣主所慮甚是。」轉身進了營房，寫了封信，蓋上將印。走出來後，他猶豫片刻，大聲叫道：「裴紅菱！」

裴紅菱像野兔般奔跳過來，昂首挺胸，雙足一磕，大聲道：「末將在！」

神銳軍將士見慣了她這副樣子，不以爲異。薛忱卻忍不住莞爾一笑，連忙以手抵鼻咳嗽了一聲。

裴紅菱未加理會，兀自滿面嚴肅地看著裴無忌。

裴無忌看著她，眼神漸趨柔和，語氣仍不脫硬邦邦，「你拿著這封信，隨薛閣主去見孫恩。孫恩若不信，你就要他將你綁下，說我神銳軍但有異動，讓他將你砍了祭旗！」

裴紅菱高聲道：「末將遵命！」旋自裴無忌手上接過信，低下頭，半晌又抬起頭來叫了聲：「大哥。」

裴無忌同是半天才「嗯」了一聲，沒再多看她，大步走向神銳軍將士，口中大聲喝道：「快點、快點！動作都給我加快一點！」

薛衡想起謝朗那首詞中含著的暗語，總覺心頭有一團疑雲。她並不急著離開，復將裴無忌請到室內，二人長談一番，出來後，裴無忌又命參與「譁變」的將士重演當日情形。

薛衡在旁看著，也不說話，只凝神思考。

裴紅菱忙湊近問道：「閣主姐姐，到底發現了什麼？當時謝朗好像也發現了什麼的樣子。那臭小子，我問他，他也不說。」

柔嘉一聽不悅，哼了一聲，「告訴你又有什麼用？偏不告訴你，氣死你。還有，你罵誰『臭小子』？」

「告訴你就有用了？」裴紅菱不知柔嘉身分，但以她的性子，即使知道了也照樣憋不住話，於是立時還擊，「謝朗和我一起去丹國境內打麅子的時候，你在哪裡？他打丹賊的時候，經常不洗澡，一身臭烘烘的，我叫他『臭小子』有甚不對？再說了，他不告訴我，那肯定是重要的軍國機密，他自有他的考慮，我才不氣呢，只是好奇罷了。」

柔嘉一聽，又胡思亂想起來，暗忖道：「若是當時我在明遠哥哥身邊，他會不會告訴我呢？在他心中，到底是我重要還是軍國機密更重要呢？」她想得柔腸百轉，怔怔出神。

自里末兒走後，裴紅菱周圍總乏人可鬥嘴，好不容易來了個和自己年歲相當的，怎肯放過？她眼珠一轉，指著神銳軍士兵笑道：「要說臭小子，咱們這裡可有幾萬個臭小子！咱們可都是互相叫『臭小子』的！」

神銳軍將士哄然大笑，有的人還拍著胸膛叫道：「紅菱妹子，哥哥我可臭得不同，你要不要聞一聞？」

「滾！小心大哥割了你的……」裴紅菱總算顧著薛蘅等人，將後面的話吞了回去。

士兵們笑得更起勁了，有的還吹起了口哨，更有人將先前那人按住，作勢要脫下他的軍褲。

柔嘉在深宮長大，深得景安帝和皇后寵愛，生平所見之人，無不把她捧得像天上的明月一般，生怕喘了一口粗氣便冒犯了她，何曾見過這般粗野無禮的情景，頓時嚇得驚呼一聲，轉過臉去。

抱琴忙上前撫慰她，又抬頭怒道：「大膽！」

「我從小就膽大，不勞妹妹提醒。」裴紅菱露出得意洋洋的笑顏。

抱琴氣得柳眉一豎，可她也看出裴紅菱是頑野慣了的，和對方鬥嘴只怕占不了便宜。她好不容易想起方才話中的一個錯處，冷笑道：「我可不敢有你這樣的姐姐。再說你別忘了，薛閣主天下景仰，輩分又高，『閣主姐姐』也不是你能叫的！」

「有甚不行？」裴紅菱大剌剌道：「薛閣主這麼年輕漂亮，難道讓我叫她『大嬸』不成？再說了，謝朗也叫她『蘅姐』呢。那天他和大哥喝醉了酒，說起護書的經歷，一口一個『蘅姐』，叫得不知多親切。他叫得，我為甚叫不得？我又不是天清閣的弟子，哪用得著講究這等勞什子輩分？」

柔嘉如遭雷擊，她抬起頭，徐徐看向正在一邊凝神思考的薛蘅。

只見伊人一襲水藍色衣裙，頭髮略挽成雙飛燕式樣，分明就是個秀麗的年輕姑娘，哪還是印象中那個穿著深藍色粗布衣裳、腳踏藤靴、梳個道姑髮髻的天清閣掌門人？

她將那日清晨謝朗對薛蘅的神態顛來倒去地回想，一時心亂如麻，再也作聲不得。

過得一陣，她再看向裴紅菱，見也是個明麗爽利的少女，想起裴紅菱罵謝朗「臭小子」時的語氣，倏覺心頭湧上一陣酸意、一片茫然，曾經以爲只屬於自己一個人的「明遠哥哥」，原來竟是這麼多人口中的「臭小子」。

抱琴看了看柔嘉，又望向薛蘅，同樣漸露出警惕之色。

裴紅菱見柔嘉睫毛上掛著的淚珠馬上就要掉下來，一撇嘴，「說不贏就哭，沒勁！」

抱琴氣得張口欲罵，薛蘅走過來淡淡道：「不早了，咱們出發吧。」

柔嘉忙轉過身，悄悄拭去淚水。

眾人到軍營門口牽了馬，忽又聽到裴無忌的叫聲：「裴紅菱！」

裴紅菱立時丟下馬韁，疾奔過去。裴無忌看她看了片刻工夫，伸手撫了撫她的秀髮，什麼也沒說就轉身進入軍營。

裴紅菱再出軍營時，便始終低著頭，直至馳出大峨谷，馳向寧朔軍營，她仍死死地低著頭。

二十五　十年傷疤已成癬

孫恩拿著裴無忌的信翻來覆去看了老半天，又盯瞧裴紅菱一眼。

裴紅菱見他遲遲不表態，不由拍著胸脯大聲道：「孫將軍，你把我綁下吧。大哥說了，神銳軍但有異動，你就將我砍了祭旗！」

孫恩乃寧朔世家出身，自命爲「儒將」，平日最看不慣裴無忌的粗豪與出口成「髒」，平王面前二人還經常要打些嘴皮官司。這刻想起若能讓裴無忌率著神銳軍向自己投誠，即使他洗清罪名，日後寧朔軍也能壓過神銳軍一頭，裴無忌欠下自己這份人情，肯定不便與自己再爭什麼了。

想及此，他便打破緘默，笑道：「既然薛閣主有聖命，本將軍自當配合。只是茲事體大，涉及數萬人馬入關的問題，我得行些準備才行。」

薛蘅亦曉他放神銳軍入關，定要做到萬無一失，於是點了點頭，「那麼，一切有請孫將軍安排。」

當夜眾人就宿在了邊關，夜裡聽到戰馬嘶鳴，自是孫恩在調動人馬，做著萬全的準備。只是條件簡陋，柔嘉、抱琴和裴紅菱只得擠在一張炕上，裴紅菱睡覺時蹬腿，險些將柔嘉踢下炕去。柔嘉翌日醒來，發現腰側青了一大塊，怕被人嘲笑，也不敢聲張，只暗中掉了兩行清淚。

翌日辰時末，孫恩將薛蘅等人請到最前面的一道防線，薛蘅沿途細看，見寧朔軍層層布防，行兵布陣頗有章法，倒也對孫恩的能力另眼相看。

孫恩這邊派了將領喊話，神銳軍那邊馬上打出了小白旗。寧朔軍將領一陣竊笑，孫恩也暗自得意，下令道：「開關！」

寧朔軍將關口壕溝後的木柵欄一一搬開，架到壕溝上，再有士兵連打旗號，不多時，神銳軍分爲數營，整齊有序地向邊關走來。當先一人未著盔甲，反而穿了一身麻布衣服，披散著頭髮，正是裴無忌。

裴無忌率著神銳軍越走越近，孫恩看得清楚，不但裴無忌手上不見那把平日使慣的厚背砍刀，他背後的神銳軍也都未持兵刃。孫恩忍不住露出得意的微笑，又裝模作樣地歎道：「無忌兄啊無忌兄，早知今日，又何必當初？」

裴紅菱心裡難過，知道大哥經過這番折辱，只怕日後在寧朔軍面前再抬不起頭來，不由退後兩步，默然垂下頭。

眼見裴無忌已進入一箭之地，孫恩無聲地舉起右手。寧朔軍箭兵在盾牌手的掩護下突到壕溝後，彎弓搭箭對準了神銳軍，只要發現對方稍有異動，迅將萬箭齊飛。

裴無忌停住腳步，也拿右手一舉。他背後的旗令官將令旗一揮，神銳軍齊齊停步，數萬人竟動作整齊畫一，立正之後踏起一團團雪霧，蔚為壯觀。

柔嘉從未見過這種令天地為之變色的軍威，不由睜大了眼，目不轉瞬地看著。

裴無忌大聲道：「孫將軍！裴無忌率神銳軍入關投案，請孫將軍查驗後放行！」

孫恩神情嚴肅地點了點頭，一揮手便有兩名副將躍過壕溝，走向裴無忌。

忽然間，薛蘅面色乍變，緊接著呂青和啞叔面色也變了，再過片刻，孫恩等人同露出驚駭之色，裴無忌一樣感覺到了什麼，猛然擰頭望向北面。

柔嘉正覺奇怪，驟地發現雙腿在顫抖，好一陣她才弄明白是地面在隱隱震動，還伴著像打雷般的巨響。她心中害怕，悄悄伸出右手揪住抱琴的衣袖，眼睛卻仍盯著前方。抱琴輕拍了幾下她的手背，她始稍覺心安。

北面山丘後，雪塵揚起足有數尺高，馬蹄聲越趨暴烈。

孫恩回過神來，急喝道：「封關！封關！」

那兩名將領急忙回到壕溝後，寧朔軍重新在關口架起木柵欄，箭兵的弓矢分了一大半對準了北面。

裴無忌也大聲喝道：「後營變前營，戒備！」

神銳軍後營頓時齊刷刷轉身，向前邁出數步，又齊刷刷大喝一聲。

這聲巨喝震得柔嘉站立不穩，向右一歪。右邊那人將她扶住，她抬頭一看，發現右側之人竟不是抱琴，而是裴紅菱。她想起先前裴紅菱輕拍著自己的手安撫自己，猶豫了半晌，低聲道：「多謝。」

裴紅菱哪有心思和她說話，眼睛瞪得極大，望向前方。

再過一會兒，雪丘後露出了一頂白毛大纛。這白毛大纛似有魔力，兩軍將士先是張大了嘴，寂然無聲，繼而無數個聲音喊道：「丹軍！是丹軍來了！」

裴無忌頭一個反應過來，他連聲下令，旗令官手中令旗變換，神銳軍迅速像扇子般散開，面向正奔騰而來的丹軍。只是他們都手無寸鐵，將士們不禁有些慌亂，面面相覷，裴無忌只得又急令一部分士兵速回大峨谷取來兵刃。

孫恩也急忙下令，將原本往後布防的士兵全調上前方，一時間人馬喧天、戰鼓鼕鼕，震得柔嘉耳膜就要破裂。而薛蘅遙望著丹軍先鋒軍馳下雪丘，一股不安的感覺拂之不去，但爲何不安，她一時又說不上來。

丹軍先鋒軍直馳至兩軍陣前約一箭之地才停住，遙遙望去，丹軍後方雪塵飛揚、蹄聲如雷、鐵甲鏘鏘，顯然還有上萬人馬將隨後而至。

孫恩面色無比凝重，道：「是阿勒的葉捷軍……」

柔嘉忍不住扯了扯裴紅菱的衣袖，問道：「阿勒是誰？」

裴紅菱哪有心思回答，但看到柔嘉央求的神色，還是硬邦邦答道：「丹王的二兒子，最難啃的一塊硬骨頭。他捅了我大哥一槍，大哥砍了他一刀。」

此時三軍對陣，雪野上望過去全是黑壓壓的人馬，柔嘉不禁心驚肉跳，滿手冷汗。她看了看裴紅菱，又看向薛蘅，只見她們都毫無怯色，不禁也壯起膽子挺直了背脊，心中想道：「我是大殷公主，萬萬不能失了我大殷皇朝的面子才是。」

丹軍白毛大纛下，數千騎兵簇擁著一個身披黑色斗篷的魁偉青年馳到最前面，正是丹王二子阿勒。

裴無忌一見到阿勒，目中神光遽漲，肋下的傷疤似也在隱隱作痛。可他才踏出一步，倏有一騎從丹軍後方疾馳而出。那一騎似一朵青雲般飄過雪野，裴無忌以爲是自己眼花，定睛細看，那坐騎可不正是義弟謝朗的青雲駒？當日謝朗託他派人去尋找青雲駒，尋了數日都未能尋到，他只當青雲駒去往別處覓食，卻原來落在了丹人手中。

薛蘅同樣認出了青雲駒，她脊梁骨從頭到尾冒出一陣寒意。

此時孫恩及他手下數名將領連馬上之人也認了出來，嚷道：「謝朗的青雲駒怎地落到羽紫手上了？」

薛蘅一聽來者是「雲海十二鷹中」的老二羽紫，心頭一沉，急道：「孫將軍，只怕有詐，萬萬不可輕信……」她話未說完，身著錦袍鐵甲的羽紫已在阿勒身邊勒住了青雲駒。

羽紫看向裴無忌，大笑道：「裴無忌，你和謝朗說定下計策要引我們入關，日後平分天下。二王子和我們連夜趕來，怎麼關防到現下還未打開？」他這句話運上了十成眞氣，三軍聽得清清楚楚。

一剎那的驚駭後，神銳軍與寧朔軍齊齊譁然。神銳軍大聲鼓噪、戟指怒罵，裴無忌的心一下子沉入谷底，面色鐵青，雙拳緊捏。寧朔軍則指著神銳軍紛紛罵道：「奸賊！」、「狗賊！」、「狗娘養的亂臣賊子！」，卻沒有一句是罵丹軍的。

孫恩連聲道：「原來如此！原來如此！」又瞠目怒喝，「裴無忌，你這賣國奸賊！竟是和謝朗聯手作戲，要引賊入關！謀反作亂！」

薛蘅急道：「孫將軍，這定是陰謀！」

「當然是陰謀！」孫恩抹著額頭上的冷汗，怒斥道：「薛閣主，你也上了謝朗和裴無忌的當呀！」

薛蘅急得大聲道：「這是丹軍離間之計！」

孫恩卻已轉過身去，連聲喝令。寧朔軍頓時萬箭齊發，射向神銳軍。神銳軍最前排的將士已進入一箭之地又未執盾牌，只得紛紛躲閃後退，不久便有數十人倒在了利箭之下。

裴無忌神情木然地退後十餘步，箭雨如蝗，射入他身前的雪地之中，翎尾劇烈顫動。

那邊，丹軍漸漸合圍。羽紫唇邊帶著得意冷酷的笑，拍了一下青雲駒，大聲道：「謝朗以愛駒相贈，表示誠意，我才說動大王發兵南下，配合你們的計策。裴無忌，戰機一瞬即逝，還不速速引我們入關？」

裴無忌驀然轉頭，向關口後的裴紅菱望了一眼。薛蘅呼聲「不妙」，他已怒吼一聲，反手奪過旗令官手中的大旗，衝向丹軍。

薛蘅急掠而出，眾人眼前一花，她已躍上戰馬，用力一夾馬肚，戰馬長嘶，疾奔向前躍過壕溝。

裴無忌此時早衝出了十餘步，眼見前方丹軍兵刃閃著森森寒光，忽地想道：「義弟謝朗蒙受不白之冤，被全國通緝時，是否亦如我此刻一般的心情呢？」他越衝越近，阿勒與羽紫面上冷酷的笑容也越來越清晰。

裴無忌突聽到背後怒吼聲大作，回頭一看，竟是神銳軍跟著衝將上來。他們雖然手無寸鐵，卻一個個緊捏拳頭，神情堅決，彷若前方是刀山火海，也不會退後一步。

裴無忌一聲長歎，停住了腳步。心念瞬間轉了數回，此時若衝向丹軍，與敵人拚個你死我活，尚不一定能洗清冤屈，反而連累神銳軍死在丹軍刀劍之下。可若不這樣做，又如何洗清這個「叛國賊」的罵名？

他颯然仰頭，大叫一聲，叫聲中充滿了淒涼悲絕之意。

他猛地抬起了右腿，叩上手中旗杆，「啪」的一聲，旗杆斷為兩截。他執起一截，手腕運力，便要插入胸口！

神銳軍駭得魂飛魄散，齊聲大叫：「將軍！」

藍影急飛而至，一隻手猶如鐵鉗扼住裴無忌的手腕。裴無忌內力半分都使不出來，轉頭一看，見是薛蘅。他滿腔悲憤無處可洩，虎目中隱含淚水，顫聲道：「薛閣主，請你放手！」

薛蘅望著他，急急道：「裴將軍，謝朗蒙冤入獄，為的是什麼？他能忍，你為什麼不能忍？丹軍這招，本就爲除掉你和謝朗，你若死了，豈不正中他們下懷？謝朗的冤情豈不永沉大海？」

裴無忌心頭一片茫然，面上神情數變。薛蘅看出他悲憤過度，一口眞氣就要岔入經脈，急忙伸手連拍他胸前數下，裴無忌蹬蹬退後兩步，吐出一口鮮血。鍾飛等人隨即將他扶住。

裴無忌閉上眼睛，片刻後睜開，猛然站直，一字一句道：「全軍向大峨谷，退後三百步。」

軍令一下，神銳軍整齊有序地後退，絲毫不見慌亂，只是將士們的神情皆悲憤不已。

薛蘅見裴無忌緩緩退後，眼神堅毅，顯見已下定決心。她放下心中大石，正要轉身，忽聽到一個女子的尖叫聲：「二哥，她就是薛蘅！是她殺了大哥！」

薛蘅望向丹軍，只見羽紫身邊，羽翠正指著自己，滿面仇恨之色。

羽紫上下打量了薛蘅一眼，冷笑道：「薛閣主？」

薛蘅戒備地握緊了長劍，大聲道：「阿勒殿下，羽將軍，使的好反間計！不過別高興得太早，我大殷君臣相得之情，絕非你們可以離間的！」

羽紫仰頭大笑，笑罷倏然伸手，自馬鞍邊解下勁弓，取了三枝長箭，大聲喝道：「殺兄之仇，不可不報！」說著兩腿一夾，驅動坐騎朝薛蘅馳來。

薛蘅疾速後退，只聽「嗖」的一聲，羽紫的第一箭已然射到，她不敢怠慢，長劍一橫，將這一箭給擊飛。可緊接著又有一箭射向她的下盤，她不及變招，只得躍起數尺，羽紫早料到對手會躍起來，第三箭射高直取面門！

這三箭如流星趕月般射來，前後只須臾間，薛蘅人在半空，無法橫移，只得於空中向後翻身，黑翎箭擦著她的鼻尖飛過。甫落地，空中一道寒光直取胸口，薛蘅知是羽紫凌空而來，電光石火之間，她提起全部眞氣，向旁急滾，同時反手一劍，二人劍刃相擊，火花濺閃。

羽紫一擊不中，立知非薛蘅對手，他向後飛飄，大笑道：「薛閣主！咱們還會有再見之日的！」旋落回馬上，趨近阿勒身邊說了句話。阿勒點頭，丹軍登時開始變換隊形，向後撤退。

薛蘅站起來，平靜地拱手，「阿勒殿下，羽將軍，不送！」

待丹軍都去遠了，薛蘅方慢慢地轉過身來，嘴角溢出一絲血跡蜿蜒而下。

裴無忌看得分明，忍不住衝前兩步，薛蘅看著他，緩緩搖頭。裴無忌只得退回陣中，向她抱拳致謝，毅然轉身大踏步走開。薛蘅走向戰馬，襟前血跡逐漸擴大，眼前亦一片朦朧。

話說裴無忌衝向丹軍之時，裴紅菱馬上大聲叫道：「大哥！」同時衝向關口。

她這一聲大叫提醒了孫恩，孫恩怒喝道：「將她拿下！」

裴紅菱未持兵器，寡不敵眾，數招後被踢倒在地。

孫恩冷聲道：「來人呀！將她砍了祭旗！」

寧朔軍士兵應了，便要揮下刀劍。忽有一人撲到裴紅菱身上，叫道：「不能殺她！」

正是柔嘉公主。

刀劍在空中頓住，孫恩見是隨薛蘅而來的女弟子，怒嚷道：「滾開！」

「大膽！」兩人齊聲喝道，又一齊躍到柔嘉身邊。抱琴將柔嘉扶起，呂青則護在裴紅菱身前。

孫恩冷笑一聲，「呂三公子，你僕射堂，只怕還管不到我寧朔軍的頭上來！」

「不敢。」呂青將裴紅菱扶起，見她仍欲衝向關口，索性以手背斬上她的後頸，裴紅菱隨即暈倒在地。

呂青又笑道：「在下絕不敢管孫將軍的事，但這一位……」他看了看柔嘉，悠悠道：「普天之下，恐怕只有聖上和皇后娘娘才能叫她滾開。」

孫恩聞言大驚。

柔嘉即刻從袖中取出一塊玉牌，握在手中，小臉緊綳，壯著膽子喝道：「本宮乃柔嘉公主，誰敢對本宮無禮？」

孫恩忙上前細看玉牌，只見碧綠晶瑩的玉石上鐫刻著「柔嘉」二字。孫家爲寧朔世族，兩百多年間也屢有皇室公主、郡主下嫁孫家。孫恩的一位堂叔就曾尚過景安帝的胞妹玉眞公主，他當然認得這種鐫刻著公主封號的玉牌，連忙單膝跪下，「孫恩拜見公主！」

柔嘉板著臉道：「事情沒查明之前，你不能殺她！」她從未在這麼多陌生男子面前說過話，未免有些膽怯，只說了這一句便再說不下去。

「公主，我寧朔軍將士個個看得分明，裴無忌謀反作亂，意圖引丹兵入關。幸得聖上洪福護佑，才沒讓他們得逞。賣國賊的妹妹，人人得而誅之……」

「孫將軍。」一直注目於前方的薛忱突然開口，「丹軍撤了。」

孫恩抬頭，果見丹軍正像退潮般往後撤去。不多時，薛蘅策馬奔回，一過關口，她身形一陣搖晃，在眾人的驚呼聲中跌落馬下。

「給你。」裴紅菱將烤好的野兔撕了一條腿，遞給柔嘉。

裴紅菱不知該如何稱呼她，憋了半天，索性問道：「你多大了？」

柔嘉看了看自己蔥段般的纖纖十指，正猶豫要不要接過這油滋滋的兔子腿。裴紅菱不樂意了，將兔子腿往地上一丟，「你是公主，自然看不上這種東西，不吃也罷。」

柔嘉忙撿起來，拍掉灰塵，連咬幾口，歪著頭道：「很好吃。」

裴紅菱一下子又歡喜起來，坐近些，輕聲問道：「你看上去比我小呢。不用講那些勞什子禮節的時候，我叫你一聲妹妹，可好？」

柔嘉上頭的幾位公主都比她年長許多，又嫁得早，她常爲沒有個貼心的姐姐而感到遺憾，再想起裴紅菱是明遠哥哥的義妹，相當於自己的乾姐姐，便順口笑道：「好。」她又擔憂地望向一邊正替薛衡施針的薛忱，低聲問道：「薛閣主沒甚大礙吧？」

裴紅菱同樣頗爲憂心，歎道：「薛神醫又不肯說，不知到底傷得怎麼樣？」又恨恨道：「死丹賊！總有一天非剝了他們的皮不可！」

那日薛衡馳回寧朔軍陣營跌下馬，薛忱又施針又用藥，至晚間她才清醒。

得知丹軍退後五十里，裴無忌領著神銳軍退回大峨谷，孫恩徹底封鎖邊關，並已向朝中寫了奏摺，奏明「裴無忌、謝朗引丹軍入關」等情況後，薛衡決定連夜離開。她和柔嘉一起出面，要將裴紅菱帶走。孫恩不欲得罪天清閣和公主，既然裴無忌已不在乎這個妹子，扣著她也沒多大意義，乾脆做個順水人情，遂就同意放行。

眾人離開寧朔軍營，薛衡揀人跡罕至的山野行走，似在擺脫什麼人的跟蹤，直至今夜，才在這荒山破廟裡歇息。可她的面色越來越蒼白，薛忱也老陰沉著臉，一天到晚難得說上兩句話。

見薛忱自薛衡頸後拔出最後一根針，裴紅菱正要蹲過去，忽聽「撲楞」聲響起。她大喜下一聲呼哨，大白和小黑同時自廟外撲進來。

小黑飛向薛衡，大白則停在了裴紅菱肩頭。

裴紅菱解下大白腳爪上的小竹筒，取出裴無忌的信。裴無忌在信中表明：不管怎樣，他定會堅守大峨谷，請薛衡務必救出謝朗，向朝中說明所謂「引丹軍入關」的眞相，請朝中派人徹查寧朔軍中的丹軍細作，他願意在邊境危機解除之後，孤身入關，投案自首。信末添了一句：「紅菱自幼頑劣，請閣主代爲管束。」裴紅菱的雙眼瞬間泛紅，低下了頭。

柔嘉柔聲勸慰，裴紅菱終拭去眼淚，抬頭向她一笑。柔嘉也笑了笑，抬頭看到大白，不由想起謝朗，便伸出手去，欲撫摸大白。

大白喉中發出古怪的聲音，裴紅菱急呼道：「閃開！」可已來不及，大白的利喙迅如閃電般啄上了柔嘉的手背。柔嘉疼得眼淚直迸，裴紅菱氣得怒喝數聲，大白昂著頭，示威似地叫了一聲，飛到小黑身邊。

所幸大白啄得不重，只造成一道紅印，未見流血。裴紅菱向薛忱討來藥膏替柔嘉塗上，小心地吹著氣，待藥膏乾了，又撕下衣襟替她包紮。

柔嘉忽低聲問道：「大白聽你的？」

「也不怎麼聽，有時叫得動，有時叫不動。」裴紅菱道：「牠是謝朗從小餵大的，謝朗叫牠做什麼，牠就做什麼。」

柔嘉望了望薛蘅，忽想起這一路上，大白對她十分服從，難道……

她猛然痛苦地感到，遠在京城的那人對自己而言竟是如此陌生，這裡的每個人似乎都比她更加熟悉他。這個想法一浮上來，便再也壓不下去。

正胡思亂想間，呂青與抱琴抱著乾柴並肩進來，柔嘉甫才收回了心思，快快不樂地縮到柴枝上，迷迷糊糊睡去。

薛蘅又站在了一望無邊的油菜花田中央，天空是幽藍幽藍的，就像黎明到來之前的那種顏色，天邊還孤零零地掛著幾點寒星。四周一片死寂，耳邊傳來的只有狂風一陣陣吹過花田發出的沙沙聲，還有自己急促的心跳聲和呼吸聲。

站在這無邊空寂的冰涼世界裡，她再次感到了一陣陣徹骨的恐懼。

前面忽然傳來了孩子撕心裂肺的哭聲。

「小妹！」她叫了一聲，倉皇地四處張望。

哭聲忽遠忽近，她急了，瘋了似地用力撥開那些阻礙她前進的油菜花，拚命往前衝去。可是花田好像永遠沒有盡頭，無論她怎麼跑都出不去。黃色的花匯成一片海洋，淹沒了她。她在這可怕的黃色海洋裡左衝右突，花兒不時掃到她臉上、身上，那種痲痲癢癢的感覺引她毛骨悚然。

忽然她腳下一絆，跌倒在地。她剛想爬起來，腳踝好像被某樣東西給牢牢抓住。她回頭一看，一隻巨大而醜陋的蝴蝶，正用長長的觸鬚捲住她的足，牠那雙邪惡眼睛正死盯著她。

薛蘅驚恐地發出一聲尖叫，用盡全身力氣踢打牠，一邊拚命掙扎著向前爬去。這時，傳來了「嘚嘚」的馬蹄聲，一匹棗紅馬自遠方田壟疾馳而來。

馬上的騎士狀似聽到了她的呼叫聲，勒住駿馬。他看到她了，靜靜地向她伸出了手。

她發足狂奔，向他奔去，大蝴蝶在背後緊緊追趕。

她竭力伸出右手，近了、近了！越來越近了！她能看到騎士如朝陽般燦爛的笑容了，可就在要搆上他指尖的剎那，那大蝴蝶猛地飛到了她面前，張開巨大無比的翅膀向她撲了下來……

她尖叫一聲，猛地坐起身，心還在怦怦狂跳著，似就要從胸膛裡蹦出。

她用力揪住胸前的衣服，大口大口喘著氣，汗水濕透了她的衣衫。她怔怔地靠在牆上，隱隱約約有些可怕的東西要從腦海深處呼嘯而出，她用力甩了甩頭，只覺得太陽穴突突跳著，陣陣發疼。

她喃喃道：「假的，假的……這是夢，夢都是假的，不能傷到我……」

她想起自己幼時每從噩夢中驚醒的時候，薛季蘭都會緊緊環抱著她，一邊柔聲撫慰道：「阿蘅，別怕，這是夢，夢都是假的，不能傷到你的。」

薛蘅心頭一酸，低低喚了聲：「娘……」

過得許久，她僵硬地轉過頭。

火堆照耀下，柔嘉等人在一旁睡得正香，只有啞叔還坐在火堆前，衝她憨憨地咧嘴一笑。他抬起手斜放在臉旁，做了個睡覺的姿勢，又不停撫著胸口。

薛蘅勉力向他扯出一個微笑，重新依住木柱子，抬起頭來。

廟外無垠的夜空，漆黑如墨。前日與羽紫激鬥時引發舊傷而受創的經脈，此時如有千萬根針在刺著，攢心似的疼痛。

第六章 有情難捨

薛蘅藍色的身影帶著無盡殺氣擊開所有兵刃，足尖勁點，如蒼鷹般掠過殺戮場，躍上一匹駿馬。

冷月下，背後的廝殺聲漸漸淡去。她以平生從未有過的速度驅策著駿馬，心內默喊道：「明遠，等我！」

縱馳間，薛蘅彷彿聽到一聲清亮的呼喚：「蘅姐！」他熾熱的雙眸穿透風雪，指引著鐵甲棗騮駒奔去。

二十六　疑雲

次日一早，柔嘉等人醒來，卻不見了薛蘅。

薛忱只說薛蘅另有要事要辦，讓眾人慢慢地前往漁州，到時她自會與眾人會合。

六人走得極緩慢，不到入暮，薛忱就找了家客棧投宿，草草吃過點東西後便鑽到房中不再出來。

裴紅菱不知薛氏二人弄些什麼名堂，她如何憋得住？於是想了個藉口敲響薛忱的房門。啞叔剛把門打開一條縫隙，她就擠了進去。可等她幫柔嘉拿了藥膏後，無論她怎麼出言刺探，薛忱都不搭理她，只用心搗著藥草，又不時翻翻醫書。

裴紅菱眼珠子亂轉，薛忱拿起某樣藥，她便跟著問上一大串。薛忱起初偶爾還會答上兩句，後來不耐煩了就再不搭理她。裴紅菱也不在意，心中想著除非你是啞巴，不然總要撬到你開口不可。

見薛忱總算配好了一味藥丸，裴紅菱嘻嘻笑著蹲過去，喚道：「薛神醫。」

薛忱面無表情地掃了她一眼，隨即彎下腰去細聞那藥丸的氣味。

「薛神醫的大名，我早就聽說過了。不過，我心中一直有個疑問，不知神醫能否回答一二？」

薛忱聞著那藥丸的清香，唇角慢慢逸出一絲笑意，「問吧。」

裴紅菱大喜，蹲近了些，問道：「既然大家都稱您一聲神醫，那麼是不是所有的病，您都能治好？」

薛忱微怔，握著藥丸，半晌方回話：「也有一樣病，是我治不好的。」

「什麼病？」裴紅菱忙問道。

薛忱放下藥丸，掃了她一眼，淡淡道：「聒噪。」

「哦。」裴紅菱見他伸手來拿自己身側的草藥，忙遞了給他，退後兩步。

薛忱又配好一味藥丸後，忽想起裴紅菱許久沒出聲，不由抬頭看看她。

裴紅菱猛地一拍手，叫道：「薛神醫，這個聒噪病，我知道如何治了！」

「如何治呢？」

裴紅菱蹲過來，滿面認真地說道：「那人若真是得了聒噪病，你就給他下藥，毒啞他的嗓子，他自然就不能再聒噪了。」

「嗯……」薛忱上下打量了裴紅菱幾眼，點頭道：「的確是個好辦法。」

見到城樓上斗大的「漁州」二字，柔嘉興奮不已，「到了、到了！」她拍了拍裴紅菱的手臂，卻不見對方說話，她覺得奇怪，輕聲問道：「你是不是嗓子不舒服？怎麼這兩天都不說話？」

裴紅菱恨恨地盯著薛忱。

薛忱露出一臉無辜，說道：「裴姑娘，那清音丹確實對清潤喉嚨有益處，可那藥吃下去是要噤聲三天的。我剛說了前半句，你就急急忙忙拿起來吞下去了，這可怪不得我啊！」停了一瞬，他又笑了一笑，「不過對於裴姑娘這樣用嗓過度的人來說，休息一下也是好的。」

裴紅菱氣得直翻白眼。柔嘉正對這兩人的對話納悶不已，呂青忽道：「來了。」

柔嘉忙轉頭，只見從城門內迎出一大群人，當先一名外披鶴氅、內穿淡紫色錦袍的老者看上去頗有些面熟，他鬚眉花白，身量不高，但目光炯炯、矍鑠有神。她正努力回想何時見過這位老者，老者已率著背後數十名文武官吏在她面前拜下，「拜見公主！」

柔嘉還未說話，呂青已搶前幾步，在那老者身前以大禮拜下，喊道：「恩師！」

柔嘉不由一拍手，指著紫服老者嬌笑道：「你是『花鬍子牛肉伯伯』！」

紫服老者哈哈大笑，捋著頷下花白的鬍鬚，「公主還記得我這把老骨頭，老夫深感榮幸啊！」

一眾官吏將領忙獻上諂媚之詞，裴紅菱聽他們稱呼這名紫服老者為「尚書大人」，怎麼也想不起來朝中何時有一位這樣的尚書，便拍了拍抱琴的肩膀。

抱琴將目光從呂青身上移開，雖不喜裴紅菱大大咧咧的動作，仍耐著性子對她講述一番。裴紅菱才知這位老者乃前任兵部尚書杜昭，幾年前已退休致仕，歸隱山林。他擔任兵部尚書多年，深受景安帝器重，今時軍中的大多數將領都是他一手提拔上來的，故在軍中、朝中皆享有極高威望。而呂青，當年也是由他引薦入僕射堂的。

杜昭行武出身，性喜吃牛肉，又蓄了一把花白的鬍子。柔嘉九歲時，景安帝將她帶在身邊出席宮宴，她見杜昭撥開鬍鬚大啖牛肉，深感有趣，順口叫他「花鬍子牛肉伯伯」，景安帝大樂。杜昭同喜她天真嬌憨，為她表演了一回用鬍子綁上馬尾、拖得馬兒倒走的絕活，令柔嘉印象深刻。

柔嘉在前方與杜昭交談，裴紅菱細心聽著，甫得知景安帝命薛蘅為查案特使後，德郡王又向景安帝進言，道現下雖乏實證證明張保貪墨，但他畢竟涉及此案，倘仍由他擔任十府府尹，恐給薛蘅的查案帶來不便。景安帝遂下旨將張保調回京城擔任禮部郎中，唯十府府尹由誰來接任，一時覓不到合適人選。

德郡王思忖一番，想到了杜昭頭上。

杜昭隱居之處離漁州不遠，因為致仕得早，也沒捲入朝中任何一派，在軍中又有威信。景安帝一道旨意，即命杜昭出山，暫理北方十府軍政事務，協助薛蘅查案，待案情查清之後，再另行委任府尹。

杜昭引著柔嘉直奔漁州府衙。府衙在神銳軍「譁變」時燒為灰燼，火場中的遺骸老早清理乾淨，一眾官吏不知杜昭帶著公主到此廢墟來做什麼，正在心裡犯嘀咕。

乍見杜昭面色一沉，道：「來人！」隨著他這一聲喝令，鑽出來上千名精兵，將府衙圍了個嚴嚴實實。這些精兵都非府兵，而是身著東陽軍的軍服。

被圍住的官吏，有些人開始腿肚發軟。杜昭笑道：「各位且莫驚慌，特使大人發現了漁州兵亂的證據，想請公主、老夫和各位作個見證。」

眾人甫知杜昭召集所有官吏將領陪他去接公主，原來竟是另有目的。有人眼珠子亂轉，可四方都被精兵圍住了，又如何能夠開溜？

薛蘅自廢墟中走出，向柔嘉和杜昭行禮道：「公主，尚書大人，請。」她領著眾人走到府衙後院，在水井邊停住腳步，目光一掃，道：「金捕頭，你不舒服麼？」

漁州捕頭金鵬見杜昭目光如炬盯著自己，只得訕笑一聲，「不、不、不，只是昨晚沒睡好。」

呂青走到他身邊，笑著拱手，「原來這位就是大名鼎鼎的『綿裡金針』金捕頭，幸會幸會！」

金鵬隱覺呂青站立位置巧妙，竟是封死了自己逃走的方向，只得魂不守舍地隨著眾人下了地窖。走到最底層的冰窖，柔嘉瑟瑟發抖，裴紅菱順手解下自己的披風披在了她肩頭。

當看到地上那具凍僵的屍體，柔嘉驚呼了一聲。

旁有官吏大聲叫道：「是邵師爺！原來他的屍首沒有被燒成灰！」

薛蘅在邵師爺的屍首旁轉過身來，面色沉靜，看向金鵬淡淡道：「金捕頭，你與邵師爺多年同僚，麻煩你認一下，這位是否就是邵師爺？」

金鵬走上前去，看了一陣後點頭道：「正是。」

「很好。」薛蘅嘴角微抿，她蹲下來，掰開邵師爺的衣袍。

柔嘉從未見過這種凍得發青的屍體，想看又不敢看，但一想到事關謝朗，又壯起膽子睜大了雙眼。只見那屍身的心口位置被捅了一個茶盞底那麼大的洞，這個洞口的上方和下方，都有被兵刃割過的痕跡。

薛蘅抬頭，向薛忱道：「二哥，麻煩你驗一下傷口。」

薛忱戴上鹿皮手套，啞叔將他放在屍首旁。薛忱跪坐在地，細驗一番，指著那個洞一樣的傷口，緩緩開口述道：「此為他的致命傷，是生前所致。」又指向上方和下方被兵刃割過之處，「這是他死後，有人驗屍時留下的。」

待眾人微微點頭，他接過薛蘅遞來的匕首，沿著原來的傷口用力切下，眾人逐漸看了個清楚。

由於屍身已被凍僵，傷口保持了最初的形狀，眾人看得分明，表皮至肌肉約半寸處都有茶盞底那麼大，但半寸後直至心臟，傷口卻極細長，似是被筷子般粗細的針形物直刺而入！

杜昭歎道：「原來如此！」

他話音剛落，「嗤嗤」的風聲響起，地窖內忽一陣漆黑，燭火竟全滅了。眾人驚慌之中，紛紛四散趴下，只聽「嗤嗤」連聲，勁風鼓蕩。

過得一陣，又突然有人擦燃了火摺子，眾人這才慢慢看清楚，呂青、薛蘅和抱琴三人站在通道口，抱琴捂著左臂似是受了傷，而金鵬正倒在地上翻滾，痛苦呻吟。

呂青運力撕開抱琴外衫衣袖。抱琴驚呼一聲，迅即抽回手臂，怒道：「你做什麼？」

呂青一瞥之間，看清了她純被利刃擦傷，便收回手，冷聲道：「誰讓你多管閒事的？我早盯著他了，怎會讓他逃脫？」

「什麼叫做多管閒事？」抱琴杏眼一瞪，「謝朗是公主的駙馬，公主的事情就是我的事情，替他洗冤，難道是多管閒事麼！」說完，她有意無意地瞥了薛蘅一眼，冷哼一聲。

薛蘅一怔，一時竟不知如何開口。

呂青聳肩笑道：「是、是、是，抱琴姑娘捨身為主，可敬可佩！」

抱琴正欲反唇相譏，柔嘉已從裴紅菱懷中站起，撲了過來。見抱琴傷勢並無大礙，柔嘉轉頭問道：「薛先生，到底怎麼回事？」

薛蘅俯身點上金鵬的穴道，又從他手上取下一樣東西，攤在手掌心。柔嘉看得清楚，只見那是根筷子般粗細的鐵刺，前後均尖銳無比，中間則鑄了個鐵環，人的手指套進去，揮舞起來宛如峨嵋刺。

「當日神銳軍與府兵爭吵之時，有人推了邵師爺一把，邵師爺撞上了章海的槍尖。章海立時收了槍，所以他的槍尖只捅入邵師爺胸口半寸，根本不會致其喪命。但是……」薛蘅看了金鵬一眼，緩緩道：「馬上有人扶住了邵師爺，裝作查看師爺的傷勢，遮擋住神銳軍將士的視線，再用這款鐵刺在章海鐵槍造成的傷口處刺下，一針奪命！」

柔嘉和裴紅菱見抓到了殺害邵師爺的元凶，都十分興奮。儘管在之後的審訊中金鵬拒不認罪，她們也不擔憂，想著只要有薛蘅在，定能令他開口。

午飯後，裴紅菱帶著柔嘉和抱琴到漁州郊外欣賞了一回冰河風光，晚上又帶著她吃遍漁州小吃，還要了北地最烈的酒，直灌得柔嘉小臉通紅，才回到驛館。

只是裴紅菱仍不能出聲說話，未免不太盡興，進驛館時見薛忱房中的燈還亮著，心火趁著酒意騰騰湧上，便撿了塊石頭對準窗戶扔了過去。

「誰！」傳出來的卻是薛蘅冷峻的喝問。

裴紅菱嚇得一吐舌頭，扶著柔嘉迅速鑽進房去。

可她們的興奮，到了第二日便化爲了烏有。

等她們趕到臨時府衙，只見綁了一地的胥吏，看服色全是牢頭與獄卒。在他們身邊擺了一具屍體，雙目圓睜、舌頭伸出很長，正是金鵬。

薛忱用白布蓋住屍體，除下鹿皮手套，道：「是縊死無疑，沒有打鬥的痕跡，也無中毒跡象。」

牢頭獄卒們一聽，連聲叫冤，「大人，小的們眞的不知他是如何開了鐐銬上吊自盡的。小的們將他鎖得嚴嚴實實，關的又是最裡邊的一間牢房，實在不關小的們事啊！他是朝廷欽犯，罪大惡極，小的們都知曉利害，哪敢做這種不顧身家性命之事！」

「鐐銬是被這根細精鐵絲打開的。」薛忱將一根細長鐵絲放在托盤中讓杜昭過目，又道：「這種鐵絲可盤起來藏在口中，既可當作暗器，又可用來開鎖。當年有名的飛賊『梁上燕』曾用這種精鐵絲越獄數次。」

「金鵬是公門中人，他的師父曾經參加過對『梁上燕』的追捕，有這個自然也不稀奇！大人，金鵬是畏罪自縊，眞的與小的無關啊！」牢頭大聲叫道。

杜昭獰笑一聲，「老夫許久沒剝過人皮啦，你們若再不招供，可別怪老夫心狠手辣！」

柔嘉被他無比森厲的話語嚇得一哆嗦。杜昭忙起身，換上了和藹的笑容，輕聲道：「公主，您尊貴之身，少見血光為好。」

裴紅菱忙拉了柔嘉出來，聽到屋內傳來一聲慘過一聲的哀號，柔嘉渾身起雞皮疙瘩，到後來實在承受不住，跑到大門外嘔吐起來。

裴紅菱和抱琴忙輕拍著柔嘉的後背，她逐漸放鬆下來。怔了許久，柔嘉才低聲問道：「眞的會剝了他們的皮麼？」

「大有可能。」不知何時，呂青抱著手臂站在了一邊。

柔嘉聽了，小臉又白了幾分。

「你還嚇公主！」抱琴瞪著呂青，低聲埋怨。

呂青一笑，正要說話，薛蘅走了出來。

柔嘉忙問：「薛閣主，怎麼樣，招供沒有？」

薛蘅面色凝重地搖了搖頭。呂青冷笑道：「既然要下手，他們自會做得滴水不漏。我以前只聽說刑部天牢能讓犯人死得無半分破綻，沒想到今日連下面的郡府衙門都學會這一套了！」

薛蘅忽而神色一動，思忖片刻，抬頭望向呂青，「呂公子，有件事情，我想請你助我一臂之力。」

夜深時，漁州的雪停了，只餘朔風割面。

薛蘅在城中疾走，東拐西躲，不時回頭察看一下，或在角落裡待上一陣。直至城內闃寂無聲，她才悄悄折向城東一處荒宅。

她在牆頭四顧看了看，如一片樹葉般悄無聲息地飄落。這處荒宅院子裡長著一棵槐樹，薛蘅在槐樹前停住腳步，緩緩將手伸入槐樹上的某處樹洞。

窸窸窣窣的摸索聲之後，她從樹洞裡掏出一樣東西，又擦燃火摺子細看片刻，低聲笑道：「就是這個了……」話音未落，一絲極細的風聲襲向她頸後死穴，同時另一縷破空的風聲如毒蛇吐信襲向她的背部。

薛蘅整個人直挺挺撲向地面，在即將撲到地面的剎那，想也不想便擰身翻滾，避過斜刺裡刺來的一劍。可又有兩道黑影從另一方向朝她撲來，目標直取她手中的物事！

「鏘鏘」聲連續響起，薛蘅在五個黑影的合圍下，步步後退。當她的後背抵上槐樹時，似有點心慌意亂，劍勢略一凝滯，被三人手中兵刃架住，另二人迅將她左手中的物事抓了過去！

「得手了！走！」一個黑影悶聲下令。

薛蘅卻突然憑空拔高丈許，又於空中一折身，在牆角處輕輕落下。

與此同時，那五個黑影剛自槐樹下轉身，淡淡的金光忽從樹上撒下，如漫天煙火般綻開。痛呼聲此起彼伏響起，伴著一人的驚呼：「中計了，快跑！」

當他們忍痛掠向圍牆，薛蘅恰好堵住他們的去路，手中長劍劃出一道雪亮光芒，登時鮮血噴濺。淒厲的慘呼聲過後，荒宅歸於一片平靜。

薛蘅擦燃火摺子，低頭看著地上的一截斷臂，默默地搖了搖頭。

呂青自槐樹上飄下，走過來道：「五人的身手皆超過我們的想像，可惜啊，沒能留下一個。」

「嗯。」薛蘅收了劍，「不過今夜沒有白設這個局，我們至少確認了一件事。」

「是呀，可以確認，邵師爺衣袍滾邊內的字條所述屬實，帳冊確有其物。張保的人尚未拿到手，所以一直跟蹤你。」薛忱聽罷薛蘅的敘述，沉吟道：「既然明遠當時看到了這張字條，自然就尋到了帳冊。可他向刑部投案時，帳冊並不在身上，他會把帳冊藏在哪裡呢？」

柔嘉聽得一頭霧水，「若真有帳冊，爲何薛先生去天牢看明遠哥哥的時候，明遠哥哥不告訴薛先生？」

呂青似笑非笑地瞟了她一眼，柔嘉見他譏諷意味甚濃，知自己必定說了什麼幼稚的話，心中鬱悶，不敢再問，只得將滿腹疑雲壓了下去。

薛蘅道：「明遠當時拿到了帳冊，然被人發現了行跡，遭到追殺。我們下午在城外樹林裡發現的打鬥痕跡，就是明遠遭人圍攻時留下的。」

柔嘉聽她說得萬分肯定，彷似親眼目睹，不由問道：「爲什麼？」

「明遠當時使的是我娘教給他的那套槍法。」薛蘅剖析道：「他成功逃脫，但對方在回京的路上布下了天羅地網。帳冊無法順利送抵京城，他才會想到去找鐵御史！」

「所以鐵御史才會被殺！然後他們栽贓陷害，誣陷是明遠哥哥殺害鐵御史！」柔嘉拍手叫道。

「公主，證據呢？」薛忱苦笑一聲，「先不說帳冊尚未找到，就是找到了，又該如何證明鐵御史非謝朗所殺？眼下金鵬已被殺人滅口，雖能夠證明邵師爺是他所殺，可萬一有人說他是受謝朗主使的呢？」

柔嘉被問得張口結舌，半晌方喃喃道：「這些人怎地這麼陰險啊？」

「公主，這世上陰險的人太多了，說不定……」呂青看到抱琴向自己瞪著眼，聳了聳肩，把後頭的話吞了回去。

薛蘅站了起來，緩緩道：「我們去安南道，不管怎樣，總要找出蛛絲馬跡！」

翌日眾人出城時，卻被東陽軍的精兵攔了下來。

不多時，杜昭趕到，不管柔嘉好說歹說，他就是不放她出城，只道他已送信給宮中，宮中定會派人來接公主回京，請公主在漁州安心等候。查案一事，自有薛閣主，公主不必操心。

柔嘉滿心想爲謝朗做些事情，偏偏這一路上，眾人皆以薛蘅馬首是瞻，會裴無忌、擒金鵬，她出不上半分力。昨夜她問的幾個問題，眾人都隱有嘲笑她幼稚天眞之意味，尤令她如鯁在喉，十分不舒服。這刻杜昭猶要將她強行留下，眼見薛蘅等人已出了城門，她如何忍得住，當場便大發脾氣。

正鬧得不可開交之際，柔嘉乍見裴紅菱遠遠地向自己打了幾個手勢，她心中微動，再大發一回嬌嗔，裝作怏怏不樂的樣子回了驛館。

坐立不安地等到晚上，還不見裴紅菱的影子，柔嘉氣得罵了無數聲「死丫頭」，正罵時，外面忽傳來幾聲貓叫。柔嘉頓時止了罵，與抱琴吹滅燭火，再等片刻，悄悄開了北面窗戶，翻越出去。

二人彎腰溜到牆角，見裴紅菱蹲在那裡，柔嘉忍不住出言抱怨：「你這貓叫學得太不像，讓人發現怎麼辦？」又道：「外面都有人守著，怎麼出去？」

裴紅菱得意一笑，指著牆角道：「從這狗洞鑽出去。」

柔嘉借著映射在雪地上的月光一看，瞠目道：「你、你讓我鑽狗洞？」

「到底鑽不鑽？你不鑽我可鑽了，薛閣主說了，逾時不候。」

柔嘉只得委屈地蹲下身子，磨蹭好半天工夫，才萬般無奈地自狗洞鑽了出去。

裴紅菱帶著二人穿過數條街道，在一條小巷內停住腳步，笑道：「還好趕到了！」

「這是哪兒？」柔嘉聞到一股餿臭氣，捏著鼻子問道。

裴紅菱指著前方一輛裝著數個大木桶的板車，輕聲道：「鑽進去吧！這時辰城門關了，只有這臺車可以出去。」

抱琴揭開桶蓋一看，大怒道：「裴紅菱！你竟敢讓公主鑽餿水桶？」

「到底鑽不鑽？你不鑽我可鑽了，薛閣主說了，逾時不候。」裴紅菱還是那句話，說完像泥鰍般鑽入餿水桶內，蓋上了桶蓋。

柔嘉與抱琴面面相覷。猶豫了許久，柔嘉想起只要能為明遠哥哥做些事，日後他知道了能對自己感激地笑上一笑，就算現下鑽鑽餿水桶又何妨？她一咬牙，提起裙裾，鑽進了桶中。

剛將桶蓋蓋上，便聽到「吱呀」開門聲響，緊接著有人將桶蓋揭開，「嘩」的一聲，一桶餿水從頭澆下。柔嘉急忙捂住口鼻才沒叫出聲，可眼中的淚水怎麼也控制不住，簌簌流了下來。

裴紅菱看著一身村姑裝束、不停打著噴嚏的柔嘉，笑得伏在了馬脖子上。柔嘉狠瞪她一眼，再低頭看了一下自己，不由得也笑了。

柔嘉伸手推了推裴紅菱的肩膀，問道：「你怎麼知道那裡有個狗洞？」

裴紅菱將手中尙熱著的芋頭分給她一半，笑道：「我小時候吃不飽，知道驛館裡鐵定會有吃的，便經常鑽那個狗洞，進去偷點東西吃。」

「你怎會塡不飽肚子，你不是將軍的妹妹麼？」柔嘉咬著芋頭，大感驚訝。

裴紅菱翻了個白眼，「公主，我小的時候，大哥還沒當上將軍呢，只是個小小士兵。我娘生下我就死了，不到兩年爹也死了。大哥那時剛入伍，別人勸他把我送人當童養媳或賣到富商家中當家生奴婢，他不肯，將我寄養在鄰居家中。每個月少得可憐的軍餉都送了回來給鄰居，我這才得條活路。可鄰居家孩子多，哪輪得到我吃飽，我三四歲的時候便學會鑽狗洞，到驛館偷東西吃了。」

她咬了一口芋頭，又恨恨道：「那驛丞發現驛館吃的東西老是丟之後，養了條大狼狗，我有一晚又去偷東西吃，結果那狗把我屁股上的一塊肉給咬了下來！」說著，她拍了拍左邊屁股。

柔嘉心中大生憐意，正不知如何勸慰，一邊的抱琴忽道：「我小時候也因爲偷東西吃被狗咬過哩。」

「你、你……」柔嘉指著抱琴，張大了嘴。

抱琴猶豫片刻，方道：「當年鄧公公到民間選了一批資質優良的童男童女，加以訓練，貼身保護各位皇子和公主。我們那一批進宮的，十有八九是流落街頭的孤兒，爲了搶一口吃的，就是被狗咬了也不會鬆手。」裴紅菱的回憶觸動了她的心事，她自嘲似地笑了一下，「我進宮以後，鄧公公說起當初爲何看中我，正是因爲看到我正拚命和狗搶一個肉包子。他覺得我有股狠勁，乃可造之材。」

裴紅菱一聽，又笑趴在馬脖子上。柔嘉聽得張口結舌，見一旁的呂青正神情複雜地看著抱琴，不由問道：「呂公子，你也被狗咬過麼？」

「沒有。」呂青自抱琴面上收回目光，搖了搖頭，笑道：「不過，我六歲時被老虎咬過。」

「爲什麼會被老虎咬？」

呂青唇角微勾，悠悠道：「若是有人把你放入一間屋子，給你一把刀，屋子裡有隻老虎，那老虎有幾天沒吃東西。你說，你會不會被老虎咬？」

柔嘉只覺聞所未聞，問道：「那你爹娘呢？他們不保護你麼？」

呂青一轉頭，過了片刻，淡淡道：「沒了。」

柔嘉看看裴紅菱，又看看抱琴，再看看呂青，輕聲道：「那你們，還記得爹娘的樣子麼？」

裴紅菱頓時像撥浪鼓似的搖著腦袋，抱琴黯然低頭，呂青一揮馬鞭，自抱琴身邊疾馳而過。

柔嘉心口堵得慌，拉住坐騎，愣愣發呆。薛衡扭頭間發現她落後很遠，策馬回來問道：「公主，怎麼了？」

柔嘉聽人說過，薛季蘭的五個子女都是收養的孤兒，這刻亦忍不住問道：「薛先生，你和薛神醫，還記得親生爹娘的模樣麼？」

薛衡一愣，神情迷茫地想了片刻，緩緩道：「不記得了……」

輕飄的雪花中，柔嘉看著前方的幾道身影，忽然想起五年前，自己在天駟監看中一匹碧驄馬，想送給明遠哥哥，後被俞貴妃橫刀奪愛。她去找母后哭訴，母后卻叫自己忍讓，去找父皇，反被父皇斥爲胡鬧。回到珍萃宮，哭了一整夜，當時她只覺自己是這世上最沒人疼的孩子，還恨恨地對抱琴說：「父皇、母后都不疼愛我，我還不如民間一個孤兒。」

如今她才知道，抱琴當時笑倒在榻上，笑得眼淚都出來了，原來眞眞不是笑自己的那句話。

二十七　直道相思了無益

薛蘅一行人到達安南道的時候，已是入夜時分。知縣劉炎聽說特使到來，嚇得官服都來不及換，逕到驛館來拜謁。

鐵御史被殺的現場，刑部、大理寺、御史臺都曾派人來勘驗過，後來一直封著。劉炎將眾人引入院門，躬身道：「下官知曉茲事體大，故此處一直命人保持原樣，嚴加守護。」復又重重地歎了一聲，「唉！御史大人一生清正廉明，從不收受賄賂，卻遭奸人毒害。百姓們都說，今年這雪下起來就沒停過，只怕是老天爺也在為御史大人抱冤啊！」

薛蘅推開房門，與薛忱在裡面看了足有大半個時辰才出來，又在屋子四周細細搜尋。

眾人都不敢驚擾，站在一邊耐心等候，柔嘉更是盯著薛蘅，盼望她突然發現什麼線索的同時，心中又不時湧上一絲酸澀。

薛蘅正低頭細看窗櫺的縫隙，數人走入院中，當先一人腰間繫著孝帶。他目光在眾人面上一掃，接著走到薛蘅面前拜下，「鐵思拜見薛閣主！」

鐵泓被殺後，待三司派來的人勘驗完現場和屍體，鐵思便扶了鐵泓的靈柩回到涑陽，同時成為三司會審時的人證。薛蘅接下此案，他又奉命重回安南道，等候傳問。

薛蘅隨後離了驛館，直奔縣衙，命劉縣令將早已到達此處的十府總捕頭鄭平等人請來。待當日在場之人都到齊了，她將這些人一個一個喚入官廨詳細審問。

這番詢問，直至第二日黎明才結束。等薛蘅和薛忱滿臉倦容從官廨中步出，只見柔嘉等人坐在花廳的椅子中，東倒西歪地睡得正香。

薛蘅走到柔嘉身前，見她秀眉緊蹙，睡夢中仍鼻音粗重，顯然受了風寒，不由低低喟歎一聲。

因爲驛館發生過命案，一行人住進了劉縣令另行安排的宅院。這宅子宏敞華麗、綺玉軟羅，薛蘅頗不習慣，但看到柔嘉染了風寒、頻頻咳嗽的樣子，只得按捺著住下。

薛忱替柔嘉針灸出來，見薛蘅站在照壁後的水井前，正低頭看著落滿積雪的井口，便喚道：「三妹。」

薛蘅霍地轉身，過得好一會，看清是啞叔負著薛忱，她默然片刻，輕聲道：「二哥。」

「嗯。」

「你……」薛蘅猶豫著問道：「你還記不記得，你親生爹娘的樣子？」

「記得。那時我已經有七歲，記得許多事……」薛忱頓住話語，狐疑地看著薛蘅，小心翼翼地問道：「三妹，你問這個做什麼？」

「我怎麼記不起來了？可好像……又記得一點。」薛蘅喃喃道。

薛忱笑了笑，宕開一句問道：「對他們的證詞，你有何發現？」

「陷．阱！」薛蘅轉過身，望著腳前那口水井，冷笑一聲。

聽到「陷阱」二字，啞叔「呵呵」叫著，抬腿踢向井沿上的積雪，雪團簌簌落入井中。他抬頭向薛蘅咧嘴一笑，薛蘅知他是想起了在孤山帶著一幫孩子布下陷阱捕捉野豬的事情，不由也回以一抹柔和微笑。

薛忱點點頭，「不錯，我也覺得，那鄭捕頭和他的手下來得太過趕巧，好像早埋伏在院子外頭似的。儘管他們口頭說是巡夜時發現有蒙面人一閃而過，因擔心御史大人的安危，所以趕過來查看。可怎地那麼巧，恰好就在御史死後、謝朗還沒離開之前趕到？除非……」他眼中火花熠然一閃，「除非他們事先知道御史要被殺！」

「嗯。還有，根據打鬥的痕跡來看，當時圍攻明遠的人身手高強。然今天來的捕快我皆仔細觀察過了，除了那個總捕頭鄭平，其餘的都是泛泛之輩，明遠不可能被他們追殺成重傷的。我懷疑……那夜與我和呂青交手的那五個人，就是當夜圍攻明遠之人。」

薛忱徐徐道：「你的意思，張保的人設下陷阱，誘逼明遠拿著帳冊去見御史，他們在御史的膳食中下毒，再嫁禍給明遠，同時奪取他手中的帳冊？」

薛蘅頷首，「可明遠沒讓他們如願，在包圍之下仍帶著帳冊逃了出去！」

「那現下該怎麼做？」

「找出那五個高手，找出帳冊！」薛蘅一轉身，道：「帳冊我們自行悄悄覓尋，但那五個人……看來，是請王爺出手幫助的時候了！」

「平王？」薛忱忙問道：「三妹，你不是說別將王爺捲進來麼？」

薛蘅道：「王爺自然不能親自出面幫忙，不過這北方十府以及東陽軍均有王爺的人，王爺早有密令，讓他們在必要時刻對我們供予援手。在漁州那時候，他們已和我接上頭。有了他們的幫助，上天入地，都要將那五個人給找出來！」

薛忱想了想，沉吟道：「可尚有一處疑點無法解釋。」

「二哥請說。」

「毒藥。你告訴過我，卷宗記載，經過三司檢驗，御史乃中毒身亡，可卻又未在他的食具和房間裡發現任何毒藥，故此三司才認定是謝朗哄騙御史服下含有劇毒的藥丸。倘若果真是張保的人提前給御史服下了毒藥，怎地就算得如此精準，恰好在那個時候發作呢？要知道，明遠和御史談話之時，劉縣令曾去拜謁過御史，他說他告辭後和鐵思在院子門口說話，總共不過十來句話的工夫御史就死了，世上哪有發作時間拿捏得這等精準的毒藥？」

薛蘅同陷入沉思之中，默默頷首。

「可惜御史已經運回京城入殮下葬，無法再……」

薛蘅忽然面色微變，露出傾耳細聽的樣子，薛忱忙止住話語。過得少頃，腳步聲響起，鐵思繞過照壁走了過來，向薛蘅深深打了一躬。

薛蘅忙還禮道：「鐵兄，有話請說，切莫如此多禮。」

鐵思抬起頭，展現滿面悲憤之色，「薛閣主，說實話，說謝將軍是殺害大人的凶手，我是心存疑慮的。我只希望薛閣主能找出眞凶，還含冤而死的大人一個公道。」

「鐵兄，我自當盡力，但眼下最大的困難在於御史大人已然下葬，無法再驗明他中的究竟是何毒藥。」

「我正是爲了這個而來，先前在縣衙耳目眾多，小人不敢拿出示人。」鐵思從袖中取出一塊手掌大小的灰布，遞給薛忱。

「三司只驗定大人是中毒而死，但具體中的何種毒藥卻驗不出來。大人入殮前一夜，我總覺得事有蹊蹺，恰好發現當初我去扶大人時，袖子上沾了他嘴角的血跡，我便將此布片保存下來。現下只盼薛神醫能驗出大人究竟中了何毒，找到眞凶！」

薛忱一喜，接過布片，道：「有這個就好辦了！」

薛蘅在箋紙上詳細注明五人的身形、武功套路，並說明其中一人斷了條胳膊，可能還有人臉上中了呂青的金針。她將箋紙交給了見到暗號後來訪的黑衣人。

一場祕密的收網式搜索，在冰雪皚皚的北地十府悄然展開。

雪，仍大片大片地紛揚飄落。這數十年來罕見的大雪將塵世間一切都湮沒在其潔白之下，無論雕欄玉砌，還是甕牖桑樞，天地間唯見一種顏色。

雪花落滿了破廟的屋頂，也落滿了薛蘅的肩頭。

她已經連續五個晚上守在這裡了。廟門前散落一地的泥菩薩殘骸，已被積雪覆沒得只能看見一點點隱約的形狀，廟內卻可清楚看出當時的打鬥有多麼激烈。

香案下有一團烏黑血跡，她緩步走入大殿，蹲下身用手指輕輕觸摸著，是他的麼？

大白與小黑並肩站在泥塑的頭頂，喉間發出「咕嚕咕嚕」的聲音，似在奇怪她為何要夜夜來到此處。

薛蘅看著那團血跡，心底某處似擰麻繩一般發疼，疼得她氣血翻騰，一陣低咳。她彷彿瞧見了他在五名高手圍攻之下，仍將手中的長戟舞得虎虎生風，彷彿看到他渾身浴血，仍奮力廝殺突圍。

她款款跪落於滿是泥屑和枯葉的地上，這一刻，沒有旁人，她無須再裝出一副鎮定堅強的樣子來撫慰那一群將希望全寄託在自己身上的人。這一刻，她終於露出了疲憊與虛弱。

明遠……她喃喃地低喚著他的名字。

明遠，大白把我帶到了這地方，可你到底將帳冊藏在哪裡呢？

在安閒的深宮之中，往往眨眼間一年就過去了，可這十多天對於柔嘉來說，比她過去的十六年加起來還要難熬。她日夜企盼著薛蘅推開房門，興奮地告訴她那五個人已經逮住，或者手中揮舞著那本帳冊。偏偏近半個月過去，不但那五個人似石沉大海、毫無音訊，尋找帳冊亦無絲毫進展，毒藥一時也破解不了，案子似乎陷入了泥淖。

柔嘉的風寒逐漸痊癒，面色一天天好轉；薛蘅的面色，卻一天天黯淡下去。

這夜開了丹鼎，見鼎中藥丸仍是先前一樣的赭紅色，薛蘅不禁頹然退後兩步，在椅中呆坐了好一會才強提起精神，道：「再來。」

薛忱見她額頭上汗水涔涔，忙道：「明天再試吧，你爲了破案，忙了一整天，現下都是子時了……」

「不行，沒什麼時間了。」薛蘅急得聲音嘶啞，「都過去一個多月，案子仍不見進展，若眞無法替明遠洗冤，只有琅玕華丹才能救他一命！」

「德郡王會想辦法拖延時日的。」

「不。孫恩的軍報定已入了京城，弘王怎肯放過這好機會，只怕會給明遠安上一個『裡通丹國』的罪名，德郡王也保他不住。」

「可你內傷在身，這樣勞累會垮掉的！」薛忱不覺動了氣。

「我沒事。」薛蘅搖頭，輕聲道：「可明遠他，等不起了……」

薛忱目光掠過她那雙不斷絞動又蒼白而瘦削的手，心臟似被一根尖銳的針刺中，不禁脫口而出：「明遠、明遠！難道他的命，比你自己的性命還重要麼？」

薛蘅指尖一抖，緩緩抬頭看向薛忱。在她的印象中，這位朝夕相處了十多年的手足，總是溫雅如春，臉上永遠帶著淡淡笑意，只要看見他，心就能寧定下來。可這一刻，他面上的怒意讓她覺得陌生。

薛忱神情複雜地看著她，她眼眸中那呼之欲出的答案，漸漸把他的心凍成了冰山。二人就這樣對望著、僵持著，耳邊迴響著彼此不平穩的呼吸聲。

如此寂靜的雪夜，彷似能聽到窗外雪花飛舞，一片片撲到窗櫺上，落在屋簷上。

薛忱忽想起某年的冬日，孤山的雪下得很大，許多簡易房屋都被大雪壓垮了，薛蘅卻仍執意住在自己簡陋的竹廬裡。他便對她說，冬夜裡每隔一個時辰喝上一杯暖暖的酒，能活血通絡、利於腿痹。於是她整夜待在他住的風爐，生了紅泥小火爐，火爐上「突突」冒著熱氣的是玉蟻酒，爐火將她的臉映出了幾分平日見不到的生動。他夜夜都在玉蟻酒的酒香中帶著微笑入睡，然後又在某個時候醒來，悄悄地爲伏在桌上的她蓋上毛氈。

那樣的雪夜，那個守在火爐邊爲他暖酒的人，那種相依爲命的感覺，似乎以後只能永存於他的回憶之中了……

薛忱心中酸苦，大叫道：「啞叔！啞叔！」

薛蘅看著啞叔將薛忱抱離房間，恍恍惚惚地晃了一下，瞬時眼前一黑，軟倒在地。

夢中騎士的手越來越近了，可她仍無法握到他的指尖。

有東西啄痛了她的臉，她緩緩睜開眼，是大白和小黑。牠們看著她，眼中滿是憂愁，似不明白她爲何要睡在冰冷的地上。

薛蘅慢慢伸出手，撫上大白的頭頂，輕聲道：「你等急了麼？」

大白溫順地閉上雙眼，將頭在她掌心輕柔地蹭著。

她的眼睛逐漸濕潤，忽聽到旁邊房間傳出薛忱的大叫聲：「三妹！」叫聲激動萬分，似是發現了什麼令他震驚的事情。

薛蘅心尖一抖，掙扎著爬起身，打開房門的一剎那，吞下口中那抹淡淡的腥甜。

「三妹，驗出來了！」薛忱聽到她的腳步聲，並不回頭，盯著桌子上一小撮朱紅色的小顆粒看，急促道：「根本就不是什麼提前服下的毒藥，而是入口即化的劇毒！」

「什麼？」薛蘅奔到他身邊。

「你看！」薛忱翻開一本發黃的醫書，指著其中一頁念道：「龍鱗草，僅在雪嶺之巔生長，瀕臨滅絕。葉呈鱗狀，貼地生長，莖紫色，節略膨大，含劇毒，提為毒汁後無色無味，服者三步內斃命，無法驗出。疑：似取墨蛛汁雜之，可凝結成朱紅色小顆粒。」

薛蘅看了許久，疑道：「眞是龍鱗草的毒？入口斃命？」

「應當是。」

「難道張保的人是在劉縣令離開後才下的毒？」薛蘅湧上滿腹疑雲，「不對、不對！我們假設一下……明遠帶著帳冊去見御史，正在談話時，劉縣令前來拜謁，御史肯定會讓明遠先躲起來，免生枝節，那麼明遠會躲在哪裡呢？」

「閣樓。」

「是。可這樣一來，明遠就在閣樓裡，他如果聽到動靜，怎可能不出手制止？除非……殺御史的人輕功遠勝過明遠，他在那片刻工夫裡毒殺了御史，沒發出半點聲響，殺人後又從容地逃走了！」

薛忱倒抽了口冷氣，道：「這樣的絕頂高手，在江湖上屈指可數，會是誰呢？」

「凶手倘眞有這般身手，他欲奪取明遠手中的帳冊乃輕而易舉，哪可能讓明遠逃脫？直接殺了明遠便是，為甚要這麼費事殺了御史再嫁禍給他？還要安排大批捕快去伏擊他？」

薛忱愣住，心頓時涼了半截，剛燃起的希望之火，轉眼就被窗外冰冷的風吹滅了。

薛蘅越想越覺頭腦混亂，太陽穴突突直跳，彷似有無數把刀在腦中不停攪動，猛地「哇」的一聲，一口血吐了出來。

薛忱大驚，雙手在桌上一撐，撲到她身邊，手中金針一口氣刺中十二處大穴。薛蘅發出一聲低吟，薛忱再刺入她的昏睡穴，她終於慢慢地蜷縮成一團，昏睡過去。

薛忱呆坐在她身邊，看著她逐漸平靜下來的面容，握著金針的手頹然一鬆。他本想問她一句話，可今後，永遠都不必再問了。

見柔嘉風寒漸癒，裴紅菱這夜多煨了十幾個芋頭。

但柔嘉食欲不佳，裴紅菱捨不得那烤得香噴噴的芋頭，只得自己勉爲其難地全部吃掉。到了後半夜，她肚子便開始絞痛，起始僅是覺得脹滯難當，再過一會兒，似有股氣流在體內鑽來鑽去，偏偏又找不到途徑宣洩而出。

她上了幾回茅房，蹲得雙腿發麻，毫無作用。再一次掀開被子下炕時，見柔嘉打了個噴嚏，她不敢再這樣來回折騰，只好抱著肚子在廊下來回跳腳。

正難受得扭來扭去之時，忽瞥見院中小亭子裡坐著一個人。滿院的積雪和枯枝，將那白色的身影映得十分孤獨蕭瑟。裴紅菱大感驚訝，這種雪夜，有誰會不顧風寒坐在亭子裡呢？

她跑過去一看，嚷道：「薛神醫，你怎麼在這裡？這麼冷的天，可別凍壞了。快，叫啞叔來抱你回去！」

「不用！」薛忱急喝一聲，意識到自己的失態後，連忙又用淡淡語氣道：「我在賞雪。」

「賞雪？」裴紅菱眼珠子一轉，笑道：「賞雪怎能無酒？」說著一溜煙跑出院子，不多時，她端著一大堆東西過來了，小火爐、木炭、酒壺、酒杯、墊褥、錦氈，應有盡有。

薛忱看得眉頭微蹙，她已俐落地將墊褥鋪在石凳上，道：「薛神醫，你還是坐到這上面吧。」說著便要來扶他。察見薛忱瞪著她，她一拍腦門，「哎呀，還得叫啞叔來。」

薛忱無奈，只得將雙臂張開些許。裴紅菱雙手插入他腋下，一使力就將他提到了墊褥上。

裴紅菱生了炭火，將酒暖上。待酒香四溢，她迫不及待地飲了一口，歎道：「眞舒服！」

話音剛落，她小腹一陣絞痛，只聽一股尖銳的聲音從身下發出，偏偏這聲音竟還抑揚頓挫、一波三折，饒是她再粗野頑劣，這刻也羞得漲紅了耳根。

腕上乍涼，卻是薛忱的三根手指搭上了她的脈搏。她還不及說話，銀光突閃，面頰兩側的穴道被插入了數根銀針。麻痛令她想張口大叫，偏偏穴道被制，只能發出低低的「嗚啊」聲。

薛忱俯過身來，用手慢慢拈動著銀針。裴紅菱「嗚啊」連聲，眼淚都快流下來了，他猶不疾不緩地拈動著銀針。

好不容易等到他將銀針全部取下，裴紅菱正欲張口就罵。薛忱一指牆頭，淡淡道：「去，跳三百下！」

「爲什麼？」裴紅菱捂著腮幫子嚷道。

「你今晚是不是吃了很多芋頭？」薛忱面色凝重地問道。

裴紅菱一愣，不曉他爲何知道自己今夜貪吃芋頭，只得點了點頭。

薛忱正色道：「這就是了，你體內本就有虛火，再吃這麼多芋頭，自然會堵住了。若不想大病一場，爲今之計，只有以運動之法將滯阻的經脈打通，否則將有癱瘓之憂。」

裴紅菱見他說得如許鄭重，驚嚇之餘，馬上一個飛身躍上牆頭，再跳下來。

薛忱嘴角含笑，用錦氈將雙腿圍住，再慢條斯理地飲了杯酒，歎道：「賞雪豈可無酒？好酒啊！」

裴紅菱跳到精疲力竭、渾身大汗地回到亭中，卻見薛忱已側趴在石桌上。她推了推他，「薛神醫？」

薛忱沒有抬頭，一把將她的手推開，喃喃道：「你要救他的命，那我就救你的命罷了……」

裴紅菱不解是何意，再推了推他，薛忱還是沒有理她。她想起從前對付裴無忌的方法，抓了一把雪，「啪」的拍在了薛忱的鼻梁上。

薛忱一個激靈，猛然坐直。他看了看裴紅菱，慢慢伸手將鼻梁上的雪團捋下，放在手掌心看著。

裴紅菱不耐煩地問道：「什麼『你救他的命、我就救你的命』？你說清楚點好不好？究竟誰救誰？又是誰要殺誰？」

聽了她這句話，薛忱腦中閃過若有若無的奇妙感覺，彷似在黑夜中摸索了許久的人，乍見到前方隱有一絲光明出現。雪團在他掌心慢慢地融化，又自指縫淌下，滴濕了他的外衫，他渾然不覺。

「誰殺誰？誰殺誰……」薛忱喃喃念了幾遍，猛地雙眼一亮，大叫道：「三妹！」激動之下，他雙手一撐石几就往前撲，幸虧裴紅菱眼急手快，一把將他摟住。

薛忱還在大叫「三妹」，裴紅菱見他這般急切，也顧不了太多，往地上一蹲後將他負在背後，朝薛蘅的房間跑去。

「三妹，我們……」薛忱激動得話都說不出來，裴紅菱忙拍了拍他的背心，他咳嗽兩聲才續道：「我們之前一直認爲是張保的人設下陷阱，毒殺御史，再嫁禍給明遠。」

「難道……」

薛忱眼中閃著得意的光芒，輕聲道：「如果、如果凶手根本就不是張保的人呢？」

薛蘅若有所思，「不是張保的人？」

「是，正因爲他不是張保的人，在殺害御史之後便逃走，故才沒去搶明遠手中的帳冊。」

「可凶手若不是張保的人，怎麼會有那些伏擊的捕快……」

「那些捕快確實是伏擊，不過，他們伏擊的對象原本不是明遠，而是那個凶手！」

恍若有雙手將漫天迷霧一下子撥開，薛蘅雙眸乍亮，急道：「二哥的意思是捕快們原本要捉拿那名凶手的，只不過明遠恰在那個節骨眼出現，鐵思叫出了他的名字。圍捕之人本就是張保的人，見抓不到凶手，落入羅網的又正好是他們要找的明遠，遂便順水推舟，說是明遠殺了御史，同時出手搶帳冊。」

「我的推測正是如此。」

「可倘眞是這樣的話……」薛蘅在室內來回走著，釐清紛亂的思緒，道：「圍捕之人在院外設下伏擊，凶手又是如何突破他們的伏擊，未發出半點聲響就逃走的呢？當時鐵思也在院門口，若有動靜，以他的身手應當能夠聽到。」

「嗯，就是這一點令我費解。凶手是怎地逃走的？世上眞有能在別人眼皮底下逃走的武功麼？」

就在此時，門突然被大力推開，柔嘉披著長裘站在門口，一隻繡花鞋還倒趿著，顯然是聽到動靜被驚醒，趕了過來。她望著薛蘅，焦急地問道：「薛先生，案子破了麼？」

薛蘅仍在凝神思考，柔嘉再喚了聲，她才抬起頭來。她目光掠過柔嘉披著的長裘，面色一動。

柔嘉低頭看了看，忽覺有些不好意思，猶豫了一下才道：「這、這是劉縣令送的東桑國猞猁裘。昨天，杜尙書派了人來見我，劉縣令知道了我的身分。」

薛蘅腦中靈光一閃，她急急坐回案邊，看著薛忱道：「二哥，如果你的推測是對的，我懷疑，那個凶手突破伏擊之所以沒發出一絲聲響，是用了忍術！甚至，他殺御史也是用了忍術，故才未發出半點聲響！」

「忍術？」

「是，張大俠曾告訴過我，東桑國的忍術最有利於暗殺和逃命，會令人產生瞬間幻覺，施術者由此藉機下手或逃走。」

「北梁國雪嶺的龍鱗草，東桑國的忍術，絕頂的輕功，這……會是什麼人？」

薛蘅站起，毅然道：「不管怎樣，有一絲線索，我們就得去查。張大俠亦曾對我說過，要施忍術，必須藉助花草樹木和石頭泥土的掩護。只要他施了忍術，就肯定會留下蛛絲馬跡！」

薛忱一拍桌子，道：「今年安南道的雪一直沒有融過，我們再去現場找！總要找出蛛絲馬跡來！」

二人相視一笑。

柔嘉馬上跳起來，「我也去找！」

裴紅菱忙一把拉住她，「讓薛閣主找，你別越幫越亂。萬一有什麼線索被你破壞，那可前功盡棄了。」

柔嘉氣得將裴紅菱的手一甩，卻終究不敢衝到最前面，到了驛館也只站在廊下，但心中一股酸溜溜的情緒，半天都無法平息。

紛飛的雪花中，薛蘅在園子裡細細搜尋著，不放過一棵草、一塊石頭。想起與張若谷結伴同行的那段時日，向他請教了不少東桑忍術的知識，這刻不由湧上絲絲感激之情。

終於，她在一叢被積雪重重覆壓的灌木後蹲了下來，用小木片留心刮開雪層，細細地檢視良久，唇角慢慢逸出一股笑意。廊下的薛忱看著她唇角的笑意，心中一寬，也忍不住露出淺淺微笑。

裴紅菱在旁邊看看薛蘅，又看看薛忱，若有所思。

二十八　彌天錯

「這種顏色的土，城裡是肯定沒有的。據說只有往東北五十餘里的盤山之巔才有，那裡多是這種赭紅色的岩石。」

雖然只找到了一點點泥土，凶手也可能早就不在盤山，薛蘅還是大感興奮，多日的疲勞似都消失不見，她和呂青、啞叔運起輕功，向盤山之巔攀登。

大白與小黑展開雙翅，於山腰不停盤旋。盤山雄渾險峻，過了山腰的鎮關石，即是一條棧道。棧道的木板因爲年代久遠，一踏上去便發出「咯吱咯吱」的聲響。

薛蘅小心翼翼地自覆滿積雪的棧道上走過，抬頭恰見雪後初霽的陽光照在山頂赭紅色岩石上，閃著寶石一樣璀璨的光芒。她下意識抬手遮在眉骨上，驀地「咦」了一聲。

呂青忙停住腳步，問道：「怎麼了？」

「山頂上好像有人影。」

呂青張目看了少頃，道：「沒有啊。」

薛蘅以爲是自己眼花了，正要提步，忽聽到一陣穿雲裂石的長嘯。這嘯聲如龍吟獅吼、長風振林，在崇山雪松間久久不息。三人站腳處岩石上的積雪，也被這嘯聲震得簌簌而落。

呂青滿面駭然，喃喃道：「天呀，這是何方高手？」啞叔同停住腳步，眉頭不停抖動。

薛蘅細聽片刻，失聲驚呼，霍然提步，如一道青煙掠過棧道，朝山頂疾奔。

山路崎嶇，且已結冰，薛蘅使出輕功中的提縱術，才免得滑倒。她沿著峭壁旁僅可立足的山路往上攀登，待距山頂那棵巨大的雪松僅數尺時，她一提眞氣，躍上了盤山之巔。

雪松下，一道高大身影轉過身來，大笑道：「看到白鵰，我還以爲是謝將軍，這才以嘯聲相呼，原來卻是薛閣主！」他容色豪壯，雙目如電，腮邊虯髯根根似鐵絲，正是張若谷。

薛蘅萬沒料到竟會在盤山之巔遇到張若谷，她正想向他請教這世上有多少會忍術的絕頂高手。想起破案有望，她心中喜悅，微笑道：「我也奇怪何方高人這般內力深厚，薛蘅望塵莫及，原來是張兄。」

張若谷仰頭一笑，「我正想出關後往孤山拜會薛閣主，不料在此相遇，實是有緣。」他目光落在薛蘅臉上，忽輕「咦」一聲，右手一探便抓住了她的手腕。

呂青與啞叔恰於此時攀上了山頂，啞叔見張若谷扣住了薛蘅的手腕，「啊」的大叫後即衝了過來，雙臂掄得虎虎生風。張若谷身形不動，僅以一條左臂相擋，竟接下了啞叔排山倒海般的攻勢。

薛蘅忙喚道：「啞叔，這位是我的朋友！」

啞叔這才收招，躍後兩步，上下打量了張若谷幾眼，倏將右手大拇指一豎，滿面欽佩之色。

張若谷鬆開薛蘅手腕，責道：「薛閣主，你太不把張某的話放在心上了。你內傷未癒，心脈受損，這幾個月又勞心勞力，若再不靜心調養，後果堪憂！」

薛蘅淡淡地笑了笑，岔開話題，「張兄，你爲何會在此處？」

「我在這裡閉關打坐。」張若谷笑應：「我修習的內功心法需吸食天地日月風雪雨露之精華，所以我往往選在山崖之巔進行修練。」

薛蘅與呂青不由對望一眼，均看到對方眼中掩飾不住的疑慮。

薛蘅四顧看了看，雪松東面有塊巨岩，巨岩一側有個凹進去的半月形山洞。她走過去，蹲下來用指甲在山洞地上刮了一刮，指尖細捻，正是那種赭紅色泥土。

她徐徐抬頭，岩洞內，一堆枯枝顯然是打坐的地方，地上還有火堆痕跡，嚼過的野獸骨頭凌亂擲於一旁。

薛蘅忽然心中一凜，緩緩回頭看向張若谷。

張若谷見她面色有異，不由斂了笑容，道：「薛閣主有話請說。」

薛蘅只遲疑了一小會，便拱手道：「張兄，你救過我一命，我們意氣相投，我也不拐彎抹角。如有得罪，請張兄莫怪。敢問張兄，你最近幾個月都在這盤山上閉關練功麼？」

「非也！不瞞閣主，張某這幾個月做了幾件頗爲痛快的大事。」

「薛蘅願聞其詳。」

張若谷摸著腮邊翹起的鬍子，得意道：「第一件事，與閣主分別後，我便去往劍南城，會了會穆燕山！」

薛蘅微笑道：「如何？」

張若谷淵渟嶽峙般站在山崖邊，遙望南方默然片刻後，搖了搖頭，歎道：「我只恨這世上既生了張若谷，爲何還要有個穆燕山！可惜……不過能見到他，眞是痛快！」

薛蘅靜默少頃，又問道：「那見了穆燕山之後呢？」

「我與北梁傅夫人有約，今年九月初九與她在雪嶺決戰。我於七月末趕到這裡，在此閉關一個月後，趕往雪嶺。只是再度敗於她劍下，慚愧！不過今年我直到五百招外才落敗，痛快！痛快！」

呂青也聽聞過北梁傅夫人之名，先前張若谷的嘯聲已令他駭然，覺得此人內力直逼宮內三大侍衛總管之首的左寒山，可仍屢次敗在傅夫人劍下，那傅夫人的武功豈不是宇內無敵？他心中這般想著，卻也聽出了不對勁，遂悄悄挪後兩步，卡住下山的路口，同時垂在身側的雙手握滿了金針。

他自問輕功卓絕，但張若谷馬上斜睨了他一眼，呵呵一笑，左腿微微抬起，似就要轉身衝向山下。呂青心中大凜，將眞氣提至全身，如同拉滿的弓，蓄勢待發。可他等了半天，這口眞氣就要泄掉之時，卻覺眼前一花，定睛細看，張若谷已走到了薛蘅身前。

呂青這才確定，憑三人之力，只怕還留不下這個虬髯大漢。他索性收了內力，走前幾步，聽薛蘅緩緩問道：「敢問張兄，今年八月二十六日，張兄人在何處？」

張若谷一聽，馬上哈哈大笑，「這便是我欲說的第三件痛快之事！張某去往北梁赴傅夫人之約時，經過安南道，順手殺了一個貪官，用他受賄得來的三萬兩銀子，接濟了上千名因大雪而無家可歸的人！」

呂青驚呼出聲。薛蘅心頭一震，強行鎮定，自腰間取出玉牌，遞到張若谷面前。

張若谷一愣，道：「這是什麼？」

「這是御賜令牌。薛蘅此番來安南道，乃是奉旨徹查漁州兵亂、御史鐵泓遇害一案！」薛蘅緩緩言道。

張若谷眉頭一皺，片刻後不悅道：「薛閣主，我敬你是當世女中英傑，又沒有那些腐朽的陳規陋見，才引你為知交。你此刻拿著這皇帝老兒的令牌，是要緝拿我這個殺人凶手麼？哼，這皇帝老兒，別人怕他，我可不怕他！他管不好手下的官，我便替民除害，還輪不到他來拿我！」

呂青聽他口口聲聲「皇帝老兒」，竟視赫赫皇權於無物。他從未見過這等豪邁絕倫、桀驁不羈之人，心中驚歎稱奇之餘，冷笑一聲，道：「貪官？鐵御史專查貪官腐吏，他哪裡是貪官了？」

張若谷仰頭一笑，「他收受歌妓，又收了那狗縣令的三萬兩賄賂，都是我親眼所見，難道還有假不成？」他怫然轉身，大踏步走向石洞，將石洞內的一袋包袱和一把長劍拾起來，架在肩頭，斜睨著薛蘅道：「薛閣主，那貪官就是我殺的又如何？你休得和我說那狗屁朝廷的狗屁律法！告辭！」未等薛蘅說話，他一抬步，閃身便欺到呂青面前。

呂青雙手甫動，張若谷已一掌拍向他胸前。這一掌看似輕飄飄的，呂青卻覺一股大力排山倒海地壓過來，無法呼吸，大駭下向後翻騰，張若谷已自他身邊邁過，勢如疾鳥掠向山下。

眼見張若谷的身影就要消失不見，薛蘅急忙大聲道：「張兄，你陷謝朗於不義，他若死了，你可有片刻心安？」

她話音一落，灰影閃動，張若谷又躍回山頂，滿面驚訝之色，「薛閣主，你這話是何意思？」

薛蘅一聽，即知事有隱情，忙將謝朗被誣之事說了。張若谷聽了，半晌不語，面上神情陰晴不定。

薛蘅問道：「張兄，通緝謝朗的告示，全國各地都曾張貼，難道你沒有見過？」

張若谷怔了半晌，緩緩搖頭，「我殺了那貪官之後，便往北梁的雪嶺赴傅夫人之約，雖然敗在她手下，卻於劍道又有新的領悟。我急於找個地方閉關，將領悟到的東西融會貫通，遂趕回這裡，之後一直沒有下山。」

他忽又面色乍變，疑道：「那夜那貪官房中閣樓裡藏著的人，莫非就是謝將軍？」

薛蘅情緒複雜地看著他，歎了一聲，點了點頭。

張若谷喃喃道：「難道我真的殺錯了？不、不會！我那夜親眼見那狗官收下劉縣令三萬兩的銀票……」

「張兄，謝朗當時正與御史談話，劉縣令來拜謁御史，他才躲到了閣樓裡。御史明知謝朗在閣樓上聽得一清二楚，怎麼可能收下那三萬兩的銀票？只怕張兄是看錯了或者誤會了。」

「不、不、不。」張若谷大力搖頭，「我跟著那狗縣令，他一進院子，我就進了院子。他送銀票給那御史之時，我在窗外親眼看到、親耳聽到，怎會有假？」

「所以……張兄就用忍術毒殺了御史？」薛蘅痛心疾首地問。

「我見他一收就是三萬兩，自然決意取他性命。我也聽到閣樓上藏著一個高手，只以爲是貼身保護那御史的暗衛，我不欲驚動他。再加上與傅夫人決戰在即，我的墨風劍和雙手都不能見血，於是我便用了忍術，讓那御史在無聲無息中產生幻覺，不自覺張開嘴，將毒藥彈入他口中，然後拿了他手中的銀票就走……」

「張兄離開驛館的時候，可是也用了忍術？」

「正是。那御史有幾名手下武功不差，都守在院外，我懶得和他們動手，索性續使了忍術，他們以爲是一陣風颳過帶起的雪霧，實際上我已越牆而去。」

薛蘅心潮翻湧，一時無所適從，再未料到當初三人結伴同行，意氣相交，今日竟是謝朗替張若谷擔了這個殺人的罪名。

若張若谷眞是罪不可逭倒也罷了，拚著性命將他拿下便是。可他自認是出手殺了「貪官」，在他們這種江湖遊俠的心中，那就是「爲民除害、替天行道」。偏偏……

張若谷看著薛蘅的神情，猛地踏前兩步，昂然道：「薛閣主，我張若谷做下的事情，我自然會有擔當！

我這就隨你去京城，到那些狗官面前說個分明，那御史狗官是我殺的，有本事他們來拿我便是！與謝將軍無關！」

薛蘅望著他，輕聲道：「張兄，若是……鐵御史並非貪官呢？」

張若谷怔住，心中尋思道：「難道我真的殺錯了人？不會的，我是親眼所見……」

他心中不安，耳邊聽見薛蘅低聲而有力地說道：「張兄，能讓謝朗不顧性命拿著帳冊去見的人，會是一個徇私枉法的貪腐之人麼？」

「什麼帳冊？」張若谷滿面茫然。

薛蘅不顧呂青面上的反對之色，將謝朗暗查神銳軍「譁變」真相、尋到張保貪墨證據、被人追殺下拿著帳冊前去見御史這些隱情，一五一十地說了出來。

張若谷越聽越心驚，胸口如同被大鐵錘狠狠擊打。縱然他身負絕世武功，這刻也覺得這盤山之巔寒冷入骨，冷得他忍不住想奔下山去，想在那雪野間發足狂奔。

薛蘅不忍見他這副模樣，但又不能置謝朗於不顧，便道：「張兄，若你不信，可願隨我下山，聽我向某人問一些話？到時鐵御史是清是貪，由你自行判斷。」

張若谷斷然道：「好！就依薛閣主，此事我自然要弄個清楚！」

柔嘉和裴紅菱知曉薛蘅三人去盤山尋那真凶的線索，一整日都等得坐立不安。天黑時，隱約聽到府門口有馬嘶聲，幾人齊齊奔了出去。

見薛蘅引著一名容貌奇偉的虯髯大漢入府，對他甚是禮遇，顯然不是什麼真凶，柔嘉頓時湧上濃濃的失望。抱琴正要將公主勸回房中，卻見呂青頓了頓腳步，她心知有異，輕掐了柔嘉一把，二人與裴紅菱悄悄地溜到照壁邊探頭窺看。

薛蘅自然瞧見了三人，卻沒理會，只請呂青速去請鐵思前來。張若谷抬頭環顧這宏敞華麗的宅院，冷笑兩聲，並不進花廳，負著手站在院裡的雲杉下。

薛蘅又低聲請啞叔去房中將薛忱揹出來，與張若谷見禮。薛忱曾聽她提起過張若谷，不由仔細打量了他一番，目光掠過他的靴沿，心中泛起一團疑雲。

鐵思未久趕到，向薛蘅打躬，「薛閣主喚鐵思前來，可是破案有了進展？」

薛蘅望向張若谷，道：「張兄，這位是鐵御史的長隨，也是他破案的得力助手。」

「我認得他，那夜就是他將那狗縣令領進房的。」張若谷點頭。

鐵思一聽大驚，又聽薛蘅問道：「鐵兄，有句話我得問你，你莫見怪。你家大人這些年來，可曾收過官員送來的歌妓或銀子？」

鐵思一怔，轉而點頭道：「不瞞薛閣主，確是收過。」

張若谷一聽，當即冷笑數聲。

鐵思卻續道：「我家大人說過，反正這些人搜刮的是民脂民膏，他不如收了，一來可充盈國庫，二來可做爲這些貪官污吏的罪證。有時若是遇上棘手案件，收受人家送來的歌妓、貴重禮物或銀票，還能麻痹對方。大人經常笑說，這叫做『放長線釣大魚』。」

「他收便收了，還說這等冠冕堂皇的理由，實是無恥之至！」張若谷面帶不屑地嗤笑。

鐵思大怒，踏前兩步，大聲道：「我家大人每收一筆，都會讓我記錄在冊。回京後，即把銀物如數交呈御史臺，待案子結清，御史臺便會將這筆財物與戶部辦理交割。這些年來，每一筆都在御史臺、戶部、國庫司有冊在案！豈容你誣陷大人一世清名？」他越說越氣憤，從袖中掏出一本冊子，「大人每辦一案，事後均會詳細回憶，寫下感言，或吟詩以作紀念。他一生正直，但求無愧於心，卻不幸遭奸人所害。我每看到大人遺物，都夜不能眠。今日且讓你這無知魯漢，見識這世上有『風骨』二字！」

話音剛落，鐵思眼前微花，手中一空，定睛細看，詩冊已到了那虯髯大漢手中。鐵思大驚，見這大漢的身手如妖魅一般，一時竟不敢上前奪回。

張若谷翻看數頁，臉色慢慢地變了。

「錯了……錯了……眞的殺錯了……」他喃喃重複，緩緩後退幾步，手指一鬆，詩冊「啪嗒」掉落。他緩緩轉頭望向薛蘅，她正靜靜地看著他，眸子裡充滿悲憫、蒼涼。

張若谷渾身一震，嘴唇翕動了幾下，猛然轉身，右掌擊上雲杉樹。他寬厚的手掌帶著聲悶響擊在樹幹上，雲杉樹卻未見絲毫動彈，彷彿不過是張薄薄的白紙黏在了樹幹上。

他臉上神色無比沉痛，雙掌用力地擊上樹幹。

一聲聲悶響，但樹幹樹葉未見絲毫顫動。

「錯了……大錯特錯……」他沉痛地搖著頭，「原來他不是貪官，我、我殺了他，還讓謝朗為我抵罪，眞是大錯特錯啊……」

此言一出，照壁內外數聲驚呼。

鐵思驚駭過後，指著張若谷大聲道：「是你殺了大人？」

柔嘉等人也從照壁後跑了出來，奔到薛蘅面前，連聲問：「御史是他殺的？」

張若谷卻似對周遭的一切毫無反應，一掌接一掌擊打著雲杉樹。他擊打速度越來越快，但奇怪的是，樹葉始終不見一丁點的顫動。每擊一掌，他就會喃喃地念一聲：「錯了……」

薛蘅看著他，面上露出歎服、驚詫、惋惜、沉痛之色。柔嘉揪著她的衣袖拚命晃動，渴切地追問道：「眞是他殺的麼？」

薛蘅被柔嘉晃得頭暈，只得輕輕地點了點頭。

鐵思目眥欲裂，怒喝道：「我要爲大人報仇！」說完騰身而起，一掌擊向張若谷的後背。

薛蘅大驚，失聲道：「鐵兄不可！」她一把將柔嘉推開，撲向張若谷和鐵思。

鐵思心裡清楚自己武功不及這虯髯大漢，本想著拚個重傷也要擊他一掌以洩心頭之憤，這一掌便使上了十成內力。眼見就要擊上虯髯大漢的後背，但對方似乎絲毫不知躲閃，待聽到薛蘅的驚呼聲，鐵思心念電轉：「此刻若殺了他，如何爲謝將軍洗冤？」此念頭一閃，他旋收了幾分內力，但這一掌還是結結實實地擊在了張若谷的背脊之上。

「砰！砰！」連著兩聲巨響，眾人被剎那間激湧而起的雪霧迷了眼，同時呼吸停窒，似有驚濤駭浪迎面撲過來，本能下紛紛躲閃，柔嘉還險些拐了腳踝。

待雪霧慢慢散去，眾人重回遊廊下，只見鐵思和薛蘅一東一西，皆倒在雪地之中。

雲杉下，張若谷轉過身來，面色大變，急走兩步忙抱起薛蘅。

薛忱驚呼：「三妹！」

裴紅菱等人擁了過去，手忙腳亂地查看薛蘅，卻再聽見一陣「喀喇喇」巨響。眾人轉頭，只見院中那棵足有丈半高、一人臂圍粗的雲杉樹逐寸斷裂，朝照壁方向傾倒。

又是一陣沖天的雪霧，和著漫天樹葉與塵屑。

雪霧散去後，鐵思從雪地上掙扎著爬起，與呂青相顧失色。兩人甫知虯髯大漢擊打雲杉時用上了絕頂內功，外表看著樹葉未動彈分毫，樹幹實則已被擊碎。這雷霆般的內力運起來時，鐵思撞上去，只怕是死路一條。薛蘅正是窺出異樣，及時撲過去，分散了泰半衝擊之力，才救回鐵思一命，然她自己卻被內力所震傷。

眾人急忙圍到張若谷身邊，驟見薛衡面色發青、雙目緊閉，竟像是斷了氣息的樣子。眾人嚇得腿都軟了。

張若谷單臂抱著薛衡，右手三指駢起，連點她心口附近數處穴道。

見張若谷抱著薛衡大步向西廂房走去，薛忱這時才能顫抖著喝出聲：「你要做什麼？」

張若谷頭也不回，硬邦邦道：「給她療傷！」

「不用！」薛忱急喝過後，也知這裡沒人能敵得過這虯髯大漢，只得放軟了語氣顫聲道：「我是她二哥，也是大夫，讓我來。」

張若谷回過頭，眉梢一抬，冷聲道：「她這是舊傷！這大半年你用藥物和針灸爲她療傷，可曾療好了她的心脈？」

薛忱頓時作聲不得。

「她受的是內傷，非藥力所能爲，只有高手用眞氣才能爲她衝開瘀堵的經絡，重將她的心脈續上，是也不是？」

薛忱黯然不語，亦知對方說得有理，可要將重傷的三妹交到這個眞凶手中，他怎能放得下心。

張若谷掃了眾人一眼，用命令的口吻道：「你們在此爲我護法，切勿讓人驚擾，否則便是兩條性命！」他說得理所當然，卻自有一種不怒自威的氣概。

啞叔「啊啊」叫著，眾人也不肯讓開，皆是全身戒備，死死地盯著張若谷。

薛忱只覺此生中從未有過如許難以抉擇的時刻，他望望昏迷過去的薛衡，再看看張若谷，最後想起薛衡對此人的評價，終咬牙道：「三妹若是有個好歹，我天清閣絕不會善罷甘休！」

張若谷不再看眾人，抱著薛衡大踏步進屋，右足一磕，重重關上房門。

照壁前的雪地上殘留殷紅血漬，點點斑斑，怵目驚心。

柔嘉蹲在遊廊下，找到眞囟的喜悅逐漸被對薛蘅的擔憂壓下。抱琴明曉她的心思，輕輕地攬上她的肩。她無力地依在抱琴身上，低聲道：「不會有事的。」抱琴沉默少頃，同樣輕聲應道：「當然。」

裴紅菱則在院子內外來回踱步，嘴裡叨念著「菩薩保佑、菩薩保佑」，又不時跑到薛忱面前問道：「薛神醫，薛閣主眞的沒事吧？」

薛忱哪有心思回答她的問話，他雙手緊握著紫檀木椅的扶手，關節處蒼白突起。裴紅菱卻鍥而不捨，問到第五次時，薛忱的眼珠總算動了一下，瞥了她一眼，淡淡道：「她沒有大礙。只是不知裴姑娘可願幫個忙？」

「當然可以，薛神醫儘管吩咐。」

「讓我耳根清靜一下吧，拜託。」

裴紅菱噘起嘴巴，「人家是擔心閣主姐姐嘛，你淨會欺負我。」說罷，賭氣轉身便欲走開。

薛忱心中一動，喚道：「裴姑娘，薛某想請你辦一件事，不知可否？」

裴紅菱聽他這麼一說，立時停住了腳步，本想賭氣不理這個死對頭，可不知爲何，總硬不起心腸來，只得硬邦邦地說：「什麼事，說吧。」

「你趕緊去燒點熱水，運功療傷後得浸在藥湯之中才能起到作用。」

裴紅菱一聽，馬上奔向廚房。薛忱正爲打發走這個聒噪精而鬆了口氣，她又跑回來蹲在他膝前，仰面問道：「要燒幾桶？多熱才合適？還要準備什麼啊，我統統都準備好。」

薛忱看著她認眞的神情和明閃閃的雙眸，怔了片刻才輕聲道：「能把她的身子浸進去，不燙手就好，不消準備其他的。」

裴紅菱又不放心地問了句：「閣主姐姐眞的沒有大礙？」

「你放心，沒有大礙。」薛忱的聲音不知不覺添了幾分柔和。

裴紅菱歡喜地站起身，一溜煙跑了開去。薛忱看著她紅色身影轉過照壁，唇角露出一抹稍縱即逝的微笑，旋又緊張地看向西廂房。

暮色低垂時，那扇暗紅色的門才「吱呀」開啓。

眾人齊衝進去，點燃燭火，只見薛蘅躺在床上，身上蓋著錦被，面上仍無多少血色，唯比之前的慘白要好了很多，呼吸雖微弱，但還算平穩。

啞叔將薛忱在床邊放下，他抓起她的手腕，片晌後長舒了口氣。

眾人一陣歡呼，柔嘉伏在抱琴肩頭喜極而泣，忽瞥見被子旁邊淩亂地堆著薛蘅先前穿著的水藍色外衣。她心中一咯噔，趁薛忱去與張若谷說話，悄悄地掀開被子，果見薛蘅只穿著貼身小襖。柔嘉嚇得急忙丟下被角，回頭驚疑不定地看了看張若谷，再與抱琴交換了個複雜的眼神。

張若谷正擦去額頭上的大汗，向薛忱說道：「還要如此療傷三日，用藥及針灸得配合著來。」

薛忱抱拳道：「一切聽從張兄吩咐。」

張若谷眉頭一蹙，「你是她二哥，也不管著她！她內傷一直未曾痊癒，根本不可如此勞心勞力。謝朗的事情，就讓她連自己的性命都不顧？」

——謝朗的事情，就讓她連自己的性命都不顧？

柔嘉驀然一震，面色在剎那間變得蒼白，屋內的簾幕被撲進來的寒風吹得飄飄轉轉，如同她此刻紛亂的心緒。她轉頭看向薛蘅，牙齒咬著下唇，慢慢地咬出一條紅印來。

薛忱尷尬地一笑，將話題岔開去，「張兄，現下該如何配合著用藥，還得聽聽你的意見。」

柔嘉只覺所有的聲音都像從另外一個世界傳來，她緊緊盯著薛蘅，眼前忽地浮現另一張俊朗的面容。這兩張面容在她眼前交迭出現，酸澀、苦楚、妒恨、自憐交織在胸口，像一把烈火，眼見就要燎原。

「砰」的一聲，裴紅菱提了兩大桶熱水衝進來，往地上一放。她抹著頭上涔涔汗珠，雙眸中充滿喜悅，大聲道：「薛神醫，水燒好了！即刻放藥麼？」

二十九 千里歸途喋血路

「張兄呢？」

薛蘅三天後睜開雙眼，虛弱地問了一句。

憑窗而立的張若谷轉過身來，微笑道：「你剛醒，別多說話。」

「不。」薛蘅在裴紅菱的攙扶下坐起，昏過去前心裡的那道疑問越來越濃，一醒來自然迫不及待地問出，「張兄，你殺御史，是臨時起意，還是早有籌謀？」

「這個……」張若谷面有愧色地看了鐵思一眼。

鐵思怒哼一聲，但想起這三日此人不僅沒逃走，還整日為薛蘅運功療傷，便將到了嘴邊的憤恨之語收了回去。

張若谷沉吟片刻，道：「我在酒肆飲酒時，聽人提說那御史夜夜笙歌，又和縣官拉拉扯扯，必是個貪官，開始起了殺心。但眞正下決定殺他，還是見到他收取那狗縣令三萬兩銀票之後。」

鐵思忍不住要破口大罵，可突然想起那夜劉縣令不同尋常的求見，還有謝朗逃走後他在現場時一些奇怪的舉動，似在慌慌張張地尋找什麼東西，莫非……

薛蘅疑道：「可是……爲何那些人像是早就知道張兄要去殺御史，事先在院子外設下了伏擊呢？」

「那些人不是御史的手下麼？」張若谷瞪大了雙眼。

「不是。」薛蘅搖頭道：「是十府總捕頭鄭平和他手下的捕快，但是……其中幾人，我懷疑是張保從江湖上請來的高手。張兄脫身之後，謝朗一露面，他們便突然出現，直指謝朗是凶手並對他進行追殺。」

張若谷怔了片刻，霍然一拍窗邊的案几，朗聲道：「閣主之意是說，這是個局？」

「所以……」薛蘅喘著氣問道：「我想請張兄稍加回憶，在殺御史之前，可曾遇到過什麼特別的人或者向誰提起過你起了殺心？」

張若谷眉頭微擰，過了一會兒工夫，道：「只怕他也是誤會了。」

「誰？」幾個人同時喝問。

「一個江湖朋友。」張若谷沉吟道：「我與他是在肆間飲酒時偶遇的，喝得興起時便痛罵這狗屁世道，他順口說起安南道現住著一個大貪官，貪酷殘民，可惜偏偏乏人替天行道，我這就……可他怎會……」他轉而又思忖著搖頭，「不對，是有點不對勁……」

薛蘅緩緩坐直了身子，追問道：「敢問張兄，此人是誰？」

「我不知道他的姓名。」張若谷搖頭。

鐵思終於按捺不住，破口大罵：「枉你自命替天行道，居然這般沒腦子！連對方姓名都不知，就聽他的話去殺人！他讓你殺自己爹娘，你也殺麼？」

張若谷面上閃過慚色，苦笑道：「我只知曉那人是形意門的弟子。當年排教教主左長歌與巫教教主薌夫人在微雨塢進行決戰，江湖同道皆前往觀戰，我也隨師父觀看了那場大決戰。只記得這人姓桑，當年是個少年，隨他形意門的長輩觀戰，我與他有過一面之緣，沒想到十多年後再見，他居然還叫得出我的名字。我們談起當年那場決戰，感慨不已，頗有些他鄉遇故知的歡暢，便喝了個痛痛快快，然後……」

「姓桑？形意門？」薛蘅蹙眉重複了幾句，驀地抬頭，「張兄，你能否形容一下他的容貌舉止？」

「臉瘦削，鼻子微勾，說話的時候，左邊嘴角偶會輕扯一下……」

薛蘅與呂青互望一眼，均看到對方面上濃重的疑色。

張若谷還想往下說，一邊的柔嘉忽輕聲道：「你……你慢點說，我來畫出他的樣貌。」

張若谷大喜，「丫頭，你畫得出？」

抱琴橫了他一眼，卻不敢向這「眞凶」說出柔嘉的眞實身分，只冷哼道：「我家小姐在丹青上的造詣，說給你這蠻子聽，你也不懂。」

紫毫筆在一張又一張雪白的雲版紙上輕輕勾勒，張若谷站在一邊細看，不時指出不符之處。待柔嘉在那人的面頰右側點下一粒小小的黑痣，薛蘅長歎一聲：「果然是他！」

「怪不得……」呂青搖了搖頭，沒有說下去。

鐵思此刻也認了出來，一拍桌子，怒道：「原來是他！」

「鐵兄何出此言？」薛蘅忙問。

鐵思氣得面色鐵青，道：「今年四五月間，大人查到民間有人偷偷收馬囤糧，而大量馬匹都是送到金城的牧野之後就失了蹤跡，大人懷疑這些馬匹被倒賣到了丹國和北梁，同時查出軍馬亦有大量的私買私賣現象。之前一直是此人擔任軍中的牧尉，大人便對他進行暗查，也查出了一些蛛絲馬跡，可還沒來得及稟告聖上，即奉命北上查張保的案子。原來竟是他！」

薛蘅輕咳數聲，細心地把所有線索爬梳過一遍，大致釐清了頭緒，緩緩點頭道：「如此說來，這是一起『案中案』，兩樁案子的涉案之人又互有勾結，所以一切也就有了大致合理的解釋：爲何當初護書上京時會洩了行蹤，爲何裴將軍的密信未送達王爺手上，而王爺派出的人又爲何遲遲找不到那五個暗殺謝朗的高手？原來，這一切均是……風桑所爲！」

柔嘉不知風桑是何人物，看著眾人一副恍然大悟之狀，滿頭霧水，待要發問，薛蘅在裴紅菱的攙扶下緩步走到張若谷面前，忽地拜了下去。

張若谷一把托住薛蘅的手肘，「閣主放心，我定會上涑陽，赴三司說個分明。張某絕不讓謝將軍替我背這罪名。」

柔嘉大喜，卻見薛蘅望著張若谷款款搖頭道：「不，我不是要張兄去三司投案。」

柔嘉情急下脫口而出：「薛先生，你怎能袒護他？」

薛蘅苦笑一聲，看向柔嘉，輕聲道：「今時就是讓張兄去三司投案，說人是他殺的，三司會相信麼？他們大可說是我們收買了個人出來替謝朗頂罪的。」

「啊……」柔嘉頓時張口結舌。

鐵思在一邊點頭，「不錯，得有證據才行，光出來一個人投案是行不通的。」

薛蘅又看向張若谷。張若谷一拱手，「閣主但有吩咐，張某莫敢不從。」

「張兄，冤有頭、債有主，你既是受奸人欺騙挑唆，自要把這名罪魁禍首找出，以還給被冤殺的御史一個公道。」

「那是自然。」張若谷冷笑一聲，眼裡有無比銳利之光，如同鋒利劍刃，要將口中這個名字斬成齏粉，「風桑！原來他叫風桑！」

「是。」薛蘅道：「他是平王奶娘的兒子，因爲這層關係，王爺極信任他，之前一直讓他擔任軍中的牧尉。現下，他正在漁州東陽軍軍中。」

「好！」張若谷大聲道：「我這就去漁州！」

他抬腳便往外走，薛蘅忙喚道：「張兄且慢！」

張若谷回頭道：「閣主放心，我不會傷他性命，定將他揪到三司讓他伏法認罪，替謝將軍洗冤！」

薛蘅道：「除了這個，我還想拜託張兄一件事情。當初伏擊張兄、追殺謝朗的是五位江湖高手，其中一人被我砍斷了一條胳膊。王爺的人一直在搜尋他們，但因出了風桑這個內奸，他們五人成功躲藏起來。」

張若谷點了點頭，「我明白，風桑和這五個人，我全給閣主拎到涑陽去！」

薛蘅心頭一鬆，目光凝在張若谷面容上，百感交集，拱手道：「一切全拜託張兄了！」

張若谷睇看她一眼，「你也要保重，休爲他……」他沒再說下去，微微歎了口氣，轉身往門外走。

柔嘉忽自斜刺裡衝出來攔在門口，雙手一張，嚷道：「你不能走！你是殺人凶手！」呂青和鐵思互望一眼，也站在了柔嘉身邊。

張若谷挑了挑眉頭，呵呵一笑。

柔嘉看向薛蘅，繃著臉道：「薛先生，他是眞凶，你怎能放他走？」

薛蘅眉頭一蹙，「他是受奸人挑唆……」

「受人挑唆就不是殺人凶手麼？他照樣要伏法認罪！」柔嘉微昂起頭，情緒激動之故，聲音也尖細起來，「他害得明遠哥哥險些喪命，你怎能夠放他走！難道你連國法都不顧了？」

薛蘅怔了怔，道：「我不是放他走，而是請他去將眞凶擒來。」

柔嘉禁不住冷笑一聲，「要是他一去不復返呢？他是凶手，自然要想辦法逃脫，他若逃走，明遠哥哥怎麼辦？難道在你心中，他的性命比明遠哥哥還重要？你、你不是……」

薛蘅望著柔嘉的雙眸，那黑色瞳仁裡似有股激烈情緒在發酵、蔓延，像小小的針尖，刺得她心虛氣短，不敢直視，只想避開這目光。她的頭低了一下，又抬起來正視柔嘉，平靜而堅定地說道：「我相信張兄，他絕非背信棄義、沒有擔當之人。」

「哈哈哈哈！」眞氣充沛的笑聲震得室內的簾幕微微晃動，張若谷扣起食指，彈在墨風劍的劍鞘上，表情極是歡暢，「張若谷行走江湖許多年，難得一知己。今日得薛閣主此言，痛快！」未等柔嘉再說話，他又看著薛蘅，嘴角泛起一絲笑意，「閣主，爲免對方聞風而逃，咱們就演一場戲，給那些暗中監視的人看一看。」

呂青聞言一笑，「正想向張兄討教。」

話音甫落，金光暴閃。

張若谷左手在空中隨手一揚，金針倏然沒入他的掌心。鐵思怒吼著，右掌倏地劈出，張若谷側身而閃，鐵思又雙腿連環凌空踢將過來。張若谷拔身而起，劍鞘在空中劃過一道弧線，「砰砰」連聲，鐵思在空中向後疾飛，破窗而出。

張若谷一聲長笑，飄出門外，呂青與薛蘅馬上追了出去。

金鐵交擊聲中，張若谷如疾風閃電般騰挪，避過眾人的殺招，飛上牆頭朗聲大笑，「薛閣主，騙了你好幾天，可對不住了。此刻不妨告訴你，人確實是我殺的！要抓我，就到東桑國七十二島來吧！」

寒風捲起他的灰衫，他如飛鶴般掠出，不過眨眼工夫便消失在呼嘯的夜風之中。

「萬里路，山河競秀。一去塞外回首。憶昔邊關同遊，歎丹心碧血青史留。戎馬不知長衫瘦。看男兒，幾人是經綸手。胡未滅、戰依舊。大白日，盡千杯酒！」

薛蘅望著白箋上的墨跡，蹙眉沉思。

「三妹，實在想不出，就明日再想吧，你再這般勞心……」薛忱不知該如何相勸，黯然地收了話語。

「沒時間了，張兄還須去逮風桑和那五名江湖高手，恐怕無法在時限之前趕至涑陽。我們只有在三天內找出帳冊再趕回去，才能拖延一點時間。」

柔嘉心中仍在爲薛蘅放走張若谷而憤懣，然爲了找出至關重要的帳冊，她只得壓下情緒問道：「薛先生，明遠哥哥這闋〈市橋柳〉中的暗語，您眞的沒弄錯？」

「應該沒錯。」薛蘅沉吟道：「當初我與明遠討論過暗語，『逢九進七，退一望二』，便是『去、邊關、史、衫、瘦、手、大白』這些字。由於這個暗語的法子較怪異，造成兩字連現，故多取諧音或隱義。『去邊關』，是讓我們去大峨谷找裴將軍，進而得知邵師爺屍首的下落。『史』指的是師爺，『衫』指的是師爺的衣服裡有字條，『瘦』和『手』同音，應該……是指『綿裡金針』金鵬才是眞凶吧。這些都一一合上了，就剩下『大白』，帳冊藏在哪裡，是要我們在大白身上找線索，可是大白將我帶去那座山神廟，我四周都找遍了，還是沒能尋獲帳冊。」

「嘎！」大白聽到薛蘅提起自己的名字，略略扇動了翅膀，跳到薛蘅面前，用喙嘴在她面頰上輕輕碰了一下。小黑似是吃醋了，也跳將過來，親熱地湊到薛蘅面前。

柔嘉既羨且妒，向著大白作起揖來，柔聲道：「好大白，乖大白，快帶我們去找帳冊！再不找到那本帳冊，明遠哥哥就要沒命了！」

「嘎！」大白再叫了一聲，「撲啦啦」的往窗外飛。薛蘅等人跟上，呂青與鐵思斷後，防止有人跟蹤。可大白飛出數里，仍將眾人帶到那座破廟。

裡裡外外把破廟翻了個遍，翻得滿頭灰屑，柔嘉終於死了心，頹然坐在破廟的門墩上，喃喃道：「明遠哥哥，你到底將帳冊藏在哪裡啊？」

此時已是暮色四合，寒風絞動飛雪，冷氣襲骨。柔嘉縱然披著猞猁裘，仍不自禁地打了幾個哆嗦。

抱琴見狀，忙道：「公主，天快黑了，也沒辦法再找，咱們先回去吧。」

柔嘉怏怏地站起來，不料裙襬下角卡在了門縫裡，這麼一站起，「哧啦」的裂帛之聲響起。抱琴忙過去細看，所幸只扯落一小塊裙邊。

薛蘅看著香案下那團烏黑血跡，正陷恍惚中，乍聽到聲響而抬起頭，她看向柔嘉的裙角，不禁怔住。

「手……大白……手……大白……」她低聲念了兩遍，忽然眉頭一動，「大白的手！」

她從懷中取出一塊血跡模糊的白布。

「蘅姐，明年今日，請到安南橋頭，爲我丟一束菊花。」——那用血寫就的字跡，三個月來蜿蜒盤結在她胸口，時刻如重石壓迫，令她無法呼吸。

原來是這樣！

她悲喜交集地抬起頭，半空翩然而落的雪，漸漸幻成他俊朗的面容，對著她，綻開如朝陽般燦爛的笑容。

浩大風雪自北向南蔓延，大殷帝國的疆土，滿目皆白。

柔嘉的猞猁裘被寒風吹得獵獵飛揚，她竭盡全力，才能勉強跟上薛蘅等人。

鐵蹄捲飛，如同利劍劈開雪野，指向前方山谷。暮色下的山谷，儼似張著血盆大口的猙獰怪獸，等著獵物撞入。

薛蘅勒住馬，眾人忙皆跟著拉住韁繩，「唏律律」一陣長嘶過後，數匹駿馬在雪地上來回蹬踏，踏起一團雪霧。

「三妹，怎麼了？」

「不對勁。」薛蘅凝耳細聽。

眾人皆靜默下來，卻只聽見風雪呼嘯。

柔嘉剛要說話，巨大的「喀喀」聲響起，彷彿整個天地都在震動。她惶然抬頭，突見兩邊山峰上，無數龐巨山石挾著雷霆般的風聲滾落下來。

「啊！」她脫口驚呼，竟嚇得忘了策馬逃離。眼見巨石越滾越近，倏有一人騰到她背後，迅撥馬韁，勁喝一聲，駿馬立時朝來時方向疾奔。

巨石滾落激起的漫天雪塵讓柔嘉幾乎不能呼吸，待坐騎奔出許久，她終可睜開雙眼，回頭一看才見背後之人是薛蘅。

所幸眾人都逃得及時，並未有一人落下。但山路已被無數巨石堵住，不能通行。

柔嘉急得帶上了哭音，「還有沒有其他的路？」

「唯只這條路直達涑陽，繞道的話……」薛蘅心中焦灼，「要多花幾日時間！」

「那怎麼辦？怎麼辦？」柔嘉雙手絞著衣襟，哭了出來，「兩個月的期限快到了，不趕緊把帳冊送回去，萬一明遠哥哥……」

薛蘅跳下馬，竭力平穩呼吸，努力思索。正難以決斷之際，忽聽寒風裡傳來陣陣急促的馬蹄聲，眾人立時警戒地圍在她身側。

馬蹄聲趨近，鐵甲錚鏦聲越來越清晰。有人在大聲問：「薛閣主，發生了什麼事？」一名年約三十、身著將軍戎裝的人，領著數十名親兵馳近。

裴紅菱認出他來，呼道：「元將軍！」

薛蘅一聽是東陽軍的將軍元暉，頓時鬆了口氣。

元暉跳下馬，探看了前方便明白發生何事，急急下令。待親兵領命而去，元暉向薛蘅抱拳道：「王爺有令，囑我助薛閣主一臂之力，務必要讓薛閣主於期限之前趕回涑陽。我在沿路都派了人，剛聽人回稟，這段路有異動，似有大批人馬出沒，怕閣主有個閃失，我這便趕過來了。」

「看來這山崩是人爲的。」薛蘅哼了一聲。

元暉冷笑相應：「他們這般急著取謝將軍的命，就不怕寒了我們這些將士之心！」

「只怕前方還有截殺……」薛忱心情沉重。

薛蘅凝目望向南方沉沉的黑暗，縱然心如飛箭，恨不得插翅飛回涑陽，這一刻她也只能靜靜站在雪地中，看著東陽軍精兵趕來，看著元暉指揮他們將巨石搬開。

直到翌日凌晨，累得人仰馬翻，山路上的巨石才被搬開。有士兵帶來了帳篷，眾人抓緊時間稍稍睡盹，隨又匆匆上路。

元暉帶著數百親兵將他們送到平口關以北十里處，甫拉住戰馬，道：「薛閣主，我只能送到此處了，再往南就是擅離駐地，乃殺頭之罪。我已命人通知前方，王爺的人會來接應你的。」

十二月十三，北風獵獵，鮮血飛濺。雪地上蔓延開來的血腥味，令人作嘔。

薛蘅萬沒想到，過了平口關後所遭遇的截殺，竟會這般凶烈！如雨般的箭弩，險些讓柔嘉命喪箭下。緊接著從密林中衝出來的黑衣人，直奔薛蘅！

接應護送的人馬都被黑衣人逼得各自爲戰，薛蘅衝殺間，瞥見啞叔遭數人圍住，薛忱在其背上極是危險，白衫已濺上斑斑血跡。眼見他就要自啞叔身上滾落，薛蘅大驚，卻見裴紅菱撲將過去護住薛忱，他抬頭間臉上無痛色，顯然並未受傷。

薛蘅放下心，但這一分神，便差點被對手刺中左腿。圍攻她的人，招招奪命，直取她胸前的帳冊！

「明遠……」這個名字，宛如一壺烈酒自喉間灌下去，在胸口騰騰燃燒。薛蘅一聲怒喝，在十餘人的圍攻下硬生生拔高數尺，寒劍在空中劃出凌厲弧線，圍攻之人難攖這一劍的鋒芒，紛紛避讓。

「閣主快走！我們拖住他們！」呂青怒喝，他背後是護著柔嘉的抱琴。

薛蘅藍色的身影帶著無盡殺氣，騰空、落地、劍起、血濺！

冷月靜靜地掛在蒼穹，俯視著雪野上的廝殺。

薛蘅長劍刺出的同時，右足後踢，又有兩人似斷線風箏向後飛摔在雪地上，抽搐了幾下便不再動彈。

她劍勢如電、光華大盛，擊開所有兵刃，待圍攻者以爲她要衝向西北角，她忽地折身向南，足尖勁點，如蒼鷹般掠過殺戮場，躍上一匹駿馬。

「駕！」

冷月下，背後的廝殺聲漸漸淡去。

她以平生從未有過的速度驅策著駿馬，心內默喊道：「明遠，等我！」

十二月十九，涑陽北郊。

本是冰雪封山的季節，紫池山上卻傳來吆喝獵犬的聲音，不時有人影在雪丘上閃動，不多時，人聲更盛，獵犬將一頭獐子從林間趕了出來。

眼見隨從們將那頭獐子圍得嚴嚴實實，腰懸寶劍的姚奐看著那獐子做垂死的掙扎，眼中透著絕望的光芒，乍然間失了射獵的興致。他垂下弓箭，怏怏道：「放牠走吧。」

隨從們雖不明究竟，仍依了公子的吩咐，放那獐子逃去。陳傑等人同感染到姚奐的心情，個個變得無精打采，蔡繹用鞭子將積雪抽得亂飛。

衛尙思一拳擊在旁側松樹上，道：「也不知刑場那邊究竟怎樣了？」

姚奐看了看天色，恨恨道：「他們就這麼急著將小謝處死，也不怕將來眞相大白……」

「你們這就不知了。」幾名少年公子當中，衛尙思有遠房親戚在刑部供職，他壓低聲音道：「他們偏就急著讓這案子成爲死案，只要是聖上親定的案子，人殺了，即使將來眞相大白也不可能翻案。若翻案，豈非明擺著說聖上殺錯了人？」

「難道小謝就白白冤死了不成？」

衛尙思看著空中密集的雪雲，低聲道：「殺的是小謝，矛頭對的卻是……只要小謝這個案子成了定局，朝中不久就會風雲變色，唉……」

姚奐心裡堵得十分難受，與謝朗光著屁股一塊兒長大、結伴調皮搗蛋的往事湧上心頭，他絕不相信謝朗會是殺害鐵泓之人，可他又能做些什麼呢？薛閣主到現下還沒趕回來，京城已張貼了詔書，謝朗將於今日午時處斬！他不忍待在京城耳聞目睹那血淋淋的事實，只得邀了陳傑等人出城狩獵，以排解鬱悶的心情。

「快看！那是誰？」

「天呀！是薛閣主！薛閣主趕回來了！」

少年公子們看著遠處山路上疾馳而來的一匹鐵甲棗騮駒和馬上披著鶴氅的藍衣女子，皆大聲狂呼。

可他們的歡呼聲不久便卡在了喉間，山路邊的樹林裡突地衝出來十餘名勁裝蒙面人，爲首之人長劍直刺薛蘅坐騎。薛蘅怒叱一聲，「叮」的一聲擊開那人長劍，同時猛地提韁，鐵甲棗騮駒久經陣仗，四蹄騰起，避過接踵而來的攻擊。

但對方畢竟人多勢眾，薛蘅怕這匹平王派人半路送來的千里駒有個閃失，自己更不可能趕回涑陽，只得飛身下馬，與勁裝蒙面人們激鬥起來。

「怎麼辦？」少年公子們全看著姚奐。

姚奐咬咬牙，抽出腰間長劍在自己坐騎後臀拍了拍，馬兒旋向北衝出幾步。姚奐又用力在馬臀上刺下，那棗色馬頓時悲嘶一聲，朝正激戰著的人群衝去。

少年公子們會意，紛紛將獵犬往那邊趕。一時間，馬兒悲嘶著狂奔、獵犬在後狂吠著追趕，轉眼即將那十餘個勁裝蒙面人衝得七零八落。

「哎呀！不好了！馬受驚了！快幫我們攔住啊！」姚奐等人大呼小叫，衝將上去。

眼見那些人還要糾纏住薛蘅，姚奐舉著長劍裝成受驚的倉皇模樣衝過去，「唰唰」幾招，阻擋住那些人的招數。薛蘅趁此機會，足尖一點，掠上了鐵甲棗騮駒。

那批蒙面人認出這些都是京中各高官清貴的子弟，也不敢傷著他們，只得揮拳亂打，想把這些公子哥兒衝開。混戰中，姚奐被某個蒙面人一拳擊中鼻子，鼻血長流。他「哎喲」一聲，揮舞著長劍把那人刺傷，又跌跌撞撞地爬上一匹馬，口中不停胡亂叫嚷，在山路上橫衝直撞，將追來的蒙面人都擠得掉下了山丘。

薛蘅此時認出了幫助自己的，竟是曾有過一面之緣，還向自己叩過頭的姚奐。她勒住馬韁，看了看姚奐，清冷面容露出一絲笑意，點頭道：「你那幾招劍法耍得還不錯。」

姚奐大喜過望，只覺能得到天清閣閣主一聲誇獎，遠勝過去十幾年所有授藝師父的稱讚。他揩了一把鼻血，朗聲道：「多謝太師叔祖誇獎！」

而薛蘅已揚鞭策馬，轉瞬消失於風雪之中。

過了這個山丘，前方便可見到涑陽城巍峨的城牆。縱馳間，薛蘅彷彿聽到一聲清亮的呼喚：「蘅姐！」

三十　嶙峋突兀是人心

「蘅姐！」

熱切的呼喚猶在耳邊，眼底越來越溫熱。數月的風霜困苦、一路的慘烈拚殺，終於聽到這聲清亮高亢的呼喚。他熾熱的雙眸穿透風雪，引著鐵甲棗騮駒如同離弦之箭，自長街直奔太清宮。

穹空中厚厚的雲層疾速移動，北風烈時，忽有寒光自長街一側激射而來！預料中的截阻，猝然發動！

薛蘅眼神陡然凝定，手腕一翻，「叮」的一聲，湛風劍將一枝黑翎箭擊落在地。剎那之間，棗騮駒已奔出數丈遠，但凌厲的風聲如影隨形，破空射來。

長街兩側的高簷屋脊後，不知隱藏著多少防備有人劫法場的高手，此刻都要阻止她的疾馳。

箭雨織起密密羅網，薛蘅棄韁提身，湛風劍挽起千萬朵劍花，「叮」聲連響，數十枝長箭瞬如麥稈折落。她安然落在殘雪覆蓋的長街上，棗騮駒卻悲嘶著逐漸跪下前蹄。

無暇多想，她足尖勁點，向前飛掠。縱使知道要於一個時辰內，在這風雪中運輕功奔向太清宮，請到景安帝的旨意再回法場救下謝朗，實在難於登天，但她沒有別的辦法，只得繼續向前飛奔。她僅想著，每過一秒，死亡的陰影便會向他靠近一分。

許是見她失去坐騎，高簷屋脊後的黑影們收起了弓羽。

「閣主上馬！」斷喝聲傳來，巷口忽然有人騎馬衝出，是陸元貞。

薛蘅拔身而起，陸元貞急滾下馬。薛蘅落在馬鞍上，力夾馬肚，向前疾馳。

勁弦聲再度響起，薛蘅提劍在背後用力凌空斬下，劍氣由劍尖吐出，將積雪劈得飛濺開來。勁風激得射來的利箭失了準頭，待黑影們發出第二輪箭雨，一人一騎已衝出了弓矢之圍。

轉過東市長街，前方是靖安坊。

寒風絞動，暴雪封空，行刑之日，靖安坊的百姓閉戶不出，滿街唯見皚皚白雪和重重朱門。

令人窒息的肅殺之氣，在薛蘅策騎衝過靖安坊大街時，陡然濃烈。所有人俱攻向她身下的坐騎，所有人都明白，毋須殺她也不能殺她，僅須成功攔住她！只要擋下她一個時辰，謝朗就將人頭落地！

「噗！」不知何人的利劍沒入了馬肚，馬兒慘嘶聲驚得朱門角獸上的寒鳥簌簌而飛。

忽又有數十名蒙面人從兩側小巷湧了出來。當先的綠衣女子身形婀娜，她率眾衝向攔截薛蘅的人，急呼：「閣主上馬！」

薛蘅半步不停，飛身上馬。她沒回頭瞧看背後的搏殺，目光始終投向前方——城西的太清宮。

天低雲暗，風雪在耳畔呼嘯。

望見太清宮朱紅色的宮門時，薛蘅藍色衣衫上已是血跡斑斑。

她一挺背脊，自馬上騰身而起，落在兩儀門前。

羽林軍副統領韓遙迎上前，嘴角含笑，話卻說得不留半點餘地，「薛閣主，聖上有旨，今日不接見任何臣子，違者斬無赦！」

薛蘅側頭看了看兩儀門一側的日晷，已然過去了半個時辰。

她將玉牌遞至韓遙面前。韓遙仍執禮甚恭，照樣不退半步，「實在對不住閣主，聖上嚴旨，韓遙不敢違抗。」

「既是如此，我也不爲難韓副統領……」薛蘅緩聲道，藉機穩下急促的氣息。待韓遙稍有鬆懈，她劍氣一激，韓遙及背後的數人爲她氣勢牽引，不自覺地各自移步準備接招。

薛蘅卻倏地收劍，如泥鰍般自眾人身形縫隙間穿過，待韓遙反應過來，她已突入了兩儀門。
她知道景安帝平日在太清宮中的承香殿靜修，入得兩儀門，便飛奔向東北角的承香殿。
韓遙及羽林軍們卻未跟來，薛蘅正覺奇怪，驀然心尖一跳，一股寒意襲上，氣息一窒，硬生生在自雨亭前停住腳步。
自雨亭中，一位老者平靜地看著她。他頭髮全白，似已直不起腰，滿是皺紋的面容上不見半絲殺氣，雙目空洞，帶著些寂寥又帶著些漠然，好像世上再沒有什麼能縈入他的眼中。
他那樣隨意地站在亭中，彷若有一堵無形之牆，封死了薛蘅的任何一條去路！無可抵擋，無從突破！
此人正是大內侍衛總管——左寒山！
汗，濡透了薛蘅的背心。
她忽地舌綻春雷，聲音在太清宮內久久迴響，「天清閣薛蘅，求見聖上！」
左寒山瞇起眼，淡淡道：「薛閣主，聖上現在密室靜修，聽不見任何聲音的。」
從自雨亭至承香殿，只有短短一條路，薛蘅卻忽然間覺得，這是她人生中最漫長的一條路。她壓下心頭的絕望，看著左寒山，誠懇道：「左總管，忠臣良將命懸一線，您就忍心袖手旁觀麼？」
左寒山的眼神依然空洞，話語依然淡漠，「薛閣主，我在這宮中待了六十個年頭啦。」
薛蘅一怔，不解他此刻爲何突發此言。
「六十年，這般漫長……」左寒山喟歎著，「在我眼中，早就沒了忠臣奸臣之分，只有『皇命』！聖上既降嚴旨說不見任何臣子，我自然只能將所有人都擋在承香殿外。」
薛蘅的冷汗涔涔而下。
左寒山一抬手，指向東面，「閣主請看，方先生在那兒可坐了老半天。」

薛蘅轉頭看去，鏡臺下，方道之盤膝而坐。他回望著她，無奈地搖了搖頭。

薛蘅心中一涼，繼而空荒荒的，恍有寒冷利刃刺入了胸口。她下意識回首看了看東市的方向，再轉過頭時，猛然向左寒山笑了笑，平靜道：「左總管，亡母提起您時推崇備至，說您一生未嘗敗績，堪稱宇內第一高手。」

「故薛先生過獎了。」左寒山眼睛眯成了一條縫，但他氣場所凝出的那道「高牆」仍不露半點破綻。

「亡母還說，當世只怕尚沒有一人，能正面接下您十招。」

左寒山歎了口氣，有種難求一敗的落寞，「二十年前倒是有人能正面接下我十招，但今日……唉，也不知什麼時候可以會一會傅夫人……」

薛蘅目光一凝，緩緩道：「薛蘅不才，願正面接左總管十招。若薛蘅真能接下您十招，不知左總管可願替薛蘅將這樣東西轉呈聖上？」

她從懷中取出帳冊，遞到左寒山面前。

左寒山看了看帳冊，又看向薛蘅，片刻後忽然呵呵笑開，「有意思……我還真挺好奇，薛閣主要怎麼接下我這十招……可是，薛閣主，我如果不想和你比試呢？」

薛蘅淡淡一笑，「六十年，對於左總管來說，可能已無忠奸之辨、生死之分。天下之大，唯只一個堪與您匹敵的對手，才是您孜孜以求的吧？」

左寒山的腰佝得更深了，他盯著薛蘅，空茫雙眸中驀地閃過一道光芒。

薛蘅將帳冊擱放在亭中的石几上，湛風劍起手端平，輕聲道：「晚學後輩薛蘅，請左總管賜教！」

「鬼手怪劫……」

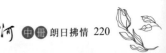

德郡王望著棋盤，溫潤的棋子在指尖摩挲，每摩挲一小圈，眼神便凝重一分。終於，他推枰起身，大笑道：「謝將軍這局鬼手怪劫果然高明，本王認輸！」他笑得很大聲，只是笑聲中殊無喜悅，反而有一絲無奈與沉痛。

謝朗微笑著站起身，向德郡王行禮，「多謝郡王送謝朗最後一程！」

德郡王凝望他片刻，頷首道：「好！好！好！」說罷，他長歎一聲，閉上了雙眼。

紅蕖等人早哭倒在雪地上，沙漏那般分明，恍若冥界大門悄然開啟。

謝朗望向長街盡頭，雪花凌亂飄揚著，她離去時的藍色身影猶在眼前，可嘆只能來生再見了……只願來生，能看著你，每天在我的肩頭醒來。

雍王嘴角微勾，向郭煥遞了個眼色。

郭煥一揮手，劊子手立時上前，將謝朗推到了刑臺前的旗杆下。

郝十八被禁軍死死按壓在地，拚命嘶嚎。謝朗靜然看著他，微微搖了搖頭，他的聲音由嘶啞終至無聲，眼中慢慢流出絕望的淚水。

「斬訖報來！」

斬令又再擲下，劊子手再次深吸一口氣，將斬刀舉高。

刀鋒高舉，映著地上血紅色的斬令，彷似鮮血在鋒刃上蔓延。

謝朗深深吸了一口氣，讓清涼的寒風充溢肺部，然後緩緩闔上了眼，天地在這刻乍然沉寂……

「刀下留人！」

忽有一個蒼老的聲音不疾不緩地傳來。這聲音說得很平靜從容，彷若一個老者輕聲對晚輩閒閒地說著話，話初起時聲音還在長街盡頭，可話落下時，已到了法場中央。

眾人眼前一花，倏見一名青衣老者站在了謝朗身前。

劊子手卻難以收勢，斬刀依舊挾著雷霆之風落下。眼見就要落在謝朗頸間，青衣老者微微抬手，虛空一點，斬刀霎時飛上半空，劊子手只覺一股排山倒海之力推來，迅如斷線紙鳶般向後直飛，跌在刑臺之上。

許久才聽見「噗」的一聲，斬刀落下，沒入法場一側房屋挑簷中，唯只見露在外頭的刀柄仍在劇烈震動。

青衣老者轉過身看向德郡王，德郡王長吁了口氣，欣慰地點了點頭。

青衣老者又看看面色灰白的雍王，雍王縱是皇子之尊，也不得不彎腰向他行禮，澀聲道：「左總管，可是父皇有旨？」

一聽這位青衣老者竟是被傳成陸地神仙般的人物、宮內三大侍衛總管之首的左寒山，法場內外數千人大氣都不敢喘，一時間，所有的目光全凝在他身上。

左寒山瞇起眼來，忽然捂著胸口輕咳一聲，繼而微微一笑。他聲音不大，卻讓法場內外數千人皆聽得清清楚楚。

「聖上有旨，謝朗一案，由於有新的證據，著將其押回天牢，三司擇日重審。」

一片混亂中，謝朗復被戴上枷鎖，推回囚車。他沒去看喜極而泣的郝十八和紅蕖，也沒看滿面鐵青的雍王，他的目光只死死地盯在左寒山的衣襟一角。那處，有數點殷紅血跡，宛如一朵朵火紅之花。

是誰的熱血染紅了那襲青衫？

接下來的七天，對謝朗來說，比先前幾個月更加難熬。

當他終於看到天牢外溫煦的冬陽時，顧不得依然囚衣在身，立即衝到陸元貞的面前，連聲問道：「蘅姐呢？她在哪裡？」

陸元貞微微一愣，正不知如何回答，背後有人大笑道：「小謝！」

平王披著雪貂裘急步走來，一把攬住謝朗的雙肩，縱聲大笑。

下了一月有餘的大雪總算停了，平王眸中漾著如冬陽般的暖意。他百感交集地看著謝朗，良久方輕聲道：「小謝，你受苦了。父皇召你入宮。」

謝朗換下囚衣，接過小柱子遞上的黑氅，大步跟上平王，「王爺……」

平王停步回頭，微笑著望向他。謝朗猶豫片刻，問道：「王爺，蘅……薛先生呢？」

平王神情一黯。謝朗看得分明，臉色大變，猛地攥住平王的左臂，急道：「蘅姐她怎麼了？」

平王怔了怔，看著眼前之人，再與陸元貞眼神交會，皆自心底暗暗地抽了口冷氣。

誰也沒注意到，不遠處停著一輛碧紗七香車。車內，柔嘉挑起淡紅色帷簾，望著謝朗，嫣紅的雙唇一分分失了血色。

太清宮西南角的雲臺是一處三楹小殿，殿內瀰漫著淡淡的藥草氣息。

謝朗隨著平王踏入殿門內，急急衝到床前。

宮床上掛著的青羅紗帳讓床上躺著的人似籠罩在一團青霧之中。她那麼安靜地躺著，似正做著一個寧謐的夢，但她面色卻是一片毫無生氣的灰白，讓人不忍直視。

薛忱抬頭睇看謝朗一眼，暗暗歎了口氣，推動輪椅出了殿門。

謝朗在床前呆立良久，慢慢地在床沿坐下。

這縈繞在夢中的素顏，這雙清瘦的手……

謝朗慢慢地伸出手去，指尖輕輕碰觸著她落在錦被外的右手。

她的手指無比冰涼，似寒冰一下子穿透他的肺腑。他驀然一震，猛地將她的手掌覆入掌心，緊緊握住，用盡全部的力氣握著，彷彿今生今世，再也不會鬆開……

「蘅姐……」

十月間，景安帝便命弘王開府建制，並將皇宮西南面長期閒置的興慶宮賜給他做爲王府。景安帝病情時好時壞，政事多由弘王攝理。其時平王被禁、謝朗下獄、裴無忌反出邊關，朝野揣摩風向，莫不認爲平王失勢，景安帝已屬意弘王爲太子，興慶宮一時成了炙手可熱之處。

可風雲突變，天清閣閣主在最後關頭趕回涑陽，連環案眞相大白於天下。景安帝震怒，謝朗無罪開釋，風桑、張保下獄，平王重返朝堂。在所有人看來，興慶宮華美的琉璃瓦，在積雪壓覆下似已失了些光澤。

興慶宮內，弘王此時的臉色亦同簷上的琉璃瓦，滿面冰寒。

雍王從未見過長兄對自己擺出如此顏色，心中畏葸，面上仍涎皮笑道：「皇兄放心，張保的族人都捏在我們手掌心裡，他不敢……」

弘王狠狠踹了他一腳，罵道：「張保做下那混帳事，你也跟著頭腦發熱不成！他一個十府府尹，保不住就毀得乾淨點，你居然還聽他的唆使，調人去截殺薛蘅！柔嘉都險些喪命，這不明擺著把火往我們身上引麼？若非我見機快，把那些受傷被俘的人先給料理了，你我現下還能安坐在這裡？」

雍王低垂著頭，默不作聲。

弘王怒極反笑，「你到底收了人家多少？」

「這個……」雍王囁嚅半天，湊到弘王耳邊吐說幾句話。

弘王怔了半晌，忽地起身抓起一把椅子，將近身的瓷器砸了個粉碎。

雍王嚇得縮入牆角，待弘王坐回椅中，急促的喘氣聲平復了些，他才又湊到弘王面前，「皇兄，你放心。若是父皇眞要追究，我死扛著就是，反正帳冊中也沒寫著是送到了皇兄的莊子裡。」

「呸！你還有臉說！你這不長進的混帳東西，爲了貪那點小錢，把老子也拖下水！我何曾收了你的黑錢？也不動動腦子想想，我若坐上了大位，這天下都是我們的，你想要什麼不成啊？你就那等沒出息！如今好了，什麼都沒了！還把風桑扯了出來，你知不知道我花了多大力氣才埋下了這根釘子？」弘王暴跳如雷，一巴掌把雍王打翻在地，猶自覺得不解恨，又繼續一腳一腳往他身上踹去。

雍王身上劇痛，一邊躲閃，一邊分辯：「大哥，別打了，別打了！哎喲……大哥、大哥，你以爲那錢光是我一個人吃的麼？我哪有那麼大膽子啊？你想想，咱們在朝裡要籠絡大臣、招兵買馬。還有，饑荒來了，要施捨災民好收買人心，還得賄賂東桑、南梁、北梁等蕞爾小國的君臣。這裡裡外外的打點，哪裡不需銀兩？你以爲我會下金蛋麼，我、我這也是爲了咱們的大事呀！」

見弘王仍是一副要將自己生吞的怒容，雍王將心一橫，梗著脖子道：「皇兄，反正銀子你也有一份，雖說你當初收的時候不曉得是張保送的，可現下你也沒法把銀子給吐出。咱們是拴在一條繩子上的蚱蜢，你說怎辦吧？」

一年前風桑因爲私自倒賣軍馬糧草一事被弘王抓住把柄，硬給拖下了水。自此之後，他想著有弘、雍二王撐腰，更加有恃無恐。張保見這買賣油水很足，不禁眼紅不已，也想從中分一杯羹，於是暗中稟告了雍王，提議乾脆和風桑一同合夥發財，有錢大家一起賺。雍王一想，皇位自己鐵定是沒份的了，還不如多撈點錢更實際，遂欣然同意。不料正當他們賺得盆滿缽滿之時，先是風桑被鐵御史發現了蛛絲馬跡，然後張保貪墨一事又遭裴無忌揭發。慌亂之下，張保和風桑便趁神銳軍鬧事之機，殺人滅口，逼反裴無忌，又挑唆張若谷去刺殺鐵御史。豈知居然和來查探的謝朗撞上了，雍王和張保一時陣腳大亂，只得順水推舟地嫁禍於謝朗，欲渾水摸魚，趁機砍去平王一臂。儘管此事做得不算太乾淨，但在弘王的操縱之下，事情眼看就要成功了，沒想到半路殺出個薛蘅，讓他們功虧一簣。

眼下弘王只覺十分頭大，當初爲培植勢力，才著意把雍王籠絡在自己身邊以爲助力，卻不料這個皇弟竟如此不成器，收受黑錢、激起兵變、暗殺鐵泓、陷害謝朗，竟都事先不向自己請示，枉自己事後接連替他收拾爛攤子。眼下己方如此被動，眼見平王正步步反擊，若將自己辛辛苦苦布下的局毀於一旦……

可現今不保雍王也不成，這麼多年，兩人的利益早已緊緊地綁在一起，他若倒了，自己的幾樁事情保不定會被平王揪出來大作文章，屆時即使母妃如何籌謀也無濟於事了。

他沉吟許久，壓下怒火，冷笑一聲，「張保的事好辦，激變的事是他自己弄出來的，至於貪賄……貪就貪了，收就收了。收他銀子的，也不止你一個，父皇若真要大動干戈，朝中恐怕一干人都要坐不住，到時朝局動盪，他也得想一想後果。眼下，最難辦的在於風桑……」

「正是。」雍王連忙點頭，正要大發宏論時瞧見弘王的面色，忙把話嚥了回去。

「倒賣軍糧，致使前線軍隊與丹軍作戰時糧草不繼，被困赤水原；將戰馬倒賣給北梁和丹國，從中牟取暴利……這隨便一條，都足以令你我永世不得翻身！」弘王越想越頭疼，「更何況，還有《寰宇志》的事，萬一把……」

雍王等了半天，見他沒有說下去，便小心翼翼地問道：「皇兄，那現下該怎麼辦？」

弘王負著手在室內踱了數回後，停住腳步，「張保是再也保不住的了，你讓刑部的人遞個話，他若還想有後人給他燒香上供，就把激起兵變、構陷謝朗、追殺薛蘅的事情全攬下了，別牽扯到你頭上！」

雍王暗喜，連連點頭。

「至於風桑……」弘王冷瞥了瞥嘉儀宮的方向，「他不一直都是老四的人麼？做下什麼事情，又與我們何干？」

雍王張著嘴，半天憋出一句：「可他若招供出是被我們收買了呢？」

弘王氣得再踹了他一腳，恨鐵不成鋼地說道：「你養著刑部那幫子人是吃乾飯的？只要風桑一死，死無對證，咱們只往老四身上栽，不就成了一樁無頭公案了麼？自古以來，說不清道不明而後不了了之的案子還少了麼！」

雍王頓時茅塞大開，拍著大腿讚道：「還是皇兄英明！」

「你以後少給我……」弘王欲待再罵，想起他還有重用，總算壓下怒火，語重心長地道：「二弟，不瞞你，皇兄我已經布了個局，只要大計得成，老四永無翻身之日。你千萬莫再生事端，咱們熬過這一年半載便……」他乍地想起一事，搖頭道：「不妙！有一個人無論如何得解決掉，否則……」

「誰？」雍王忙趨近問道。

弘王唇邊露出意味深長的笑容，悠悠道：「她醒不來最好，她若醒來的話……薛勇也快要到了。在他身上花了那麼多心思，這回總得用在鋒刃上才好。」

紫宸殿內，景安帝眸色深晦凝視著平王，平王始終端然而立，十分恭肅謹順的模樣，並無不自在的神態。

「可惜了……」

景安帝視線在平王臉上停留片刻，心內暗歎一聲，面上卻帶了幾許和煦的笑意，「最近身子好點了沒有？還覺得頭暈麼？」

平王躬身答道：「好多了，謝父皇關心。大概是前陣子累了點，歇息歇息就好。」

景安帝「哦」了一聲，又問：「神銳軍進關的事情，辦得怎麼樣了？」

「稟父皇，兒臣已命徐烈帶著父皇的旨意前往大峨谷，與孫恩協調後，裴無忌會首先孤身入關，待他入關後，再每隔十日，放神銳軍一個營入關。同時兒臣也調了一萬東陽軍前往邊關，嚴密防範丹軍再度趁火打劫。兒臣命孫恩嚴查寧朔軍中的丹軍細作。當初參與『譁變』的將士，會與裴無忌一起到京城投案，由兵部按制處置。」

「嗯。」景安帝頷首，歎了口氣，「這段時日，眞是委屈……謝朗了，你代朕多撫慰撫慰他。」

平王聽出景安帝話語略略停頓的意思，忙跪道：「雷霆雨露皆是君恩，謝朗必不會有怨念的。」

景安帝欣慰地點了點頭，「嗯，柔嘉對他一片癡心，居然還跟著薛先生去查案，謝朗的駙馬身分也一併恢復了吧。過了新正，天氣暖和些，就給他們辦喜事。」

「兒臣代謝朗謝過父皇隆恩。」平王笑道。

景安帝又和聲道：「老四，你看一看。」

平王忙上前接過景安帝手中的摺子，看罷，低著頭發怔，許久都說不出一句話來。

「你可是對朕這樣處置感到不滿？」

「兒臣不敢。」平王忙躬身行禮。

景安帝再歎一聲，雙手撐著紫檀木龍椅，但他雙腿乏力，一時竟無法站起來。平王忙箭步上前，將景安帝扶起。

景安帝在平王的攙扶下走到窗前，望出去，鱗次櫛比的宮殿屋頂皆被白雪覆沒，不遠處，內侍總管正指揮著小太監們輕手輕腳地鏟去院中積雪。

「張保的帳冊上，收取他銀兩的官員占了朝中五品官以上的半數，眞要追究下去難免掀起軒然大波，人人自危，還不定咬出多少見不得光的事情，朝局就會動盪不安……」

平王遲疑了一下，輕聲道：「兒臣覺得，這是一次整飭吏治的好機會，可以……」

景安帝搖搖頭，打斷了他的話，「乾安三年，昌帝亦曾痛下決心欲整頓吏治，還設立了年察之制，到最後卻不了了之，你可知是何原因？」

不待平王回答，景安帝將目光投向遙遠天際北塔的塔尖，聲音低沉，「官員貪污腐敗，當位者有時不能太較眞。皇權並非眞的至高無上，有時不得不和官吏們的利益妥協，官吏若都查盡了、都殺光了，朝堂上還有誰來替朕辦事？人啊，總是自私的，就算再提另一批人上來，仍照樣有貪腐之事。眼下咱們國庫空虛，北有丹國虎視眈眈，南邊叛軍亦未曾平定，萬不能再自亂陣腳。吏治腐敗，絕非一時一日可以整治好的，只能慢慢來啊……」

平王默默地聽著，咀嚼著景安帝的這番話，心中百味雜陳。

景安帝拍了拍平王的手臂，喟歎道：「你再過幾年，就能將這些官吏的種種齷齪心態了然於胸。你別光想著怎麼去查他們、去殺他們，你該學會怎樣去駕馭他們，有時，還得學著和他們妥協。你不單要學會分辨忠奸，更得學會看他們背後的利益所繫，並在各方的利益博弈中取得平衡……」他一下子說得急了點，氣促之下不禁咳嗽起來，平王連忙上去爲他順氣。

意識到兒子未必理解自己的這一番帝王心術，景安帝忙止住。待氣息平穩下來，他目光再度掠過平王的臉，心中忽生一陣煩躁之意，話語也嚴厲起來，「風桑的罪行，雖是他自己犯下的，你也不能推卸責任！如何管束部下，你回去好好反省吧！」

平王連忙認罪謝恩，出了紫宸殿，他攏著手在宮中走了許久，對近來景安帝待自己喜怒無常的情緒頗爲不解。

走出玄貞門，平王凝望天際，覺得那濃重的陰雲彷彿重重地壓在自己心頭，似乎有時能從中透出一束璀璨陽光，又好像隨時會有暴風雪朝自己撲來。

究竟是何原因呢？他思忖著，下意識喚道：「小謝！」

陸元貞在玄貞門外等了半天，忙過來道：「王爺。」

平王抬頭見是他，眉頭微蹙，好半天才道：「小謝還守在太清宮？」

「是。」陸元貞欲言又止。

平王也覺頗爲棘手，壓低聲音道：「依你看，難道他真的和薛先生……」

陸元貞悚然不語，許久才恨聲道：「這小子昏了頭了！」

「我看他是剃頭擔子一頭熱。不行，得趕緊把他和柔嘉的婚事給辦了，萬不能再起風波了。」平王匆匆跨上馬，道：「走，赴太清宮！」

自雨亭中，石几似被利斧從正中劈開，一半斜倒在地，另一半卻化成了無數碎石。

柔嘉坐在自雨亭中，望著滿地碎石，十指緊揪著雪狐裘，以往亮如星辰的眸子裡如今蓄滿了無限心事。

「公主，這裡風大，還是……」抱琴憐惘地看著她。

「抱琴。」

「嗯。」

「左總管篤定以爲薛先生接不下他十招吧？誰知……」她悲涼地笑了一下，「她卻是以命相搏，接下了這十招。」

抱琴默然垂頭，許久方低聲道：「薛閣主無論如何都闖不過左總管這一關的。若非誘使左總管答應她，只要能正面接下他十招便轉呈帳冊，恐怕無法及時救下……駙馬爺。」

柔嘉又笑了一下，低低道：「聽說明遠哥哥在刑場上，當著那麼多人的面喚她一聲『蘅姐』。這些天，他又寸步不離地守在這裡，連家都不回，他定是很感激她吧？也是哪，救命之恩……」

抱琴不敢接口，亦不知如何勸解。

柔嘉沉默許久，低下頭，晶瑩的淚珠淌落在雪狐裘上。

「其實，我也可以……捨了性命的。」

「公主……」抱琴忍不住上前抱住她的雙肩。

柔嘉驀然掙脫抱琴的雙臂，站了起來，秀麗嬌顏上滿是倔強之色，「我們去看望薛先生，她若醒了，我要謝謝她救了我的駙馬。」

雖然放了兩日的晴，陽光卻似乎無法照進雲臺的三楹小殿中。

薛蘅的呼吸和脈博穩定了一些，但她始終沒醒來。她拚著性命接下的第十招，是左寒山平生最得意的「風雲斬」，她接這一招時，靠著的石几斷裂成兩半。據說當時觀戰的方道之霍然失色，而左寒山站在原地，不可置信地說了一句話：「真的接了十招……」

薛蘅只是淺淺含著笑，雙手將帳冊遞給左寒山。待左寒山依諾進密室向景安帝呈上帳冊，她才後退兩步，軟倒在地上，臉上猶自帶著一絲笑意。而她壓著的那一半石几猛地迸裂開來，四分五裂！

每當想起方道之轉述的當時情形，謝朗便覺椎心疼痛。無論誰來好言相勸，他都只固執地坐在她的榻前，竟夜相守。

「蘅姐……」沒有旁人時，他馬上握緊她的手，輕聲呼喚。

輕盈的腳步聲踏入殿門。

「明遠哥哥。」少女嬌柔的聲音帶著欣喜，又帶著不安和忐忑。

謝朗默默站起身來，端正行禮，「謝朗拜見公主殿下。」

柔嘉的笑容瞬時僵在臉上，數月的風霜困苦，換來的竟是他這般生冷疏離的稱呼。

她克制著，再度對他綻放嫣然一笑，「明遠哥哥，你瘦了。」

謝朗側頭看著昏迷中的薛蘅，心中一痛。

看著他的神情，柔嘉僵硬地保持著微笑，走到他身邊柔聲說道：「薛先生好些了麼？」

「多謝公主關心，蘅姐已經好多了。」謝朗退後兩步。

柔嘉覺得心中的某種情緒已然瀕臨失衡。她仰著頭，嘴唇微顫，「明遠哥哥，你還是先回家歇息吧，你都守了這麼多天。你放心，我問過左總管，他早先替薛先生續上了心脈。薛先生會醒過來的，她不會……」

「她當然會醒過來！」謝朗忽地打斷了她的話，又躬身道：「公主，這裡有病人，您萬金之體不宜久留，還請您回宮吧。」

柔嘉頓時呆住，怔怔地望著他，察見他微抿唇角，似在倔強而執著地表達某種態度。柔嘉正覺自己快要崩潰之時，腳步聲紛沓響起。

「小謝！」

平王和陸元貞並肩進殿。

見到柔嘉，陸元貞雙眸一亮，平王則輕聲笑道：「柔嘉也在啊。」

平王走過來揪了揪柔嘉的頭髮，帶著溺愛口氣責備道：「以後可不能再偷跑出宮了，雖說是爲了救明遠，你也不能讓母后急出病來。」

柔嘉滿懷期待地睇看謝朗，他的目光卻仍凝在薛蘅身上。那樣溫柔而沉痛的目光，以往十多年，她從未在他眼中看到過。

柔嘉心中涼透，愴然後退兩步，緊揪著雪氅，失神落魄地往殿外走。

陸元貞瞪視謝朗一眼，提衫追了出去。

平王盯著謝朗，他卻渾然不覺，只輕輕地替薛蘅掖好被子。

平王深吸了一口氣，正思忖著如何措辭，一直在殿角煎藥的薛忱忽地抬頭，微笑道：「藥好了。明遠，你來還是我來？」

謝朗一個箭步奔過去，接過小坎手中的藥碗。薛忱取出銀針，刺入薛蘅牙關和喉間穴道，再輕輕將她牙關掐開。謝朗一匙又一匙，小心翼翼地餵入她口中。

平王怔然立於一旁，心中某種震動漸漸擴散開來。

「柔嘉！」陸元貞焦灼地追趕上來。

柔嘉不願讓人瞥見自己快掉落下的淚水，聽到背後的腳步聲緊追不捨，她驟然停步，並不回頭，冷冷道：「什麼事？」

話雖冰冷，卻隱含著嗚咽。陸元貞看著她竭力挺直的背脊，一時竟無從開口。安慰？她又不是他的誰，他更不是她的駙馬……這一刻，他只恨那一年在銀杏樹下接住她的，爲何不是自己。

好半天，他才鼓起勇氣開口：「柔嘉，你……這兩個月在外面，是不是吃了很多苦？我看你瘦好多啊。」

柔嘉眼中的淚水成串滑落。終於聽到了夢寐以求的這句話，卻不是「他」說的！

她提起裙裾發足狂奔，奔過自雨亭時，腳下一滑，跌坐在雪中。不待陸元貞和抱琴追上來，她掙扎著爬起，飛快地消失在月洞門後。

她奔跑時衣袂生風，帶得松枝上的雪簌簌垂落，掉在雪地上，宛若有淚水濺上了陸元貞的衣襟。他呆呆站著，低不可聞地喚道：「柔嘉……」

薛蘅脈息日漸平穩，所有人能做的，僅只靜靜地等著她醒來。

薛忱這日替她診過脈，放落了大半顆心，想起還有一個病人在等著自己，便叮囑了小坎和謝朗幾句，又趕回到謝府。

謝府上下早將薛蘅和他視為救命恩人。薛蘅因為受的是內傷，不能移動，蒙聖恩在太清宮養傷，旁人探望不得。謝峻於是親自出面，將薛忱請到謝府居住。

薛忱在秋梧院門口，好不容易又婉拒了一回四位姨娘的盛情厚意，由啞叔推回房中。

剛推開門，風聲響起，一件東西迎頭砸來。

啞叔卻似沒看見一般，任那本書砸中薛忱胸口。薛忱「啊」的一聲，捂著胸口揉了幾下。

躺在榻上、右腿纏著紗布的裴紅菱總算消了點氣，卻仍大聲道：「我看你這『薛神醫』是浪得虛名！只說很快就好、很快就好，可我今天還是這麼痛！你是怎麼醫治你的救命恩人的？」

「還很痛麼？怪了……」薛忱眉頭微蹙，推動輪椅到榻前，診了一下她的脈搏，又俯身查看她的右腿。

「當然很痛！痛得我……」

裴紅菱看著薛忱修長白淨的手指就要按上自己的小腿，乍然想起那日遭人截殺，她伏在他身上替他擋了一刀，當時他反抱著她，拚命喚著她的名字，聲音中有掩飾不住的焦灼。

過去的十八年，還從未有一人像他那般喚過她的名字。她心臟忽像漏跳了一拍似的，話也說不下去了。

薛忱瞥見榻下有一大盤啃剩的雞爪子，手指在紗布上輕輕碰了碰便收回來，肅容道：「只怕是傷勢有了反覆，看來得來點猛招。」
「猛招？」裴紅菱一把坐正了，嚷道：「什麼猛招？」
「有一年呢……」薛忱推動輪椅，到一邊的藥箱中翻了把藥剪出來，看著裴紅菱驚疑不定的神情，道：「五弟養的一隻牧羊犬掉到山崖下，摔傷了兩條腿，但沒有全斷，用了大半個月的藥還不見好。牠天天痛苦地哼哼，白天也叫、晚上也叫，叫得整個天清閣都不得安寧。三妹便想了招狠法子，索性徹底打斷牠那兩條腿，再用閣中祕藥『黑玉斷續膏』將牠接上，果然半個月後，牠就行走如常了。只是可惜了那一瓶『黑玉斷續膏』，整個天下只剩三瓶……」
眼見薛忱握著的藥剪越靠越近，裴紅菱一聲驚叫，倏地從榻上躍起，單腿跳開去，連聲嚷道：「不用了，不用了！『黑玉斷續膏』如此名貴，還是留給別人用吧。」
「裴姑娘不是痛得很厲害麼？你是我的救命恩人哪，若不是你替我擋了一招，我可就……救命之恩，怎能不報？」薛忱滿面關切之色。
「不用報，不用報……」裴紅菱頭搖得像撥浪鼓，「應該的、應該的，你幫我大哥洗冤，我救你一命，咱們扯平了。」
「可是，你這麼痛……」
「不痛了，現在已經不痛了。」裴紅菱單腿跳了幾下，又將右足放在地上，拄著枴杖走了幾步，笑道：「奇怪，薛神醫一回來，就不痛了。」
「那就好。看來從今兒個起，裴姑娘能夠出去走一走，老悶在房裡，傷勢容易反覆，擾了謝府上下的清靜，可不太好。」薛忱微笑著收起藥剪，推著輪椅出了房門。
裴紅菱嘻嘻笑著，跟著出了門。

裴紅菱在院子裡拄著枴杖來來回回走了幾圈後，猛然會意，氣得一枴杖捅開薛忱的房門，大叫道：「死薛忱！你罵我是狗？」

薛忱抬起頭，滿面茫然，「什麼？我何時罵過你？」

裴紅菱氣得粉臉通紅，薛忱面上不動聲色，心底某處卻突地軟了一下。他清清嗓子正要說話，忽聽院門「吱呀」開啓，走進來的是謝峻。

裴紅菱雖然頑野，見了謝峻卻不敢失了禮數。她拄著枴杖行過禮，再狠狠剜了薛忱一眼，悻悻地走向自己的房間，嘴裡罵道：「死薛忱！君子報仇，十年不晚！你等著！」

她剛要踏進房門時，瞥見謝峻自薛忱房間探出頭來，似是在觀察外面還有沒有人，隨即馬上縮回頭，關緊了房門。

裴紅菱覺得十分奇怪，好奇心起，便極輕極慢地挪動步伐，悄悄溜到了薛忱房間的窗下，自窗戶縫隙向內觀望。

「……不敢、不敢，請問謝師兄，你是哪裡不舒服？」薛忱鄭重地問著。

謝峻像是背上有跳蚤的樣子，屁股在椅子上挪動幾下，一副期期艾艾之狀，好半天才說道：「不是哪裡不舒服，就是那啥……師弟，那啥……」他滿臉通紅，神情極尷尬，但看著薛忱的眼神卻十分熱切。

裴紅菱最看不得別人吞吞吐吐，恨不得衝進去搖晃著謝峻，讓他把吞住了的話吐出來。

薛忱同是茫然不解地望著謝峻。

謝峻又挪動了幾下身子，輕咳一聲，忽換上嚴肅的神情，沉聲道：「那個，師弟和師妹此番能施予援手，不辭勞苦爲明遠洗清冤屈，從刀口下救了犬子，謝家上上下下，莫不感恩戴德。唉，可憐我謝家只存這一根獨苗，這萬一……萬一有個好歹的話，就要絕後了。唉，獨苗、獨苗啊……」

薛忱慢慢地張大了嘴，然後連連點頭，「是啊、是啊……」他伸出右手，微笑道：「師兄，我先替你把把脈吧。」

謝峻大喜，急忙伸出右手。見薛忱好半天沉吟不語，他不由傾過身子，急切問道：「怎樣？」

薛忱沉吟良久，道：「師兄這個，應是因爲曾經長期浸在水裡，加上操勞過度，寒氣入體，損傷了陽氣，得慢慢將養調理，我先給你開幾付藥，試試吧。」

謝峻大喜，連連稱謝。

裴紅菱偷看了半天，又好奇又納悶，遂想著怎麼尋個法子去向死薛忱探聽一下，謝朗的老爹到底得的啥病。

（待續，請繼續閱讀《月滿霜河（下冊）雲開月明》）

國家圖書館出版品預行編目資料

月滿霜河（中）朗日拂情／籬樓著；── 初版 . ──
臺中市：好讀, 2014.2

面：　公分，──（眞小說；40）（籬樓作品集；6）

ISBN 978-986-178-309-3（平裝）

857.7　　　　　　102022144

好讀出版

真小說 40

月滿霜河（中）朗日拂情

作　　者／籬　樓
總 編 輯／鄧茵茵
文字編輯／林碧瑩
美術編輯／鄭年亨
行銷企畫／陳昶文

發 行 所／好讀出版有限公司
台中市 407 西屯區何厝里 19 鄰大有街 13 號
TEL:04-23157795　FAX:04-23144188
http://howdo.morningstar.com.tw
（如對本書編輯或內容有意見，請來電或上網告訴我們）
法律顧問／甘龍強律師

戶名：知己圖書股份有限公司
劃撥專線：15062393
服務專線：04-23595819 轉 230
傳眞專線：04-23597123
E-mail：service@morningstar.com.tw
如需詳細出版書目、訂書，歡迎洽詢
晨星網路書店 http://www.morningstar.com.tw

印刷／上好印刷股份有限公司 TEL:04-23150280
初版／西元 2014 年 2 月 1 日
定價：250 元
如有破損或裝訂錯誤，請寄回台中市 407 工業區 30 路 1 號更換（好讀倉儲部收）

Published by How-Do Publishing Co., Ltd.
2014 Printed in Taiwan

ISBN 978-986-178-309-3

情感小說 · 專屬讀者回函

書名：月滿霜河（中）朗日拂情

姓名：________________ 性別：□男 □女 生日：______年______月______日

教育程度：________________________

職業：□學生 □教師 □一般職員 □企業主管
□家庭主婦 □自由業 □醫護 □軍警 □其他________________________

電子郵件信箱（e-mail）：________________________ 電話：________________

聯絡地址：□□□ ____

您怎麼發現這本書的？

□書店 □___________ 網路書店 □朋友推薦 □__________網站／網友推薦

□其他____

買這本書的原因是

□內容題材深得我心 □價格便宜 □封面與內頁設計很優 □其他____________

您閱讀此本小說的原因：□喜愛作者 □喜歡情感小說 □值得收藏 □想收繁體版

□其他____

您喜歡閱讀情感小說的原因

□打發時間 □滿足想像 □欣賞作者文采 □抒解心情 □其他______________

您不喜歡哪類情感小說的情節設定

□人人都愛女主角 □女主角萬能 □劇情太俗套 □太狗血 □虐戀 □黑幫

□其他____

最無法忍受的主角人物關係

□父女 □師生 □兄妹 □姊弟戀 □人獸 □ BL □其他____________________

您最常接觸情感小說的方式

□購買實體書 □租書店 □在實體書店閱讀 □圖書館借閱 □在______________

網站瀏覽 □其他____

您喜歡的情感小說種類（可複選）

□宮廷 □武俠 □架空 □歷史 □奇幻 □種田 □校園 □都會 □穿越 □修仙

□台灣言情 □其他____

推薦你喜歡的情感小說作者或作品（多多益善喔）

____

您對這本書還有其他想法嗎？請通通告訴我們：

____

____

部落格 howdo.pixnet.net/blog 粉絲團 www.facebook.com/howdobooks

請填妥後對折黏貼，直接投郵即可，無須貼郵票。

廣告回函
台灣中區郵政管理局
登記證第 3877 號
免貼郵票

好讀出版有限公司　編輯部收

407 台中市西屯區何厝里大有街 13 號

電話：04-23157795-6　傳真：04-23144188

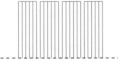

沿虛線對折

填 問 卷， 送 好 書

詳填此張讀者回函，並附上 40 元郵票（寄書郵資），即送您好書

中視八點檔大戲｜傾世皇妃原著小說｜林心如主演

《傾世皇妃（上）一寸情思千萬縷》

定價：250 元

數量有限，送完為止